한 권으로 끝내는
고전 소설

한 권으로 끝내는

고전 소설

박기호·홍진숙 지음

문답으로 쉽게 익히는
교과서 속 고전 소설

Humanist

머리말

상상해 봅니다. 양반집 딸이 호롱불을 켜고 홀로 책장을 넘기는 규방, 베 짜고 새끼를 꼬면서 누군가의 구성진 옛이야기를 듣는 사랑방, 전기수(소설 전문 낭독수)가 멍석 깔고 "아, 그래서 심청이가……" 하면서 이야기를 구연하던 담뱃가게 앞. 아이들은 눈을 반짝이며 이야기에 빨려들어 가고, 어른들은 한마디씩 보태면서 다 함께 공명했던 그 동그란 자장들. 그 중심에 고전 소설이 있었습니다.

고전 소설에서 다루는 이야기는 정말 다양합니다. 악인을 물리치는 영웅의 이야기, 슬프고도 아름다운 사랑 이야기, 처첩이나 계모와 같은 가정 문제를 다룬 이야기, 시대와 현실을 비판하는 이야기, 꿈속으로 들어갔다가 꿈에서 깨어나는 이야기, 초현실적인 내용을 다룬 전기적 이야기, 신화적인 세계를 다룬 이야기…….

학생들은 보통 고전 소설을 '내용은 뻔하지만 잘 읽히지 않고, 시험에 나오면 어렵게 변신되는 이야기' 정도로 생각합니다. 그래서 인터넷에서 줄거리 요약본을 찾거나, 특정 부분을 발췌하여 단편적인 지식을 제공하는 참고서를 뒤적거리게 되지요. 그러다 보면 고전 소설을 자칫 정답이 있는 이야기라고 여기게 될 수 있습니다. 그런데 고전 소설에는 여러 사람의 숨결과 생각이 반영되어 있어서, 하나의 이야기 안에도 다양한 결이 존재합니다. 또 알고 나면 더 잘 보이는 부분도 있고요. 이 책은 고전 소설을 좀 더 깊이 있고 새로운 눈으로 바라볼 수 있도록 하

기 위해 쓰였습니다.

이 책에 실린 열 편의 고전 소설은 중학교 교과서에 실린 작품들입니다. 널리 알려진 작품들일 뿐 아니라 역사 속에서 인기와 가치가 검증된 작품입니다. "책을 읽는 것은 저자와 대화하는 것"이라는 말이 있습니다. 그래서 작품을 읽으면서 누구나 가질 수 있는 궁금증과 관련된 질문을 만들고, 그 질문에 답하는 방식으로 책을 구성하였습니다. 첫머리에 해당 작품의 줄거리를 자세히 제시하여 이야기의 흐름을 파악할 수 있게 하였고, 인물, 주제, 배경, 표현상의 특징, 작가 등과 관련한 다양한 질문과 답변을 제시했습니다. 어떻게 하면 그냥 소설만 읽는 것보다 인물을 더 생생하게 느끼고, 주제를 다양하게 생각해 보고, 현대인의 관점에서 옛사람들의 가치관을 분석하는 데 도움이 될 수 있을까 고민하였습니다.

"자세히 보아야 예쁘다."라는 어느 시인의 말처럼 고전 소설도 찬찬히 읽어야 마음으로 들어옵니다. 물론 이 책을 통해 고전 소설 작품에 대한 이해가 높아지겠지만, 작품 전문과 함께 읽는다면 더욱 새롭고 재미있는 고전의 세계로 빠져들 것입니다.

2016년 9월

박기호, 홍진숙

차 례

● 흥부전

● 심 청 전

〈흥부전〉의 줄거리

옛날 박씨 형제가 살았는데, 형은 놀부고 동생은 흥부다. 같은 부모에게서 났지만 성품은 딴판이었다. 놀부는 몸 안에 따로 심술보가 있어서 남에게 심술부리기 일쑤였다. 흥부는 부모님께 효도하고, 고단한 사람 도와주고, 벌레 하나 죽이지 않는 착한 마음을 지녔다. 거기에다 부귀를 바라는 욕심도 없다.

놀부는 부모님이 돌아가시자, 모든 재산이 자신의 것이라며 추운 겨울에 흥부네 가족을 내쫓는다. 그러면서 자신은 장손으로 밤낮 일만 하고, 동생인 흥부는 일은 안 하고 글공부만 했다고 불평을 한다.

📖 "네놈이 부모 계실 때 세도를 부렸으니 나도 이제 기를 펴고 세도 좀 해 보련다. 이 집안 재산이 모두 다 내 것이니 너 좋은 일 못 하겠다. 너희 식구가 여태까지 먹은 값을 다 받아야 하나 그것은 그만두고, 오늘로 네 처자식 앞세우고 당장 내 집에서 떠나라."

홍부는 아내와 자식을 거느리고 정처 없이 길을 나선다. 험한 일은 해 보지도 않던 홍부가 이제는 온갖 품을 팔며 살아야 하는 신세가 되었다. 글공부나 하던 홍부는, 하루 품을 팔고 너댓새씩 앓아눕는다. 홍부 아내 역시 한시도 쉬지 않고 품을 팔았지만, 사는 것이 죽는 것만 못한 지경이었다.

📖 홍부 내외가 이렇게 고생을 하고 가난하게 지내도 자식만큼은 부자였다. 부부간에 금슬이 좋아 자식을 풀풀이 낳는데, 일 년에 꼭 한 번씩은 아이를 낳되 쌍둥이요 간혹 셋씩도 낳는 것이었다.

이러다 보니 자식이 스물아홉 명이나 되어 이들을 먹여 살리기가 어려웠다. 아이들에게 입힐 옷이 없어서 멍석에 구멍을 뚫어 한꺼번에 씌워 놓기도 한다.

홍부는 남의 매를 대신 맞고 돈을 받으려고 하지만 그것조차 뜻대로 되지 않는다. 아내의 성화에 못 이겨 할 수 없이 놀부 집에 식량을 얻으러 갔지만, 놀부가 양식을 줄 리가 없었다.

📖 "어따 이놈 홍부 놈아! 하늘이 사람 낼 때 제각기 정한 분수가 있어서 잘난 놈은 부자 되고 못난 놈은 가난한데, 내가 이리 잘사는 게 네 복을 뺏었느냐? 누구한테 떼쓰자고 이 흉년에 곡식을 달라느냐?"

홍부는 놀부 부부에게 맞기만 하고 빈손으로 돌아온다. 그런데도 아내에게는 곡식을 얻어 오다가 도적놈을 만나 다 빼앗기고 얻어맞았다고 한다. 하지만 아내는 그 속사정을 다 알기에 한탄하면서 운다.

홍부는 스님이 잡아 준 집터로 집을 옮긴 후 남의 논을 소작하며 살아간다. 가난한 홍부의 집에 제비가 날아들어 집을 짓고 사는데, 어느 날 제비 새끼 한 마리가 구렁이를 피하다 떨어져 다리가 부러진다. 홍부는 제비 다리를 고쳐 주고 정성껏 보살핀다. 그 제비가 다음 해에 '보은표'라 쓰인 박씨를 물어 온다. 박씨를 심으니, 가을이 되어 박이 가득 열린다. 박을 타자 박 속에서 온갖 금은보화가 쏟아진다.

📖 홍부가 궤 두 짝을 열고 보니 한 궤에는 쌀이 수북이 들었는데 뚜껑 속에 백 년을 두고 퍼내도 줄지 않는 '취지무궁지미'라 씌어 있고, 또 한 궤에는 돈이 가득 들었는데 평생을 꺼내 써도 줄지 않는 '용지불갈지전'이라 씌어 있었다.

홍부가 박을 타자 박 속에서 동자들이 나와 갖가지 약을 주고 떠난다. 박에 붙은 궤짝에서는 쌀과 돈이 끊임없이 나온다. 쌀로 밥을 해서 배가 터지도록 먹고 난 다음 다시 박을 타는데, 이번에는 수많은 비단 옷감이 나온다. 다른 박에서는 목수들이 나와 수백 간 집을 지어 주고, 곳간에 온갖 세간을 가득 채워 준다. 홍부는 아내와 함께 뒷동산 화초를 구경하면서 좋은 음악을 즐기며 여유로이 지낸다.

놀부가 이 소문을 듣고 홍부를 찾아간다. 홍부는 놀부에게 진수성찬을 차려서 대접하지만 놀부는 홍부가 도둑질을 해서 부자가 되었다고 의심한다. 홍부는 부자가 된 자초지종을 이야기한다. 그리고 홍부는 놀부가 돌아갈 때 화초장을 준다.

집에 온 놀부는 제비집 수백 개를 지어 놓고 제비를 기다린다. 우연히 제비가 날아들어 알을 낳고 새끼를 깐다. 놀부는 구렁이 모양을 하고 제비 다리를 일부러 부러뜨린 뒤에 고쳐 준다. 그 제비가 다음 해에 '구풍'이라 쓰인 박씨를 물어 온다. 놀부는 기대를 잔뜩 하고 박씨를 심는다. 그리고 가을이 되어 금은보화를 기대하며 박을 탄다.

📖 "네 이놈 놀부 놈아! 네 할애비 덜렁쇠와 네 할미 헛천덕이, 네 아비 껄덕쇠와 네 어미 빨닥례가 모두 나의 종이었다. 병자년 팔월에 과거 보려고 한양에 올라가서 사랑이 비었을 적에 흉악한 네 아비가 나의 재산을 모두 훔쳐 달아난 뒤에 간 곳을 몰랐더니 제비에게 소식 듣고 불원천리 찾아왔다."

하지만 박에서 나온 것은 조상의 상전이라는 노인이다. 그 노인은 속량(몸값을 받고 노비의 신분을 풀어 주어서 양민이 되게 하던 일)의 대가로 놀부에게 이만 천 냥을 요구한다. 다음 박에서도 돈을 요구하는 무리가 나온다. 상여 한 채와 상제 오백 명이 나와 오만 삼천이백 냥을, 줄봉사와 여러 사람이 나와 일만 냥을, 광대패가 나와 오천 냥을 빼앗아 간다.

📖 "네 이놈, 놀부야! 천하에 중한 것이 형제밖에 없거늘 네놈은 어찌하여 착한 동생을 구박해 내쫓았으며, 평생에 행한 일이 남에게 못할 일만 가려 해 왔느냐? 더구나 새 가운데 곡식에 해가 없고 사람을 잘 따라서 죄 없는 것이 제비인데, 무리한 욕심으로 생다리를 꺾어 놓고 공을 받고자 했으니 그 죄를 어찌 용서할까?"

마지막으로 장비가 나와 놀부의 잘못을 꾸짖고 죽이려 하자 놀부가 놀라서 죽는다. 그 소식을 듣고 흥부가 달려와 엎드려 빈다. 장비는 흥부에게 감동하여 눈물을 흘리고, 흥부는 놀부에게 환혼주를 먹여 살려 낸다. 놀부와 놀부 아내는 잘못을 뉘우치고 개과천선한다. 흥부가 놀부에게 재산의 반을 나누어 주고 형제끼리 우애롭게 살았다.

01

흥부는
어떤 인물일까요?

★ 착하고 욕심 없는 사람

 동생 흥부는 마음이 착하여 하는 행실이 달랐다. 부모님께 효도하고 일가친척 화목하며, 노인이 등짐 지면 자청해서 져다 주고, 길가에 흘린 물건 임자 찾아 전해 주기, 고단한 사람 봉변당하면 한사코 말려 주고, 타향에서 병든 사람 고향집에 소식 전하고, 길을 잃고 우는 아이 부모를 찾아 주고, 벌레 하나 죽이지 않고 자라는 풀 꺾지 않아 선량한 마음이 미물에까지 이르니 부귀를 바라는 욕심이 있을 리 없었다.

흥부를 평가하는 대목입니다. 가족과 주변 사람들을 위하고, 남의 일을 자신의 일처럼 돕는 착한 마음을 지녔습니다. 또한 놀부는 오장

육보에다 심술보를 하나 더 가지고 있어 남들에게 별별 심술을 다 부릴 뿐 아니라 재물에 대한 욕심도 많은 데 비해, 흥부는 부귀를 바라는 욕심도 없습니다.

★ 가족을 위해 노력하는 가장

📖 흥부 아내가 기가 막혀 눈물 섞어 말을 했다.

"이 너른 천지에 사람 살 데 없을까. 갑시다! 아무 데라도 가요. 살기 좋은 서울로 갑시다."

"우리가 세상 물정을 통 모르니 서울 가서 살 수가 없지."

"그렇거든 이도 저도 다 버리고 산속으로 들어갑시다."

흥부는 쫓겨난 뒤 어디로 가야 할지조차 모릅니다. 흥부 아내도 갈팡질팡합니다. 흥부네 가족이 잘 살아갈 수 있을지 걱정스럽네요.

하지만 흥부는 한시도 놀지 않고 일을 하면서 가족을 먹여 살리기 위해 노력했습니다. 매품을 팔려고도 했지요. 그러다 스님이 잡아 준 집터로 집을 옮기고, 부자한테 논마지기를 얻어 소작을 지으면서 살림을 좀 일으키게 됩니다. 이를 보면 흥부도 스스로 가난을 벗어나기 위해 노력했다는 것을 알 수 있습니다.

★ 그래도 양반은 양반

흥부는 돈 한 푼 없지만, 양반이기 때문에 남의 눈을 의식하고 체면치레를 중시합니다. 양식을 꾸러 읍내에 갈 때, 양반은 옷차림을 갖추어야 한다고 생각하고 구멍이 숭숭 뚫려 살이 비치는 옷에 다 떨어진 갓과 도포를 걸칩니다. 그래도 양반으로서 체통을 지켜야 했으니까요. 관가에 곡식을 빌리러 가면서도 양반으로서 아전들에게 존대를 해야 할지 말아야 할지 고민합니다.

📖 '내가 아무리 빈털터리가 되었을망정 나는 반남 박씨 양반이 아닌가. 아전들한테 존대를 할 수 없고 그렇다고 반말을 하면 저 사람들이 싫어해서 곡식을 안 줄 테니 이 일을 어찌하나?'

박에서 쌀이 나온 뒤 흥부의 행동을 보면, 오랫동안 못 보던 밥을 보니 얼른 먹고 싶지만 아이들 보는 앞이라고 체면을 차립니다. 자신의 처지는 생각하지 않고 지나치게 체면만 차리는 것은 아닐까요? 하지만 비참한 처지에서도 품위를 유지하려는 자존심을 지니고 있다고 볼 수 있습니다. 또한 어린아이 앞에서도 신중하고 조심스럽게 행동하는 인물이라고 생각할 수도 있을 것 같습니다.

★ 정이 많고 인간적인 사람

흥부는 제비한테까지 정을 베풉니다. 흥부네 집 처마에 살던 제비의 다리가 부러졌을 때, 명태 껍질과 깨끗한 실을 얻어다가 부러진 다리를 정성껏 동여매 제비 집에 넣어 줍니다. 그러곤 죽지 말고 강남에 잘 가라고 당부하지요. 제비가 떠날 때는 서러워하며 눈물까지 보입니다.

또한 흥부는 자기를 구박했던 형을 끔찍이 생각합니다. 흥부가 박을 타는 장면에서, 첫 번째 박을 타고 나서 형님을 떠올리며 경사를 같이 보자고 합니다. 뿐만 아니라 불쌍하고 가련한 사람들이 자신을 찾아오면 가난 구제를 하겠다고 말합니다. 자기에게 생긴 행운을 다른 사람과 나누려고 하는 마음이 보입니다. 심지어 놀부가 탄 박에서 장비가 나온 것을 보고 놀부가 놀라서 죽자, 흥부가 달려와 장비에게 엎드려 빌기도 합니다.

📖 "아이고, 장군님. 살려 주세요. 이렇게 빕니다. 제발 살려 주세요. 형님한테 죄가 있다지만 형제는 한 몸이라 했습니다. 형이 만약 죽고 보면 한 조각 병신 몸이 살아서 무엇 하오리까. 흥부 놈도 마저 죽여 형의 뒤를 따르게 하소서."

02

흥부 아내는
어떤 인물일까요?

★ 그 남편에 그 아내

흥부네가 쫓겨나 집도 절도 없이 살아갈 때, 흥부 아내는 끝까지 흥부를 따릅니다.

📖 "이 녀석아, 어미 말 좀 들어 보아라. 우리가 재산이 그만치 있으면 너를 여태 장가 못 보내고 있으며, 네 아버지를 못 먹이고 어린 동생들을 못 입히겠느냐. 못 먹이고 못 입히는 어미 간장이 다 녹는다. 제발 이 어미를 봐서 너라도 조르지를 말아라."

맏아들이 장가보내 달라고 하자 흥부 아내가 울면서 하는 말입니다. 자식들이 밥을 달라 떡을 달라 조르면 흥부는 마음 달랠 길이 없어 어디론가 나가 버리고, 흥부 아내가 졸며 앉았다가 설움이 복받쳐서 신세 한탄을 하는 장면도 있습니다. 짐작컨대, 흥부는 매사 이렇게 상황을 회피했을 겁니다. 그러니 흥부 아내가 얼마가 힘들었겠습니까? 하지만 흥부가 매품을 팔겠다고 말하자 아내는 말립니다.

📖 "…… 못 갑니다 못 갑니다. 굶으면 그냥 굶고 죽으면 좋게 죽지, 불쌍한 저 모양에 매란 말이 웬 말이오! 여보, 영감. 병영 곤장을 한 개만 맞아도 평생 골병이 든답니다. 바짝 마른 저 볼기에 곤장 열 개를 맞게 되면 영락없이 죽을 테니 돈 닷 냥 도로 주고 제발 부디 가지 말아요."

돈이 아니라 남편의 몸이 더 중요하다고, 바짝 마른 볼기를 보며 안타까워하고 있습니다. 부부가 사랑으로 시작해도 가난이 오래 지속되면 첫 마음을 지키기가 힘듭니다. 그러나 매품 파는 데 실패하고 돈 한 푼 못 갖고 돌아온 흥부를 맞으며 흥부 아내는 춤을 춥니다. 가난에 못 이겨 놀부에게 가서 양식을 꾸어 오라고 흥부 등을 떠밀기도 했었지만, 흥부가 매품까지 팔려고 하자 자신이 현명하지 못하여 불쌍한 가장을 못 먹이고 못 입혔다고 한탄합니다.

★ 고생 고생, 온갖 고생

흥부 아내는 놀부에게서 쫓겨나게 되면서부터 온갖 고생을 합니다. 부잣집 며느리로 지내며 고생을 한 적이 없었지만, 쫓겨나고 나서는 생전 해 본 적 없는 날품팔이를 하게 됩니다.

📖 할 수 없이 흥부 아내가 또 품을 파는데, 오뉴월 밭매기와 구시월에 김장하기, 한 말 받고 벼 훑기와 물레질 베 짜기며, 빨래질 헌 옷 깁기, 혼인 장례에 궂은일 하기, 채소밭에 오줌 주기, 갖은 길쌈과 장 달이기, 물방아 쌀 까불기, 보리 갈 때 거름 놓기, 못자리 때 잡풀 뜯기, 아기 낳고 첫국밥을 손수 지어 먹은 뒤에 몸조리 대신하여 절구질로 땀을 내고, 한시반때도 놀지 않고 이렇듯 품을 파는 데도 사는 것이 죽는 것만 못할 지경이었다.

흥부 아내는 당시 여자가 할 수 있는 거의 모든 일을 했습니다. 아기 낳고 첫국밥을 손수 지어 먹은 뒤에 절구질을 할 만큼 처절하게 일을 합니다. 부잣집 며느리였다고 게으름을 피우거나 엄살을 떨지도 않았습니다.

★ 할 말은 하는 여자

흥부는 박을 타면서도 형을 생각합니다. 흥부 아내는 이러한 모습을 못마땅해 하지요. 흥부 아내는 자기들을 엄동설한에 쫓아낸 놀부를 용서하기 힘들 겁니다. 그래서 놀부에 대한 미움은 죽어서까지 잊을 수 없다고 말하지요.

놀부는 흥부가 부자가 되었다는 말을 듣고 찾아와 식사 대접을 받습니다. 하지만 여전히 제 버릇을 못 버리고, 흥부 아내에게 〈권주가〉를 부르라고 합니다. 흥부 아내를 기생 정도로 여기는 걸까요?

📖 흥부 아내가 그 말을 듣고 기가 막혀 흥부가 들고 있던 술잔을

빼앗아 방바닥에다 후닥닥 팽개치면서 소리를 쳤다.

"여보시오, 시숙님! 여보, 아주버니! 제수더러 〈권주가〉 하라는 법 세상천지 어디서 보았소? 돈 있다고 으스대기를 이제 그만하오. 나도 이제는 돈도 많고 쌀도 많소. 엄동설한 추운 날에 구박을 당해서 나오던 일과 처자식 굶겨 놓고 찾아간 동생을 피가 솟도록 때려 보낸 일을 관 속에 들어도 나는 못 잊습니다. 보기 싫으니, 어서 가요! 안 가려면 내가 먼저 들어가려오."

흥부 아내는 화를 내며 술잔을 방바닥에 팽개칩니다. 그러면서 흥부에게 했던 모진 행동을 따지고 비판하지요. 물론 이러한 행동에는 '이제 재산이 있다'는 사실이 바탕이 되긴 합니다.

03

놀부는
어떤 인물일까요?

★ 돈이 최고

놀부는 부자입니다. 평생 먹고살 논밭이 있지요. 흥부가 무위도식한다고는 했지만, 가진 재산으로 흥부네를 돌보는 데 별 어려움이 없었을 겁니다. 그런데도 부모님이 돌아가시자 흥부네를 쫓아냅니다. 흥부네가 자신의 재산을 축낸다고 생각했기 때문이지요.

📖 "이 집안 재산이 다 내 것이니 너 좋은 일 못 하겠다. 너희 식구가 여태까지 먹은 값을 다 받아야 하나 그것은 그만두고 오늘로 네 처자식 앞세우고 당장 내 집에서 떠나라."

"이놈아, 네 식구를 생각해 봐. 자식들만 돼지 새끼처럼 줄줄이 낳아

놔서 더 먹일 수도 없는 데다 밥만 먹고 어슬렁거리는 꼴 보기 싫으니 잔소리 말고 썩 나가."

흥부네를 내보내고 재산을 더욱 불려 수십 간 줄행랑을 지어 놓고도, 배고픈 흥부가 곡식을 얻으러 오자 몽둥이로 두드려 팹니다. 곡식을 주면 또 올 테니, 다시는 오지 못하도록 하려고 그런 것이지요.

또 놀부는 제사 때 음식 대신 돈을 접시에 담았다가 제사가 끝나면 도로 쓸어 담습니다. 제사를 지내는 맏이라서 재산을 다 차지했으면서도 막상 제사에는 한 푼도 안 쓴 것이지요. 제사란 조상에게 바치는 정성이기도 하지만 살아 있는 사람끼리 정을 나누는 자리이기도 합니다. 그런데 놀부는 조상도 가족도 중요하지 않습니다. 양심, 도덕, 인간에 대한 동정심보다 돈이 더 중요합니다.

★ 약자에게 강하고, 강자에게 약함

놀부는 부모로부터 사랑받지 못했고, 흥부와 차별 대우를 받았다는 피해 의식이 있습니다.

📖 "우리 부모 야속하여 나는 집안 장손이라고 제사를 맡기면서 글도 하나 안 가르치고 밤낮으로 일만 시켜 소 부리듯 부려먹고, 네 몸은 둘째라 내리사랑 더하다고 일은 아예 안 시키고 밤낮으로 글을 읽혀 잘 먹고 잘 입던 일을 내가 오늘 생각하면 원통하기 짝이 없다. 네 놈이 부모 계실 때 세도를 부렸으니 나도 이제 기를 펴고 세도 좀 해 보련다. 이 집안 재산이 모두 내 것이니 너 좋은 일 못 하겠다."

그래서 놀부는 부모님이 돌아가시자 흥부네를 쫓아냅니다. 흥부가 아무런 의지처가 없는 약한 존재가 되었기 때문입니다. 그리고 놀부가 심술부리는 것을 살펴보면, 장애를 지닌 사람을 비롯한 약자들에게 심술을 부리는 경우가 대부분입니다.

하지만 놀부는 강자 앞에서는 한없이 약합니다. 박에서 나온 사람들에게 놀부가 보이는 행동을 보면 알 수 있지요. 첫 번째 박에서는 아버지의 원래 상전이라고 주장하는 노인이 나오는데, 놀부는 자신의 신분이 박탈될까 봐 쩔쩔맵니다. 또 집단행동을 하는 상여꾼, 걸인, 사당패에게도 어이없이 당하고 맙니다.

★ 다 잃고 개과천선

놀부는 박을 타면서 한바탕 소란을 겪은 뒤에 달라집니다.

📖 놀부가 간신히 정신을 차려 집 안을 둘러보니 초상 치른 뒤도 아니고 이루 말할 길이 없었다. 아침거리 쌀 한 줌과 엽전 한 푼을 볼 수 없었다. 놀부와 놀부 아내가 그제야 사람 마음이 들었던지 얼굴을 바로 들어 흥부 내외를 못 보고 다시 그 자리에 엎드려져 자기네 죄를 늘어놓으며 방성통곡 울음을 울기 시작했다.

놀부는 재물만을 추구하며 살아왔습니다. 그런데 이제 아침 끼니를 이을 식량도 남아 있지 않게 되었습니다. 재물이 사라진 순간 놀부 내외는 사람의 마음을 갖게 됩니다. 그러면서 부끄러움도 알게 되지요. 그래서 놀부 내외는 흥부 내외를 차마 쳐다보지 못한 채 자기네 죄를 늘어놓습니다. 이렇게 죄를 고백한다는 것은 결국 죄로부터 벗어나게 되다는 것을 의미합니다. 새로운 사람으로 다시 태어나는 것이지요. 그 통과 의례가 바로 울음입니다. 놀부 내외는 한바탕 울면서 마음을 깨끗하게 씻고 있습니다.

04

놀부는
어떤 심술을 부렸을까요?

놀부는 자기 혼자만 잘살기를 바랄 뿐 아니라 다른 사람이 잘되는 것을 싫어합니다. 그것이 놀부가 심술을 부리는 원인이지요. '심술(心術)'은 '짓궂게 남을 괴롭히거나 남이 잘되는 것을 시기하는 못된 마음'을 뜻합니다. 그런데 놀부가 한 행동 가운데는 그냥 '심술'이라고 하기에는 도가 지나친 짓들이 많습니다.

★ 남에게 피해를 주는 심술

📖 대장군방 나무 베고, 삼살방에다 집을 짓고, 귀신 터에 이사 권코, 삼거리 길에 구덩이 파기, 애 낳는 데 개를 잡고, 다 된 혼사에 훼방 놓기, 어른 보면 반말하기, 판소리하는데 잔소리하고, 풍류 판에 나

팔 붙기, 길 가는 나그네들 재울 듯이 붙들었다 해 다 지면 쫓아낸다.

대장군방은 천하대장군처럼 사람들이 신성시하는 장승입니다. 그런데 이것을 베어 버렸네요. 삼살방은 사람이나 물건 따위를 해치는 독하고 모진 기운을 지니고 있는 방위를 말합니다. 이런 방위에다 집을 지으면 탈이 나겠지요. 이런 것은 자기가 피해를 보는 것이니 괜찮다고 하더라도, 그 뒤에 언급되는 것들은 타인에게 피해를 주거나 아주 예의 없는 행동들입니다.

★ 범죄라 할 만한 심술

위에서 말한 심술은 그나마 봐줄 만합니다. 그런데 놀부가 저지른 심술 가운데는 상해와 폭행에 해당하는 것도 있습니다.

📖 애 밴 부인은 배를 차고, 오대독자 불알 까고, 똥 누는 놈 주저앉히고, 곱사등이는 뒤집어 놓고, 앉은뱅이 택견하고, 엎어진 놈 뒤통수 치고, 달리는 놈 다리 걸고, 눈먼 봉사 이끌어서 개천 물에 빠뜨리고, 상여 맨 놈 몽둥이질, 기생 보면 코 물어뜯고

임신한 사람의 배를 차는 것은 살인 미수에 해당합니다. 오대독자가 자식을 낳지 못하게 하여 가문을 잇지 못하면 되겠습니까? 곱사등이와 앉은뱅이와 눈먼 봉사는 신체 장애인입니다. 이들을 도와주기는커녕 해코지를 하고 있습니다. 똥을 누거나 엎어지거나 달리거나 상여를 매고 있는 무방비한 상황에서 피해를 주는 것도 문제입니다. 손쓸 수

없는 상황을 이용한다는 점에서 비겁하기 짝이 없습니다. 또 기생은 얼굴이 중요한데 코를 물어뜯으면 어떻게 될까요?

놀부는 남의 재산에 중대한 손실을 입히는 심술도 부립니다.

📖 옹기 가게에 돌팔매질, 비단 가게에 물총 쏘고, 고추밭에다 말달리기, 가문 논에 물 빼내기, 장마 논에 물 대기와, 애호박에다 말뚝 박고, 이삭 팬 벼 포기째 뽑기, 다 된 밥에 재 뿌리기, 제삿술에다 가래침 뱉고, 가난한 양반 관을 찢고, 불난 집에 부채질, 된장 그릇에 똥 싸기와 간장 그릇에 오줌 싸기

팔아야 할 물건을 훼손하고, 농사일을 망치고 있네요. 그 밖에도 여러 가지로 타인에게 경제적 피해를 주는 짓을 합니다.

이뿐만이 아닙니다. 타인의 명예를 훼손하기도 하고, 성희롱, 절도, 아동 학대 같은 짓도 저지르고 있습니다.

📖 수절 과부는 희롱하고, 다 큰 처녀 헛소문 내기. 의원 보면 침 도둑질, 지관 보면 쇠 감추기 …… 우는 아기는 집어뜯고, 자는 애기 눈 벌린다.

놀부가 이런 악행을 저지르고도 무사한 까닭은 무엇일까요? 혹시 놀부가 가진 신분과 재산 때문이 아니었을까요? 계급과 빈부 차이 때문에 강자인 놀부가 횡포를 부리더라도 상대적으로 약자인 사람들은 생계 때문에 저항하기 어려웠을 겁니다.

05

흥부의 처지가
안쓰러우면서도 왜 웃길까요?

흥부는 아무리 슬프고 힘들어도 여유를 잃지 않고 낙관적으로 지냅니다. 이러한 모습이 때로는 독자에게 웃음을 자아내게 합니다.

★ 외양간 같은 집

흥부는 놀부에게 쫓겨날 때 솥 하나밖에 없었습니다. 복덕촌이라는 마을에 이르러 동네 사람들에게 사정을 해서 빈집을 얻어서 살게 되는데, 그 집은 사람이 살 만한 곳이 아니었습니다.

📖 흥부가 새집에 솥 하나만 달랑 걸고 지내는데 집 모양이 참으로 볼만하다. 뒷벽에는 외뿐이고 앞창은 살만 남았으며, 지붕은 다 벗어

져 추녀가 드러나고 서까래만 겨우 얹혔으니 밖에서 가랑비 오면 집 안에는 큰비가 왔다. 방에 반듯이 드러누워 천장을 바라보면 천문도 붙인 듯 온갖 별을 셀 수도 있고, 일하고 곤한 잠에 기지개를 불끈 켜면 상투는 허물없이 앞 토방으로 쑥 나가고 발목은 어느새 뒤뜰에 가 놓여 있다.

이 정도면 외양간에 가깝습니다. 그래도 집이라고 멍석자리를 깔고, 거적문을 달고, 지푸라기로 이불을 삼아 사계절을 지냅니다. 기지개를 켜면 상투는 앞으로 나가고 발목은 뒤뜰로 간다는 발상이 한편 불쌍하고 한편 어이없어 웃음이 나옵니다.

★ 멍석으로 만든 옷

스물아홉 명이나 되는 자식들 옷은 어떻게 준비했을까요?

📖 내외간에 서로 마주 보고 눈웃음만 웃어도 그냥 자식이 생겨나 그럭저럭 주워섬겨 놓은 것이 스물아홉이었다. 그 많은 자식을 옷을 지어 입힐 수 없자 흥부가 꾀를 하나 생각했다. 부잣집에서 짚을 얻어다 엮어서 멍석을 만드는데 군데군데 구멍을 냈다. 아이들을 앉혀 놓고서 죄인에게 칼 씌우듯 구멍 하나에 머리 하나씩 멍석을 딱 씌워 놓으니 몸뚱이는 안 보이고 머리통만 나와서 멍석 위에 검은콩 메주 늘어놓은 모양이 되었다.

흥부가 묘안을 냅니다. 멍석은 볏짚으로 만든 넓은 양탄자 같은 것인데, 거기에 구멍을 내고 자식들의 머리를 하나씩 내놓게 한 것입니다. 그러면 모든 자식이 어떻든 몸을 가릴 수가 있게 됩니다. 그렇지만 옷 하나를 스물아홉 명이 한꺼번에 입고 있으면 얼마나 불편할까요?

★ 매품팔이

홍부가 돈 삼십 냥에 곤장 열 대를 맞는다고 하니, 홍부 아내가 걱정을 하면서 말립니다. 그렇지만 홍부는 웃으며 말합니다.

📖 "돈은 벌써 축났으니 도로 줄 수도 없는 일이고, 대관절 이 볼기를 두었다가 어디다 쓰겠소? 쓸데없는 이내 볼기, 이렇게 궁한 판에 매품이나 팔아먹지 그냥 두어 무엇할까? 괜찮으니 걱정 말아요."

홍부는 자기의 볼기, 즉 엉덩이를 두었다 어디다 쓰냐며 아내를 위로합니다. 맞아 죽을지도 모르는 판에 이렇게 낙관적입니다.

★ 흙으로 된 떡

가난하면 제대로 먹지도 못합니다. 홍부네는 자식도 많은데, 그 많은 아이가 얼마나 배고팠을까요?

📖 "애들이 송편을 먹길래 내가 좀 달랬더니 흙으로 송편을 만들어 주면서 그걸 다 먹으면 진짜 떡을 준답디다. 떡 하나 얻어먹으려고 흙떡을 다 먹었는데 아이들이 떡을 아니 주고, 여러 녀석이 늘어서며 가랑이 사이로 기어 나오면 송편을 준답디다. 엎드려서 가랑이로 기어

나가는데 뒤엣놈이 앞에 와 서고, 그 뒤엣놈이 앞에 와 서고, 또 그 뒤엣놈이 앞에 와 서서 한정이 없지 뭐예요. 송편은 고사하고 무릎이 해져 피만 났어요. 송편 세 개만 해 주면 내가 한 개는 입에 물고 두 개는 양손에 갈라 들고 그 녀석들을 놀려 주면서 먹으려고 그래요."

흥부의 열입곱째 아들이 떡 하나 얻어먹으려고, 흙떡을 먹고 무릎이 해져 피가 나도록 남의 가랑이 사이를 기어 나왔다고 합니다. 그런데 이런 가난조차도 웃음의 소재가 됩니다. 떡 세 개만 있으면 자신을 괴롭힌 아이들을 놀려 주고 싶다는 흥부 아들의 모습은, 처량하면서도 피식 웃음이 나오게 합니다.

★ 박을 타는 여유

흥부는 명절에 박이라도 타 먹자고 박을 타기 시작합니다. 허기가 져도 흥겹게 타자고 타령을 넣습니다.

📖 "여보, 당신이 톱 소리를 받아 줘야지."
"톱 소리를 받으려 해도 배가 고파 못하겠어요."
"배가 정 고프거든 허리띠를 졸라매고 뒷소리를 받아 주오. 시르렁 실근 톱질이야."
"시르렁 실근 톱질이야."

흥부 아내는 배가 고파서 소리를 못 받겠다고 하다가 남편을 따라 소리를 받기 시작합니다. 아무리 배가 고프고 고통스러워도 희망을 버리지 않는 모습을 엿볼 수 있습니다.

★ 배 터지도록 먹는 밥

박에서 밥이 나오자 끼니를 잇지 못하던 흥부네 식구들은 박 속에서 나온 밥을 그야말로 배가 터지게 먹습니다. 그런데 그 모습이 가관이라 배꼽을 잡게 합니다.

📖 흥부가 밥을 어찌 먹었던지 볼이 부어올라 눈언덕이 푹 꺼지고, 코가 뾰족하고, 아래턱이 축 늘어지고, 배꼽이 요강 꼭지 나오듯 쑥 솟아 나와 배꼽에서는 후춧가루 같은 때가 두굴두굴 굴러 나오며 고개가 뒤로 발딱 젖혀졌다.
"아이고 나 죽는다. 배고픈 것보다 더 못 살겠다. 아이고, 이런 것을 부자들은 배불러 어찌 사나."

밥을 너무 많이 먹어서 숨을 못 쉴 정도가 되어 고개를 젖히고 부자들을 불쌍히 여깁니다. 부자들은 이렇게 배불러 어떻게 사느냐고요. 조금 전까지도 굶어서 죽을 지경이었다가 이번에는 배가 터지도록 먹고 나서 한탄을 합니다. 흥부의 희화화된 행동을 보면서 우리는 가난과 슬픔을 잊고 웃게 됩니다.

06

흥부와 놀부는
신분이 다를까요?

놀부와 흥부는 형제입니다. 그런데 출신은 다르게 나옵니다. 혹시 출생의 비밀이 숨어 있는 것은 아닐까요?

★ 반남 박씨 양반 흥부

흥부는 놀부에게 빈털터리로 쫓겨나면서도 형제간의 우애를 가족의 생계보다 더 소중하게 생각합니다. 의리나 명분을 중시하는 양반의 속성을 보여 주는 것이라 할 수 있습니다. 빈털터리가 되었지만 자신이 양반임을 분명히 인식하고 그에 맞게 행동하려 합니다. 양식을 꾸러 관청에 갈 때도 어떻게든 의관을 갖추고 가려 하지요.

📖 헌 망건을 꺼내 쓸 때 물렛줄로 줄을 삼고 박 조각으로 관자 달아서 상투를 매어 쓰고, 갓 테 떨어진 파립은 노끈을 총총 매어 갓끈 삼아 달아 쓰고, 다 떨어진 고의적삼 살점이 울긋불긋, 발바닥은 뺑 뚫리고 목만 남은 헌 버선에 짚 대님이 희한하다. 헐고 헌 베 도포에 구멍이 숭숭, 열두 도막 이은 띠 가슴에 둘러 질끈 매고, 한 손에다가 곱돌 담뱃대 들고, 또 한 손에다 떨어진 부채 들고 곧 죽어도 양반이라고 여덟 팔 자 걸음으로 어식비식이 내려간다.

양반은 외출할 때 도포와 갓을 써야 합니다. 그런데 흥부의 도포는 구멍이 숭숭 뚫려 있고, 갓은 테가 다 떨어지고 부서졌으며, 갓끈이 떨어져 노끈으로 매었습니다. 고의적삼은 다 떨어져서 살갗이 여기저기 보입니다. 의관을 갖추기는 했지만 우스꽝스럽지요? 그래도 양반이라고 팔자걸음을 걷습니다. 옛날에 양반들은 팔자걸음으로 서둘지 않고 걸었거든요. 이러한 행위는 모두 흥부 자신이 양반이라는 의식에서 나온 것입니다.

조선 시대에는 그 사람이 하는 말을 들으면 신분을 알 수 있었습니다. 양반은 평민이나 중인에게 반말을 했고, 평민이나 중인은 양반에게 존댓말을 했습니다.

📖 흥부가 관가를 향해 한참을 가다가 별안간 걱정이 하나 생겨났다. '내가 아무리 빈털터리가 되었을망정 나는 반남 박씨 양반이 아닌가? 아전들한테 존대를 할 수 없고, 그렇다고 반말을 하면 저 사람들이 싫어해서 곡식을 안 줄 테니 이 일을 어찌하나?'

곰곰 생각하다가 무릎을 탁 쳤다.

"옳거니! 아전들을 보고 인사를 할 때 말끝을 '고'와 '제'로 달아서 웃음으로 닦는 것밖에 수가 없다."

흥부가 관가에 들어가자 아전들이 일어나며 맞이한다.

"아니 박 생원 아니시오?"

흥부는 곡식을 꾸러 가는 처지이기 때문에 반말도 아니고 존댓말도 아닌 애매한 말투를 쓰려고 합니다. 아전들은 흥부를 일어나서 맞이하며 '박 생원 아니시오?'라고 존대를 합니다. 아전들 역시 흥부가 양반임을 분명히 알고 있습니다.

★ 종의 후손인 놀부

조선 후기에는 재산을 모은 부농들이 돈으로 신분을 사고팔기도 했습니다. 국가가 재정이 어려워지자 양반 신분을 돈을 받고 팔았거든요. 그것을 '공명첩'이라고 합니다. 신분 제도가 흔들리기 시작하면서 노비가 도망을 치는 경우도 있었고, 돈을 모은 노비가 주인에게 돈을 바치고 양민이 되기도 했습니다.

놀부는 자신의 재산을 늘리기 위해 모든 노력을 아끼지 않습니다. 부모의 유산을 독차지한 것은 물론, 제사를 지낼 때도 돈을 쓰지 않았고, 제비 다리를 일부러 부러뜨리기도 했습니다. 놀부는 명분이나 의리 대신 실질적 이익을 중시합니다. 이는 양반들이 지키려고 하는 덕성보다는 신흥 부농 계층의 욕망입니다.

놀부가 첫 번째 박통을 타자 박통 속에서 다 떨어진 옷을 입은 노인이 나타나 놀부에게 냅다 호통을 칩니다. 그러고는 그동안 양반 행세를 해 왔던 놀부에게 신분의 비밀이 있음을 폭로합니다.

📖 "네 이놈, 놀부 놈아! 네 할애비 덜렁쇠와 네 할미 헛천덕이, 네 아비 껄떡쇠와 네 어미 빨닥례가 모두 나의 종이었다. 병자년 팔월에 과거 보려고 한양에 올라가서 사랑이 비었을 적에 흉악한 네 아비가 재산을 훔쳐 달아난 뒤에 간 곳을 몰랐더니 제비에게 소식 듣고 불원 천리 찾아왔다. 너의 식구 너의 세간을 박통 속에 급히 담아 우리 집 으로 함께 가자."

놀부로서는 청천벽력입니다. 아니라고 잡아뗄 증인도 없고, 송사를 하자니 온 고을이 알게 될 것 같아 걱정입니다. 그러는 사이 노인은 겁 나게 생긴 강남 하인들을 불러냅니다. 놀부는 불리한 상황을 벗어나기 위해 타협을 합니다.

📖 "여보시오, 상전님. 우리 부친이 양반으로 이 고장에 들어와서 고 을 여러 양반 댁이 우리네 사돈인데, 이 소문이 나고 나면 저뿐만 아 니라 그 양반들 망신입니다. 자라는 풀 꺾지 말랐다고, 아무 말씀 안 하시면 속전을 바칠 테니 속량하여 주옵소서."

아버지가 노비이면 놀부는 어떻게 될까요? 신분은 귀속되므로 놀부 도 노비입니다. 아울러 그동안 모은 재산은 모두 주인에게 귀속됩니다. 노비는 재산을 가질 수 없으니까요. 놀부가 쩔쩔매는 이유가 여기에 있습니다. 그래서 '속전'을 바치고라도 속량을 받고자 합니다. '속전'은 죄를 벗기 위해 바치는 돈이고, '속량'은 노비가 몸값을 내고 양민이 되는 것을 말합니다. 조부모, 부모, 놀부 내외, 자식, 이렇게 해서 한 명당 삼천 냥씩 이만 천 냥을 바칩니다. 놀부는 아버지가 도망친 노비라는 것을 미리 알았을까요? 확실치는 않으나 어렴풋이 짐작하였기에 여러 말 못 하고 속전을 바쳤을 것 같습니다.

둘은 형제인데, 놀부는 도망 노비의 자손이고 흥부는 반남 박씨의 자손이라는 게 말이 안 된다고요? 이 점은 판소리계 소설의 특성을 고려하여 이해해야 합니다. 판소리는 미리 아귀를 맞춰 놓고 이야기를 전개한 것이 아니라, 장면마다 살을 붙여 이야기를 만들어 갑니다. 그때그때 상황에 따라 이런저런 이야기를 더하고 빼면서 극적인 재미를 주려고 했던 것이지요.

07

'제비'는 왜 '강남'에서 '박씨'를 물어 올까요?

★ 제비 - 현실과 현실 너머를 연결해 주는 존재

새는 이곳저곳을 자유롭게 날아다닐 수 있습니다. 그런 면에서 이승과 저승, 인간의 세계와 신의 세계, 현실과 이상을 연결해 주는 존재로 인식되지요. 옛사람들은 흥부가 가난하게 살고 있는 '이곳'의 저편에는 착한 사람에게 복을 내릴 수 있는 어떤 세계가 있다고 믿었습니다. 그 세계를 '강남'이라고 해 두죠. 제비는 '이곳'과 '강남'을 이어 줍니다.

제비는 철새라서 겨울이 되면 어딘가 먼 곳으로 날아갔다가 봄이 되면 다시 돌아옵니다. 우리 조상들은 제비가 오면 봄이 왔다고 생각하여 제비를 반가운 소식을 전해 주는 새라고 생각했습니다. 또 제비는 해로운 벌레를 잡아먹는 익조이고, 사람들의 집에 둥지를 짓고 새끼를 치는 친근한 새입니다.

제비 둥지가 집을 못쓰게 한다고 생각하여 헐어 버리는 사람들도 있었지만, 대체로 나그네처럼 생각하여 둥지를 헐지 않고 내버려 두었습니다. 그러면 이듬해에 다시 그 제비가 찾아와 새끼를 낳는다고 믿었지요. 제비에게 인정을 베풀면 제비가 그 인정을 알아본다고 생각한 것입니다.

★ 강남-현실 너머의 공간

'강남'이란 '강의 남쪽'을 말합니다. 남쪽이니 따뜻한 곳이겠네요. 이는 인간 세계 저편의 어느 세계를 뜻합니다. 상징적인 공간이죠. 여러 곳으로 흩어졌던 제비들이 모여 제비 왕에게 인간 세상의 일을 보고하고, 이에 따라 상도 주고 벌도 줄 것을 결정하는 곳입니다. 이는 죽어서 가는 저승 혹은 신적인 세계를 뜻합니다. 신적인 세계에 속한 신선들은 제비라는 메신저를 통해 현실에 개입합니다. 박씨를 주어 착한 이에게 복을 베풀고 악한 이를 응징하지요. 또한 이러한 행위를 통해 인간 세상의 질서를 바로잡고 악인을 회개시킵니다.

★ 박-풍요와 희망의 상징

박은 모양이 둥글어요. 그래서 원만하고 풍요로운 것을 상징합니다. 또 크기가 크다 보니 여러 가지 것들이 들어 있을 거라는 상상이 가능하지요.

박 속에서 나오는 것들은 흥부의 삶을 풍요롭게 만듭니다. 당시 사람들이 원하거나 갖고 싶었던 것이 박 안에 들어 있습니다. 가난한 흥부가 바란 것은 밥 한 통이었는데, 가장 처음 나온 것은 약입니다. 신선들이 동자에게 보낸 약은 환혼주, 개안주, 능언주, 벽이주, 불사약, 불로초, 만병통치약 등 수백 가지입니다. 장수와 건강에 대한 열망을 알 수 있습니다. 그 뒤 궤 두 짝에서 백 년을 두고 퍼내도 줄지 않는 쌀, 평생 써도 줄지 않는 돈이 나옵니다. 아름다운 비단이 끝없이 나오고, 마지막으로 목수들이 나와서 집을 짓고 온갖 가구와 그릇, 의복, 살림 도구, 농사 도구, 하인까지 주고 갑니다. 박에서 나온 것이 '의 → 식 → 주'가 아니라 '식 → 의 → 주'의 순서네요. 가난한 사람에게는 아무래도 먹는 것이 가장 급했겠지요?

박 타는 장면은 매우 흥겹습니다. 놀부의 구풍박에서 사람들이 나오는 것조차 신명나는 잔치 같습니다. 놀부의 구풍박에서는 천대받던 직업군의 사람들이 나옵니다. 돈을 훔쳐 달아난 노비, 상여꾼, 장애 있는 걸인들, 사당패 등. 박에서 나온 사람들은 몹시 소란스럽게 놀부 재물을 빼앗아 놀부 집에 쌀 한 줌 엽전 한 닢 남지 않게 합니다.

〈흥부전〉을 읽는 사람들에게 이런 결말은 어떤 심리적 효과를 줄까요? 독자들은 이렇게 생각했을 겁니다. '세상을 착하게 보고 작은 제비 새끼 하나도 따뜻하게 보살펴야겠다. 그러니 착한 마음 버리지 말고 희망을 갖고 살아야지.'

08

〈흥부전〉의 주제는 무엇일까요?

★ 형제간의 우애

〈흥부전〉은 동생인 흥부와 형인 놀부 사이의 갈등과 화해를 다루고 있는 이야기입니다. 놀부는 부모로부터 물려받은 재산을 독차지하고 흥부를 쫓아내지만, 흥부는 형을 원망하지 않습니다. 그리고 흥부가 나중에 부자가 되어 놀부네와 함께 살게 된다는 내용이지요.

📖 놀부는 그날부터 쾌히 개과천선하여 의로운 말과 착실한 행동으로 사람과 사물을 진실히 대하기 시작했다. 흥부의 착한 마음 극진히 형을 위로하며 저의 재산을 반으로 나누어 형제끼리 우애롭게 지내니 그 모습을 보고 누가 아니 칭찬할까. 도원의 남은 의기가 길이길이 전

하여 찬란히 빛나는 것이었다.

사실 둘 사이의 우애는 일방적입니다. 흥부는 변함없이 놀부를 사랑하지만 놀부는 그렇지 않았지요. 어떻든 둘 사이에 있었던 갈등은 사라지고, 화해해서 행복하게 살게 되었다는 점에서 '형제간의 우애'를 다루었다고 봅니다. 그런데 이렇게 단순한 이야기에 우리 민중들이 그렇게 열광하고 흥미를 보였을까요?

★ 빈부 간의 갈등

〈흥부전〉의 배경인 조선 후기에는 백성들이 대부분 농사를 지으며 살았어요. 그런데 경제가 발전하고 농사 기술이 발달하면서 신분 질서와 경제생활에 많은 변화가 일어납니다. 땅을 많이 가진 부농들이 생겨나면서 땅을 잃고 소작농으로 전락하는 빈농층이 늘어나지요. 즉, 놀부 같은 부농과 흥부 같은 빈민이 많아집니다. 그 결과 양반보다 잘사는 평민들이 생겨났고, 몰락한 양반은 빈민이 되기도 했습니다.

놀부는 부모님이 살아 계실 때 장자로서의 의무를 다했고, 이제는 부모님의 재산이 모두 자기 것이라고 말합니다. 그것이 법적으로 문제가 되지 않았으니까요. 놀부는 이 재산을 바탕으로 더욱 부자가 되고, 쫓겨난 흥부는 가난의 구렁텅이로 빠져들게 됩니다.

📖 흥부는 품을 파는데 상하 전답 김매고, 전세 대동 방아 찧기, 보부상단 삯짐 지고, 초상난 집 부고 전하기, 묵은 집에 토담 쌓고, 새집에 땅 돋우고, 대장간 풀무 불기, 십 리 길 가마 메고, 오 푼 받고 말

편자 걸기, 두 푼 받고 똥재 치고, 닷 냥 받고 송장 치기, 생전 못 해 보던 일로 이렇듯 벌기는 버는데 하루 품을 팔면 네댓새씩 앓고 나니 생계가 막막했다.

이런 이야기 흐름을 당시 시대상과 연관 지어 보면, 놀부는 부자를 대표하고 흥부는 빈자를 대표한다고 할 수 있습니다.

📖 "싸래기나 주자 한들 황계 백계 수백 마리가 밥 달라고 꼬꼬 우니 네놈 주자고 닭 굶기며, 지게미나 쌀겨나 양단간에 주자 한들 우리 안에 돼지 떼가 꿀꿀 대니 네놈 주자고 돼지 굶기며, 식은 밥이나 주자 한들 새끼 낳은 암캐들이 컹컹 짖고 내달으니 네놈 주자고 개를 굶긴단 말이냐?"

시레기와 지게미는 가축의 사료로 쓰이는 것인데, 놀부는 흥부에게 이것조차 줄 수 없다고 합니다. 가축을 굶길 수 없기 때문이지요. 놀부는 동생네 가족이 굶는 것보다 자기의 재산을 지키거나 늘리는 것이 더 중요하다고 생각하고 있습니다.

사리사욕에 사로잡혀 물질적 가치만을 중시했던 놀부와 빈민으로서 힘겨운 삶을 살았지만 도덕적·윤리적 가치를 지키려고 했던 흥부의 대조되는 모습은 당시 사람들의 삶을 대변합니다. 또한 흥부는 흥하고, 놀부는 망하여 개과천선하는 이야기 속에는 당시 백성들의 바람이 담겨 있습니다. 한 걸음 더 나아가면, 물질로 경도되던 세태를 경계하고 윤리적·도덕적 가치를 중시해야 한다는 교훈도 읽어 낼 수 있습니다.

〈흥부전〉의 바탕이 되는 이야기

사람들은 남이 잘되는 것을 보면 따라하고 싶은 욕망을 갖는다. 대개
는 착하거나 좋은 일을 한 사람이 잘되거나 복을 받는다. 그런데 선하
지 않은 마음으로 행동만 모방한다면 어떤 결과가 나타날까?

〈흥부전〉이 이를 잘 보여 주고 있다. 흥부는 순수하게 이타적인 행위
를 한 데 비해 놀부는 이기적인 행위를 했다. 똑같이 제비 다리를 고
쳐 주고 박씨를 받았지만, 놀부의 행동은 선하지 않은 동기에서 비롯
되었기에 징벌적인 결과를 가져온다. 〈혹부리 영감〉 이야기에서도 동
기가 선하지 않은 혹부리 영감이 도깨비들에게 망신을 당한다. 이처럼
모방을 했다가 오히려 낭패를 보는 이야기를 주요 줄거리로 삼고 있는
것을 '모방담'이라고 한다.

〈흥부전〉은 언제 누가 썼는지 모른다. 다만 신라 시대의 '방이 설화'와
몽고의 '박타는 처녀 설화'가 내용면에서나 모방담을 통해서 이야기가
전개되고 있다는 점에서 비슷하다. 그래서 두 이야기를 〈흥부전〉의 근
원 설화로 본다.

● **방이 설화**

신라에 형제가 살고 있었다. 아우는 부자였지만 형인 방이는 가난해서 구
걸을 해야 했다. 어느 해 방이가 아우한테 가서 누에알과 곡식 씨앗을 좀
달라고 했다. 동생은 마음씨가 고약하여 알과 종자를 일부러 삶아서 주었
다. 방이는 그것도 모르고 알과 종자를 받아 왔는데, 알 중에서 누에 한 마
리가 나오더니 황소처럼 크게 자랐다. 그러자 동생이 심술이 나서 누에를

죽여 버렸다. 그랬더니 사방에서 누에가 모여들어 실을 자아 방이에게 주었다. 또 방이가 동생에게서 얻어 온 씨앗을 심었는데, 이삭이 한 자나 자랐다. 어느 날 새가 날아와 이삭을 물고 달아났다. 방이는 새를 따라 산속으로 갔다가 길을 잃고 밤이 되었는데, 어두워진 산속에 아이들이 나타났다. 그들은 갖고 싶은 것을 말하며 금방망이를 이리저리 내리쳤는데, 그때마다 말한 것이 나왔다. 그들이 사라진 뒤 방이는 그 방망이를 가지고 와서 큰 부자가 되었다.

아우는 또 심술이 났다. 그래서 형이 한 대로 하려고 마음먹고 새를 따라가서 아이들을 만났다. 그런데 이번에는 아이들이 아우의 코를 뽑아 코끼리처럼 만들어 버렸다. 집으로 돌아온 아우는 속상해하다가 죽고 말았다.

● 박타는 처녀 설화

옛날에 마음씨 착한 처녀가 살았다. 갓 태어난 어린 새의 깃이 부러진 것을 보고 상처를 동여매 주었다. 얼마 뒤에 그 제비가 날아왔는데 상처가 잘 아물어 평소처럼 튼튼해져 있었다. 제비가 씨앗을 하나 떨어뜨리고는 인사를 하고 날아갔다. 씨앗이 점점 자라 커다란 박이 하나 열렸는데, 그 속에서 온갖 보화가 쏟아져 나왔다. 그래서 처녀는 큰 부자가 되었다.

옆집에 마음씨 나쁜 처녀가 있었는데, 이 처녀는 자기도 제비 상처를 고쳐 주어 부자가 되어야겠다고 생각했다. 그래서 제비를 일부러 떨어뜨려서 깃을 부러뜨리고 실로 묶어 날려 보냈다. 얼마 지나서 그 제비가 박씨를 물어 왔다. 옆집 처녀는 기뻐하며 박씨를 뜰에 심었는데, 커다란 박을 타자 그 속에서 무시무시한 독사가 나와서 그 처녀를 물어 죽여 버렸다.

〈심청전〉의 줄거리

도화동에 사는 심학규는 스무 살에 병을 얻어 앞을 못 보게 된다. 돈을 벌지 못하고 물려받은 재산도 없어 심학규의 처 곽씨 부인이 삯바느질로 집안을 꾸려 간다. 내내 자식이 없다가 결혼한 지 이십 년이 넘어서야 딸 심청을 얻는다. 심 봉사는 몹시 기뻐하였지만, 곽씨 부인은 아이를 낳은 뒤에도 쉬지 못하고 일을 하다 병이 들어 죽고 만다. 심 봉사는 절망적인 상황에서도 아기 있는 집을 찾아다니며 젖동냥을 하여 심청을 키운다. 심청은 아름답고 부지런한 아이로 자라 예닐곱 살부터는 아버지 대신 밥을 빌러 다니기 시작한다.

📖 "까마귀 같은 날짐승도 먹을 것을 물어다 제 어미를 먹이는데, 하물며 사람이 짐승만 못하겠습니까? 아버지 눈 어두우신데 밥 빌러 여기저기 다니다 엎어져 몸 상하실까 걱정이고, 비바람 궂은 날과 눈서리 치는 추운 날이면 병나실까 걱정입니다. 이제 저도 다 컸으니, 오

늘부터 아버지께서 집에 계시면 제가 나가 밥을 빌어 오겠습니다."

심청은 나이 열여섯에 동네에서 일감을 얻어 와 생계를 이어 간다. 심청의 효행을 듣고 장 승상 부인이 심청을 불러 수양딸로 삼고 싶다고 하지만, 심청은 아버지를 모셔야 한다며 거절한다. 그날 심 봉사는 심청을 기다리다 집 밖에 나가 개천에 빠진다. 지나가던 몽운사 화주승이 심 봉사를 구해 주고, 공양미 삼백 석만 있으면 눈을 뜰 수 있다고 말한다. 심 봉사는 공양미를 시주하기로 약속했다가 뒤늦게 후회한다.

📖 "청아, 이 아비가 노망이 나서 그랬다. 공양미를 구할 길이 없으니 내일 아침에 몽운사에 가서 없던 일로 하자고 사정을 해 보던가, 안 된다 하면 벌을 받아도 내가 받으면 된다. 너는 아무 걱정 말거라. 내 팔자에 눈 뜰 욕심이 분에 넘치지."

하지만 효녀인 심청은 이 말을 듣고 가만히 있지 않는다. 아버지의 소원을 어떻게 이루어 드릴까 방법을 찾던 중, 남경 상인들이 인당수에 제물로 바칠 처녀를 구한다는 말을 듣게 된다. 심청은 자신의 몸을 팔아 몽운사에 공양미를 보내고, 아버지에게는 장 승상 댁 수양딸로 들어가게 되어 삼백 석을 구했다고 말한다. 심 봉사는 자기 눈 뜨자고 딸을 잃게 되었다고 슬퍼하다가 마음을 고쳐먹는다.

📖 "아니다, 아니야. 오히려 잘됐다. 어여쁜 우리 딸이 내 곁에서 못 먹고 못 입으며 고생하고, 총명한 우리 딸이 글 한 자 마음껏 못 읽었

는데, 못난 아비 곁에 있는 것보다야 부잣집에 들어가서 사랑받고 호
강하는 게 낫지. 너만 잘 산다면야 나는 혼자 살아도 상관없다. 암,
상관없고말고."

심청은 아버지와 헤어질 것을 대비해 온갖 준비를 다 해 둔다. 그래
도 아버지 혼자 남아 고생하며 사실 게 걱정이 되어, 떠나는 날 아침에
상인에게 몸을 판 사실을 말한다. 심 봉사는 펄펄 뛰면서 사람 제물을
받는다면 자기가 대신 가겠다고 한다. 자식을 팔아서 눈을 뜰 수는 없
다고 여겼기 때문이다.

장 승상 부인이 이 소식을 듣고 쌀 삼백 석을 내어 줄 테니 가지 말
라고 한다. 그러나 심청은 부모를 위해 정성을 다할 때 어찌 남의 재물
에 의지하겠느냐며, 또 약속은 지켜야 한다며 거절한다. 뱃사람들은 심
청의 효심을 보고 돈을 모아 준다. 그리고 심청은 마을 사람들에게 아
버지를 돌보아 달라고 당부한다.

📖 마침내 심청은 부여잡은 부친의 손길을 뿌리치고 마지막 절을 올
린 후에 동네 사람들에게 아버지를 부탁하고 떠나간다. 심 봉사는 심
청의 가는 길을 말리다 못해 기절하니 동네 사람들이 달려들어 부축
하고, 심청은 비틀비틀 뱃사람들을 따라간다. 낡은 치맛자락은 바닥
에 끌리고, 흐트러진 머리채는 눈물에 젖은 채로 헝클어져 늘어졌다.

심청은 인당수에 이르러서 겁이 나 뒤로 자빠진다. 그러다 자기가 이
렇게 겁을 먹는 것은 부친에 대한 정이 부족한 때문이라고 생각하며

마음을 다잡고 물에 뛰어든다.

옥황상제는 용왕에게 하늘이 내린 효녀인 심청을 고이 모시라고 명을 내린다. 그래서 심청은 용궁으로 가서 환대를 받고 죽은 어머니를 만난다.

심 봉사는 심청을 잃고 뺑덕 어미와 재혼하지만, 뺑덕 어미가 재산을 탕진하여 부끄러운 마음에 마을을 떠난다.

심청은 용궁에서 삼 년을 보내고 연꽃을 타고 바다에 떠오른다. 지나가던 상인이 이 연꽃을 발견하고 황제에게 바쳤는데, 황제는 연꽃에서 심청을 발견하여 황후로 맞는다. 심청은 도화동으로 사람을 보내 아버지를 찾지만 심 봉사는 이미 마을을 떠나고 없었다. 심청은 황제에게 부탁하여 온 나라 맹인들을 위한 잔치를 연다.

한편, 심 봉사는 맹인 잔치에 참가하러 가는데, 그사이 뺑덕 어미는 다른 맹인과 도망을 간다. 모든 것을 잃은 심 봉사는 기지를 발휘하여 무릉 태수에게 돈과 옷을 다소 얻어 길을 가다가 안씨 맹인을 만나 부부의 연을 맺는다. 마침내 잔치에 도착한 심 봉사는 황후가 된 심청을 만난다. 심 봉사는 딸을 만난 기쁨에 눈을 뜨고, 그 순간 온 나라 맹인들이 다 눈을 뜨게 되었다.

09

심청은
어떤 인물일까요?

★ 이름에 담긴 뜻

심청은 판본에 따라 '심청(沈淸)'이라고도 하고, '심청(沈晴)'이라고도 합니다. 심청의 이름에는 그녀의 삶과 운명이 담겨 있습니다.

심(沈: 가라앉을 심)

심청이 어떻게 되지요? 아버지의 눈을 뜨게 하려고 인당수에 깊이깊이 가라앉습니다.

청(淸: 맑을 청)

심청의 마음씨가 어떤가요? 심청은 아버지를 위해서 목숨까지 버리는 맑은 마음을 가졌습니다. 심청이 죽은 후 장 승상 부인은 심청의 초상화에 물이 흘러내리고 검은빛을 띠다가 다시 '맑은 기운'이 돌아온 것을 보고 제사를 지내 줍니다.

청(睛: 눈동자 정)

원래는 '정'인데 소설에서는 '청'이라고 나옵니다. 심청의 어머니가 죽을 때 유언을 남기는 장면에서 이 말이 등장합니다.

📖 "저 아이 이름은 청이라고 지읍시다. 청(睛) 자는 눈망울 청 자, 우리 부부 평생의 한이 앞 못 보는 것이오니 이 자식이 자라나면 아비 앞을 인도하는 눈이 되라고 청이라 합시다."

이때 '청(睛)'은 눈동자 또는 눈망울을 말합니다. 아버지의 눈 노릇을 하고, 아버지의 눈을 뜨게 하기 위해 목숨을 바치게 될 운명이지요.

★ 소녀 가장

심청은 한창 부모 품에서 투정이나 부릴 나이인 예닐곱 살에 눈먼 아버지를 위해 자기가 나가서 밥을 빌어 오겠다고 합니다. 아버지는 양반의 후예로 여자아이를 내보낼 수 없다고 반대를 하지만 심청은 뜻을 굽히지 않지요. 심청은 체면이나 예의보다는 효도를 더 중요하게 여깁니다. 그리고 아버지를 구하기 위해 자신을 희생했던 처녀들을 예로 들어 아버지를 설득합니다. 아버지는 그런 심청이 그저 기특하고 고맙기만 합니다.

심청은 제 발로 걸어 다닐 나이가 되었을 때부터 아버지를 봉양하기 위해 '소녀 가장'이 됩니다.

📖 심청이 이날부터 먼 산에 해 비추고 앞마을에 연기 나면 밥을 빌러 나가는데, 모습이 꼭 이러했다. 엄동설한 추운 날에 헌 저고리 헌 치마가 다 헤져서 살점이 울긋불긋 내비치고, 버선 없는 맨발로 다 닳아 있으나 마나 한 짚신을 꿰어 신고, 쪽박을 옆에 차고 밥 짓는 냄새를 따라가서 간절하게 구걸한다.

그리고 열여섯이 되어서는 동네의 일감을 얻어다가 살림을 꾸리기 시작합니다.

★ 고뇌로 동요하는 인간

심청은 죽으러 떠나는 날 친구들에게 마지막 말을 남깁니다.

📖 "아무개네 큰아가! 지난 오월 단옷날에 그네 뛰고 놀던 일이 너도 생각나느냐? 아무개네 작은아가! 금년 칠월 칠석 밤에 함께 소원 빌자 했는데 이제는 허사로다. 이제 가면 언제나 다시 보랴. 너희들은 팔자 좋아 부모 모시고 잘 있어라. 나는 오늘 우리 부친 이별하고 죽으러 가는 길이로다."

심청은 '나'와 '너희들'을 구분합니다. '너희들'은 좋은 부모 밑에서 팔자 좋게 지내고 있는데, '나'는 혼자서 눈먼 아버지를 모시며 운명을 개척하면서 살아야 했습니다. 동네 사람들이 도와주었지만, 그들이 준 마음이 가족과 같을 수는 없겠지요.

심청은 아버지를 위해 죽음의 세계로 가지만 자신의 운명에 대해 한탄하는 인간적인 모습을 보입니다.

★ 연꽃에서 나온 황후

심청의 인생은 이후 완전히 달라집니다. 환생하여 황후가 되지요.

📖 "황후가 승하하신 것을 옥황상제께서 아시고 새로운 배필을 보낸 것이 분명한 듯합니다. 하늘이 내리신 황후이오니 마땅히 나라의 국모로 맞이하시옵소서."

황제도 옳게 여겨 좋은 날을 가리고 성대하게 혼례를 치르자 마침내 꽃송이 속에서 두 시녀가 심 낭자를 모시고 나왔다. 심 낭자가 꽃에서 나오자 궁궐이 휘황하게 빛나 똑바로 쳐다보기 어려울 지경이었다.

여기에 〈심청전〉이 사람들에게 많이 읽히고 사랑을 받았던 이유가 있습니다. 심청보다 그다지 나을 것도 없는 당시 대다수 민중은 심청의 신분 상승 드라마에 환호했을 것입니다. 그리하여 사람들은 '착하게 살면 복을 받을 수 있다.'라는 희망을 가지고 어려운 삶을 이겨 나갔을 것입니다.

심청은 아버지를 위해
왜 목숨까지 버렸을까요?

 부모가 자식을 위해 죽음을 마다하지 않는 경우는 많지만, 자식이 부모를 위해 목숨을 버리는 경우는 흔치 않습니다. 그런데 심청은 왜 이렇게 아버지에게 헌신할까요?

어떤 사람들은 '부모화된 자녀'라는 말로 심청의 행동을 설명합니다. 이는 어린 자녀가 부모나 배우자의 역할을 대신 수행하는 것을 말합니다. 부모화가 높을수록 책임감이 강하고 효심이 많다고 합니다.

또 어떤 사람들은 심청의 행동을 '엘렉트라 콤플렉스'로 설명하기도 합니다. '엘렉트라 콤플렉스'란 여자아이가 아버지에게 집착하는 심리를 말합니다. 아들이 어머니에게 집착하는 '오이디푸스 콤플렉스'에 대비되는 말이지요.

★ 부모화된 자녀

보통의 경우는 부모가 자식을 먹여 살립니다. 하지만 심청과 심 봉사는 이 관계가 바뀌어 있습니다.

📖 "효는 인륜의 근본이고, 남녀칠세부동석은 사소한 예절입니다. 옛날 한나라에 제영이라는 처녀는 감옥에 갇힌 부친을 구하기 위해 스스로 관아의 기녀가 됐다고 하고, 진나라의 양향이라는 처녀는 호랑이가 나타나자 아버지를 구하려고 호랑이에게 달려들었다고 합니다. 이들과 비교하면, 밥 빌러 나가는 것이 뭐 그리 대단하겠습니까?"

아버지를 구하기 위해 기생으로 몸을 팔거나 호랑이가 덤벼들 때 아버지 대신 먹히는 일을 예로 들면서 밥 빌러 나가는 것은 대단한 일이 아니라고 합니다.

그러나 과연 그럴까요? 그때 심청의 나이 일곱 살, 아직 코흘리개 어린이가 동네 친구들의 눈도 있는데 밥을 구걸하며 다니는 일이 쉬웠겠습니까? 하지만 심청은 아버지의 보호자 역할을 합니다.

아버지가 공양미 삼백 석을 시주하겠다는 약속을 했다는 말을 들어도 화를 내지 않습니다. 보통의 딸이라면 가난한 살림에 그런 어이없는 행동을 했다고 화를 냈을 겁니다. 하지만 심청은 어떻게든 해결해 보겠다고 합니다. 이것은 아버지의 욕구는 무조건 들어주어야 하고, 그 욕구는 자기 아니면 해결할 사람이 없다는 강박관념에서 나온 것입니다.

그런데 이렇게 아버지를 돌보는 것이 오히려 심 봉사를 무능력하게 만듭니다. 딸 덕에 가만히 앉아 먹기만 해서 이제 바깥출입까지도 서툴니다. 심 봉사의 미숙함은 눈을 뜨게 해 준다는 말에 공양미 삼백 석을 선뜻 시주하겠다고 약속한 데서 뚜렷하게 나타납니다. 심청이 자발적으로 맡은 부모 노릇 때문에 심 봉사는 결과적으로 아기같이 퇴행하였습니다.

심청은 인당수에 빠지면서 아버지로부터 분리됩니다. 용궁에서는 아버지에 대한 무한 책임을 내려놓고 이전에 속했던 삶과 거리를 두면서 자신의 욕구를 돌아봅니다.

용궁에서 나온 심청은 왜 집으로 돌아가지 않았을까요? 연꽃이 떠오른 인당수는 심청의 고향에서 멀지 않습니다. 예전 같았으면 아버지를 찾아 바로 집으로 갔겠지요. 하지만 심청은 그러지 않았습니다. 자신의 집을 먼저 갖고, 그 집에서 아버지와 새로운 관계를 맺습니다. 즉, 아버지에게 모든 것을 다 바치는 헌신적인 부모화에서 벗어나 자신의 욕구까지 보살피며 균형을 잡으려 합니다. 부모와 자녀 사이의 건강한 관계는 한쪽의 희생이 아니라 서로의 조화와 균형에 있기 때문이지요.

심 봉사 역시 그동안의 고생을 통해서 배운 것이 있었네요. 어렸을 때부터 부모를 자식처럼 생각했던 심청과 자식을 부모처럼 생각했던 심 봉사가 각자 제자리를 찾아 홀로 섰을 때 마음의 눈이 열렸고, 드디어 육체의 눈까지 열린 것입니다.

★ 엘렉트라 콤플렉스

요조숙녀였던 곽씨 부인은 심청을 낳고 세상을 떠납니다. 마을 사람들이 심청에게 전해 주는 말, 아버지의 넋두리 등은 어린 심청에게 부담을 주었겠지요. 자신이 어머니를 죽게 했다는 죄책감, 어머니 역할을 대신해야 한다는 의무감, 어머니처럼 완벽하게 아버지를 보호해야 한다는 책임감 등. 심청은 어머니를 본받아야 할 모델로 삼으면서 아버지에게 절대적인 효도를 하고자 합니다.

그래서 심청은 성장 과정에서도 마을 사람들과 관계 맺기보다는 아버지와의 관계에 집중하는 모습을 보입니다. 효를 앞세워, 기다리는 부친 핑계로 밥을 들고 얼른 돌아오지요. 장 승상 부인의 제안을 거절한 것도 아버지 때문입니다. 아버지의 존재는 늘 그림자를 드리우지만 심청은 아버지를 원망하지 않습니다. 심청은 아버지 없이 살 수 없고, 아버지는 심청 없이 살 수가 없습니다. 둘 사이에는 동네 친구도, 장 승상 부인도 끼어들지 못합니다. 이렇게 부녀가 한 마음, 한 몸처럼 살아가는 것이 아름다운 일이기는 하지만, 한편으로 어쩐지 자연스럽지가 않습니다.

심청이 황후가 될 때에 눈에 띄는 점은 심청이 재취로 들어간다는 것입니다. 물론 심청의 신분을 생각하면 첫 부인은 좀 과하다고 생각했을 수도 있습니다. 그러나 여러 이본을 통해 볼 때 황제는 십대인 심청에게 걸맞은 젊은 청년이 아니라 온화하고 이해심 많은 중년 남자로 짐작됩니다. 어쩌면 심청은 남편감으로도 아버지 같은 사람을 찾았던 것이 아닐까요?

혹시 심청과 심 봉사는 무의식 속에서 서로에게 집착하다가 고통과 시련을 겪고 나서야 진정 독립할 수 있었던 것은 아닐까요?

11

심청은 왜 장 승상 부인의 제안을
거절했을까요?

장 승상 부인은 심청의 어여쁜 자태와 고운 마음에 감탄합니다. 부인은 남편이 일찍 죽고 자식들은 서울에 있어서 외로운 신세였어요. 그리고 심청의 처지를 딱하게 여겨 무엇이든 돕고 싶어 합니다.

★ 수양딸 제안

심청이 수양딸로 들어오면 친딸같이 예의범절도 가르치고 글공부도 시켜 주며 좋은 데를 골라서 시집도 보내 주겠다고 제안합니다. 심청은 부인의 말을 듣고 돌아가신 어머니를 본 것처럼 감격스러워합니다.

📖 "그렇지만 부인의 말씀을 따르면 제 한 몸 편하지만, 앞 못 보는

아버지는 누가 돌보겠습니까?"

심청은 장 승상 부인의 제안을 받아들이지 못합니다. 아버지를 모셔야 한다는 이유에서죠. 아버지는 불편한 몸으로 어머니 몫까지 다 하여 자신을 키웠으므로 이제는 자신이 아버지 곁에 있겠다고 합니다.

★ 공양미 삼백 석 제안

심청이 팔려 가는 날 장 승상 부인은 몹시 서운해 합니다. 자기는 친딸처럼 심청을 생각했는데, 중요한 결정을 하면서 의논조차 하지 않았기 때문이지요.

장 승상 부인은 심청을 딸처럼 생각하여 공양미 삼백 석을 대신 내주겠다고 했습니다. 그런데 심청은 그럴 수 없다고 하지요. 그 이유로 세 가지를 말합니다. 첫째는 사람의 도리를 들어, 이제까지도 부인의 은혜를 입었는데 또 신세를 질 수는 없다고 말합니다. 도움을 받는 것에도 정도가 있어야 한다는 것이지요. 두 번째는 효는 부모에게 바치는 정성인데 그것을 남의 재물에 의지해서는 안 된다고 합니다. 마지막으로는 뱃사람들과의 신의를 저버릴 수 없다는 것입니다.

이 가운데 가장 중요한 이유는 아마도 '부모를 위한 정성'이 아닐까요? 심청은 공양미를 바친다고 하더라도 아버지가 눈을 금방 뜨리라고 믿지 않았습니다. 자신이 죽고 나면 눈먼 아버지가 고생이 많으리라 생각했고, 팔려 가는 날 동네 사람들에게도 눈먼 아버지를 부탁한다고 했습니다. 심지어는 황후가 된 후에도 아버지를 찾을 때 맹인 잔치를 합니다. 아버지가 눈을 뜨지 못했다고 생각했기 때문이지요.

12

심 봉사는
어떻게 살아왔을까요?

 심 봉사는 그야말로 파란만장한 삶을 살면서 여러 가지 모순된 모습을 보입니다. 양반의 후예답게 행실이 바른 군자 같기도 하고, 철없는 어린아이 같기도 하고, 때로는 여자를 좋아하는 사람처럼 보이기도 합니다.

★ 동냥으로 심청 키우기

나이 스물에 눈병을 얻어 봉사가 되었지만, 현모양처 곽씨 부인의 도움으로 그럭저럭 살아갑니다. 명산에 치성을 드려 심청을 낳아 기뻐합니다. 심 봉사는 점잖고 예의바른 사람이었습니다. 곽씨 부인이 죽자 젖동냥을 하며 심청을 길러 냅니다. 동네 사람들은 곽씨의 장례를 치르고, 젖을 나눠 먹이며 심 봉사를 도와줍니다. 이때 심 봉사는 딸을 사랑하는 자상한 아버지로서 강인한 생활력을 보입니다.

★ 심청에게 보호받기

심청이 일곱 살이 되면서 아버지 대신 동냥을 다닙니다. 심 봉사는 면목 없어 하면서도 딸의 신세를 지게 됩니다. 그리하여 바깥출입조차 하지 않고 지냅니다. 상당히 무능력한 모습이지요. 심청이 장 승상 댁에 가기 위해 밥상까지 봐 두었지만, 스스로 먹지도 못하고 불안에 떱니다. 심청이 팔려 가는 그날까지 아무것도 알지 못하다가 끝내는 기절합니다. 자식에게 의존하는 무능력한 아버지의 모습이 나타나며, 이전같은 생활력은 찾아볼 수 없습니다.

★ 뺑덕 어미와 놀아나기

심청을 떠나보내고 나서 행실이 좋지 않은 뺑덕 어미와 결혼하여 심청의 목숨 값을 모두 잃습니다. 그러면서도 뺑덕 어미에게 흠씬 빠져 일이 돌아가는 판국을 까맣게 모릅니다. 뺑덕 어미가 재산을 탕진하자 동네 사람들 보기 부끄럽다며 정처 없이 길을 떠납니다. 여자에 빠져 심청의 목숨 값을 탕진하는 모습은 어이없을 정도로 철이 없습니다.

★ 홀로서기

맹인 잔치에 가는 중에 뺑덕 어미가 도망갑니다. 엎친 데 덮친 격으로 개울에서 목욕을 하다가 옷까지 잃어버립니다. 모든 것을 잃고 나자 이제는 어떻게든 살아가야겠다는 생각을 갖게 됩니다. 심 봉사를 거듭

나게 했다는 점에서 개울은 심청의 삶을 변화시킨 인당수와 같은 의미를 갖습니다. 이제 그는 억지를 부려 태수에게서 옷을 얻어 내고, 동네에 들러 방아 찧기도 해 주며 길을 갑니다. 심 봉사가 적극적인 생활력을 회복한 것이지요.

★ 안씨 맹인과 인연 맺기

심 봉사는 여자 복이 많은 것 같습니다. 서울에서 안씨 맹인을 만나 인연을 맺습니다. 둘 다 봉사이기 때문에 일방적으로 의지하지 않으면서도 함께할 수 있는 대상을 찾은 것입니다.

★ 개안

마침내 심청을 만난 심 봉사는 심청을 제대로 보고자 하는 마음에 답답하여 미칠 지경이 됩니다. 반갑고 보고 싶던 그 마음이 딱지 떨어지듯 소리를 내며 두 눈을 뜨게 합니다. 심 봉사가 심청을 안고 춤추며 노래하니 온 나라 봉사들이 모두 눈을 떠 신명나는 한 판 축제가 벌어집니다.

13

심 봉사는
효도를 받을 만할까요?

 〈심청전〉에서 논란이 되는 것 중 하나가 심 봉사가 과연 심청이 목숨까지 던져 효도할 만한 인물이었나 하는 것입니다. 물론 자격이 있어야만 효도를 받을 수 있는 것은 아닙니다. 하지만 심청이 죽고 나서 뺑덕 어미와 지내는 부분은 많은 사람의 고개를 갸웃하게 만듭니다.

★ 어린 심청의 봉양을 받음

심 봉사는 7년 동안 심청을 혼자 키웁니다. 하지만 심청이 일곱 살이 되자마자 보호자의 역할을 내려놓고 돌봄의 대상이 됩니다. 심청이 이 집 저 집 다니며 밥을 빌어 오면, 심 봉사는 혼자 앉아 기다리다 심청을 반깁니다. 심청이 바로 부엌으로 가서 상을 차려오면, 이때의 심 봉사는 심청이 손에 쥐어 준 수저를 들어 밥을 먹습니다. 심 봉사는 어머니의 돌봄을 받는 자식과 다를 바가 없습니다.

📖 '내 딸 심청이는 어이하여 못 오는고? 부인이 만류하여 못 오는가, 오는 길에 동무들과 노느라고 못 오는가? 혹시 내 딸이 곱다는 소문이 자자하니 몹쓸 놈들이 잡아갔는가? 아니지, 아니지. 이런 흉한 생각은 하지도 말아야지. 청아, 어서 빨리 오너라. 왜 이리 늦느냐?'

심 봉사는 마치 엄마를 기다리는 아기처럼 간절히 심청을 기다립니다. 딸의 독립적 삶을 보장해 주려는 마음의 여유는 찾아볼 수 없습니다. 혹시 심청에게 버림받을까 봐 불안해 하는 게 아닐까요? 곽씨 부인이 떠나간 뒤 믿을 사람이라곤 딸밖에 없으니, 심청에게 더욱 강박적으로 집착하는 게 아닐까요?

이날 심청을 찾아 나섰다가 개천에 빠진 후 심 봉사는 더욱더 퇴행 상태에 빠집니다. 눈을 뜨고 싶은 마음에 몽운사 스님에게 감당할 수 없는 약속을 해 놓고는 큰소리를 칩니다.

📖 "어따, 여보시오. 어느 개아들놈이 부처님께 시주하겠노라 해 놓고 빈말을 하겠소? 눈 뜨려다 눈을 뜨기는커녕, 도리어 벌을 받아 앉은뱅이까지 되게요? 사람 너무 업신여기지 마오. 빈말 걱정일랑 마시고 어서 권선책에 적으시오."

이런 철없는 말이 심청을 얼마나 치명적으로 옭아맬지 심 봉사는 전혀 예측하지 못합니다. 이런 장면에서는 누가 부모이고 누가 자식인지 판단이 서지 않습니다.

★ 딸의 목숨을 팔게 함

그런데 시주 약속이 그토록 치명적인 결과를 낳게 할 줄 과연 심 봉사가 몰랐을지 의심이 듭니다.

> 📖 "청아, 이 아비가 노망이 나서 그랬다. 공양미를 구할 길이 없으니 내일 아침에 몽운사에 가서 없던 일로 하자고 사정을 해 보던가, 안 된다 하면 벌을 받아도 내가 받으면 된다. 너는 아무 걱정 말거라. 내 팔자에 눈 뜰 욕심이 분에 넘치지."

자기가 벌을 받고 말겠다고 하는데, 심청이 과연 그 말에 동의할까요? 자기를 기다리다 개천에 빠진 아버지에 대한 죄책감 때문에 어떻게든 아버지의 말에 책임을 지려 애쓰겠지요. 이런 말하기 방식은 심청의 효심을 자극하여 원하는 것을 얻어 내게 합니다. 심 봉사의 만류하는 표현이 심청의 행동을 오히려 강화하고 있습니다.

사실 심 봉사는 재물을 얻을 가능성이 있음을 무의식중에 알았을 것입니다. 다음은 심청이 아버지의 말을 듣고 기도하는 내용입니다.

> 📖 "집안이 가난하여 모은 재물 하나 없고 몸밖에 없사오니, 부디 이 몸이라도 사 갈 사람을 보내 주시어 부모 은혜를 갚게 해 주시옵소서."

심청의 기도는 당시 인신매매가 성행했음을 알려 줍니다. 이는 심 봉사 역시 이러한 풍조가 있었음을 모르지 않았다는 뜻입니다. 이후 심 봉사 스스로, 딸 죽이고 제 눈 뜨려다가 하늘의 벌을 받아 눈도 못 뜨고 이리 되었다고 탄식하는 것을 보아도 짐작됩니다.

★ 자신의 욕구를 중시함

심청이 떠나간 후 심 봉사는 밤낮없이 통곡하지만 집안 형편은 조금씩 나아집니다. 동네 사람들이 심 봉사의 처지를 불쌍히 여겨 남경 뱃사람들이 맡기고 간 돈과 곡식을 착실하게 꾸려 주었기 때문이지요. 그러니 심 봉사가 제정신으로 살기만 하면 큰 문제는 없을 상황입니다. 그런데 심 봉사는 그 마을에서 가장 못된 계집을 첩으로 들입니다.

📖 그때 그 마을에 뺑덕 어미라는 못된 계집이 있었는데, 밤낮 바람 난 암캐처럼 눈이 뻘겋게 쏘다니다가 심 봉사에게 돈과 곡식이 좀 있다는 소문을 듣고 자청해 첩으로 들어왔다.

자청하여 들어왔다고는 하나 결국 심 봉사가 불러들인 것입니다. 심 봉사는 그동안 곽씨와 심청에게 보호받았던 것처럼 뺑덕 어미에게 의존합니다. 그래서 뺑덕 어미가 심 봉사의 재물을 밤낮으로 퍼먹는데도 그 사실을 모릅니다. 뺑덕 어미에게 흠씬 빠졌기 때문이지요.

14

곽씨 부인과 뺑덕 어미는
어떤 인물일까요?

곽씨 부인은 소설의 첫머리에 잠깐 등장하지만, 심 봉사나 심청에게 지속적인 영향력을 미칩니다. 뺑덕 어미는 심 봉사에게 치명적인 타격을 주고, 심 청과 심 봉사의 상봉을 지연시킵니다.

★ 남편을 지극정성으로 봉양한 곽씨 부인

곽씨 부인은 현모양처로서, 덕과 지혜와 고운 자태를 두루 겸비한 여인이었습니다. 무엇보다도 남편을 지극정성으로 봉양했지요.

📖 관대, 도포, 두루마기, 마고자, 중치막과 남녀 의복 잔누비질, 쌍침질, 외올뜨기, 시침질에 빨래하고 풀 먹이기, 망건 꾸미기, 갓끈 접

기, 단추 달기, 버선 짓기에, 줌치, 쌈지, 복주머니, 향주머니, 붓주머니 다 만들고, 금침 베갯모에 원앙새 수놓기, 관복 흉배에 학 수놓기, 명주, 갑사, 모시, 삼베, 무명에 길쌈, 염색하기, 초상난 집 손 치르기, 혼사집에 음식 장만.

이렇게 일 년 삼백예순 날을 하루도 놀지 않고, 손톱 발톱 다 닳도록 품을 팔아 돈을 모았다. 한 푼 두 푼 모아 열 푼을 만들고, 한 돈 두 돈 모아 열 냥을 만들고, 한 냥 두 냥 모아 관돈을 만들어서 착실한 이웃집에 빚을 주고 실수 없이 받아들였다.

곽씨 부인은 모은 돈을 이웃에게 빌려 주고 이자를 받았습니다. 옛날에는 은행이 없었기 때문에 다른 사람에게 돈을 빌려 주고 이자를 받는 일이 흔했지요. 재주 많고 부지런하고 재테크도 잘하니 심 봉사는 큰 걱정 없이 지냅니다.

심청에게는 이런 어머니의 모습이 어떤 영향을 미쳤을까요? 어머니가 그토록 완벽하게 아버지를 모셨는데, 자신도 그래야 한다고 생각했겠지요. 특히 곽씨는 심청의 이름을 지어 주면서 아비의 눈이 되기를 바랐습니다.

★ 나쁜 교사(?) 뺑덕 어미

〈심청전〉에 나오는 인물들을 보면, 마을 사람들뿐만 아니라 심청을 사 가는 남경 상인조차 마음이 따뜻합니다. 딱 한 사람이 악인으로 등장하는데, 바로 뺑덕 어미입니다. 이름으로 보아 양반은 아닌 것 같고, 나이도 어느 정도는 먹었을 것 같네요. '뺑덕 어미'라는 호칭으로 보아

딸자식을 둔 것 같은데, 막상 뺑덕이는 나오지 않습니다.

　　📖　이 계집은 천하에 몹쓸 계집이니, 행실이 꼭 이러했다. 쌀을 주고
　　떡 사 먹고 잡곡 팔아 술 사 먹고 욕 잘하고 흉 잘 보고, 흑심 많고
　　욕심 많고, 술 취해 한밤중에 꺼이꺼이 울음 울고, 총각 보면 꼬리 치
　　고, 여자 보면 눈 흘기고, 남자 보면 쌩긋 웃고, 잠자면서 이 갈고, 날
　　이 새면 악 쓰고, 이웃집에 대놓고 밥 얻어먹고, 정자 밑에서 낮잠 자
　　고, 홀딱 벗고 술 퍼먹고……

　뺑덕 어미를 평하는 내용 가운데 가장 비중이 높은 것은 방탕하다
는 것입니다. 이는 현모양처인 곽씨 부인의 모습과 선명한 대비를 이루
지요.
　그럼에도 불구하고 뺑덕 어미는 〈심청전〉에서 이런 구실을 합니다.
　첫째, 심 봉사의 욕구 대리인입니다. 심 봉사라고 욕구가 없었겠습니
까? 남들처럼 놀고 먹고 취하고 즐기고 싶은 욕구를 그동안 억누르고
살다가 뺑덕 어미를 통해 그러한 욕구를 분출하는 것이지요. 둘째, 심
봉사가 눈을 뜨는 데 필요한 고행을 겪게 합니다. 심청이 인당수에 빠
지는 아픔을 겪은 것처럼 심 봉사도 혹독한 고난을 겪어야 했는데, 그
것이 뺑덕 어미를 통해서 이루어진 것이지요. 셋째, 결과적으로는 심
봉사의 홀로서기를 돕는 구실을 합니다. 뺑덕 어미가 떠난 뒤 심 봉사
는 혼자 힘으로 살겠다고 선언합니다.

⑮

심청이 한 일은
효일까요, 불효일까요?

조선은 철저한 유교 사회였기에 충과 효를 강조했습니다. 충신과 효자는 표창을 하고 쌀이나 옷감 등을 내리거나 벼슬을 주기도 했습니다. 효를 절대시하는 풍조에 따라 엽기적인 효도담도 많았습니다. 심청은 효를 행하기 위해 자신의 목숨을 버렸기 때문에 '이효상효(以孝傷孝)'라고 볼 수도 있습니다. 효도를 하기 위해 오히려 불효를 하게 된다는 뜻이지요.

★ 진짜 효도와 가짜 효도

과연 자신의 몸을 상하게 하면서까지 부모를 봉양하는 것이 효도일까요? 이런 행위를 교과서 삼아 다른 사람들에게도 본받으라고 가르치는 순간, 또는 남들처럼 극단적인 효도를 모방해야겠다고 마음먹는 순간, 효도의 본질은 변질되기 시작할지도 모릅니다.

그렇다면 심청은 왜 인당수에 몸을 던졌을까요? 효도라는 윤리를 완성하기 위해서? 후세 사람들에게 모범이 되기 위해서? 〈심청전〉은 말합니다. 윤리나 덕목을 강조하며 특정한 행위를 내세우는 것은 가짜 효도이고, 인간으로서의 정이 바탕이 되는 것이 진짜 효도라는 것을요.

심청이라고 자신의 결단을 실천하면서 마음의 갈등이 없었을까요?

📖 마침내 심청은 부여잡은 부친의 손길을 뿌리치고 마지막 절을 올린 후에, 동네 사람들에게 아버지를 부탁하고 떠나간다. 심 봉사는 심청의 가는 길을 말리다 못해 기절하니 동네 사람들이 달려들어 부축하고, 심청은 비틀비틀 뱃사람들을 따라간다.

심청은 동네 사람들에게 아버지를 부탁하고 떠나면서도 차마 발길이 떨어지지 않습니다. 그런 슬프고도 속상한 마음을 노래로 부릅니다. 또한 심청이 바다 속으로 뛰어들기 직전에도 아버지를 생각합니다.

📖 심청이 뱃머리에 서서 물결을 굽어본다. 태산 같은 파도가 뱃전을 두드리고, 풍랑은 우르르르 들이쳐 물거품이 북적인다. 심청이 물로 뛰어들려다가 겁이 나서 뒷걸음질 치다가 뒤로 벌떡 자빠진다. 망연자실 앉았다가, 바람 맞은 사람처럼 이리 비틀 저리 비틀 뱃전으로 다가가서 다시 한 번 생각한다.

'내가 이리 겁을 내며 주저주저하는 것은 부친에 대한 정이 부족한 때문이라. 이래서야 자식 도리 되겠느냐?' 마음을 다잡고서 치마폭을 뒤집어쓰고, 두 눈을 딱 감았다. 그러고는 뱃전으로 우루루루루 달려나가 손 한 번 헤치고 넘실거리는 바다 속으로 몸을 던지면서,

"아이고, 아버지! 나는 죽으오."

심청 역시 죽음이 두렵습니다. 물거품이 북적이는 풍랑을 보며 뒷걸음질 치다가 뒤로 자빠지고, 망연자실 앉았다가 고민합니다. 아무리 아버지를 위해서라지만 물에 뛰어들기를 주저합니다. 하지만 겁을 내며 주저하는 것은 부친에 대한 정이 부족한 때문이 아닌가 하고 마음을 다잡고서 마침내 바다 속으로 몸을 던집니다.

★ 세상에 하나뿐인 부녀의 특별한 정

심청의 결단을 이해하려면 심청과 심 봉사의 특별한 관계를 고려해야 합니다. 심청이 태어났을 때 심 봉사가 기뻐하는 장면을 볼까요.

📖 "둥둥둥 내 딸이야, 어허둥둥 내 딸이야 금자동아, 옥자동아. 금을 준들 너를 사며, 옥을 준들 너를 사랴? 둥둥둥 내 딸이야, 어허둥둥 내 딸이야. 표진강의 숙향이가 네가 되어 환생했나, 은하수의 직녀성이 네가 되어 내려왔나?"

곽씨 부인이 죽고 난 뒤 심청을 기르는 심 봉사의 모습을 봅시다.

📖 젖을 많이 먹여 아기 배가 불룩한 날이면, 심 봉사는 좋아라고

양지바른 언덕 밑에 쪼그려 앉아 아기를 어르면서 노래한다.

아기를 따독따독 잠들여 뉘어 놓고, 사이사이 동냥도 한다. 삼베 자루 둘러메고 이 집 저 집 다니면서 쌀도 얻고 벼도 얻고, 장날이면 장터로 다니면서 한 푼 두 푼 얻어 모아 어린아이 먹기 좋은 암죽도 끓여 먹이고 가끔은 간식거리로 갱엿도 사다 먹였다.

딸을 사랑하는 자상한 아버지의 모습이 눈에 선하게 그려지지 않습니까? 심 봉사는 심청이 어렸을 때 이렇게 심청을 사랑하며 길렀습니다. 심청의 목숨을 건 결단에는 이토록 자신을 사랑해 주었던 아버지에 대한 정이 작용했습니다. 그들은 세상에 하나뿐인 부녀로서 서로 의지하면서 살았습니다. 심 봉사에게 어린 심청은 얼마나 큰 짐이었을까요? 또한 심청에게 심 봉사는 얼마나 질긴 족쇄일까요? 그래도 서로를 삶의 이유와 보람으로 삼고 열심히 살았습니다. 그렇게 둘은 힘든 시간을 한 마음 한 뜻으로 함께 이겨 나왔습니다.

그러니 심청은 아버지에 대한 뜨거운 애정으로 죽음을 감내하는 결심을 하지 않았을까요? 그렇다면 심청을 '효'라는 이념으로 박제화된 효녀가 아니라, 자신의 목숨까지 내놓을 정도로 아버지를 뜨겁게 사랑한 인간으로 보아야 하지 않을까요?

16

'인당수', '연꽃', '맹인 잔치'는
무엇을 의미할까요?

고전 소설에서는 사실을 있는 그대로 드러내기보
다는 환상적 요소를 차용하는 경우가 많습니다.
그런데 이러한 환상적 요소에는 현실에 대한 상징
이 담기기도 한답니다.

★ 인당수

'통과 제의'는 사람이 태어나서부터 죽을 때까지 거치게 되는 '탄생,
성년, 결혼, 장례' 등에 수반되는 의례인데, 그중에서 가장 큰 의례가
성년이 되는 것입니다. 아프리카의 용맹한 마사이족은 어른이 되기 위
해서는 혼자 사자를 잡아야 한다고 합니다. 그만큼 힘든 과정을 거쳐
야 어른이 될 수 있다고 생각한 것이지요.

심청이 인당수에 빠지는 것도 성인이 되기 위한 고통과 고난으로 생각할 수 있습니다. 아무리 효심이 깊다 하더라도 인당수에 뛰어들기 전에 얼마나 무서웠을까요? 그토록 무서운 고난을 겪고 나서야 심청은 부쩍 성숙하게 되었지요.

📖 인간 세상의 일 년이 수궁에서는 순식간이라 심청이 수궁에 머문 지도 어느덧 삼 년이 되었다. 하루는 옥황상제께서 용왕을 불러 다시 명을 내린다.

"심 낭자의 혼기가 머지않았도다. 이제, 인당수로 돌려보내어 좋은 인연을 놓치지 않게 하라."

용왕이 명을 듣고 심청이 보낼 채비를 한다. 꽃송이에 심청을 모셔 놓고, 시녀 둘은 곁에서 모시고, 먹을 것 입을 것과 온갖 패물을 가득 실었다. 그러고는 시녀들을 거느리고 친히 나와 심청을 전송한다.

성인이 된 심청은 비로소 결혼도 할 수 있는 몸이 됩니다. 그러니 인당수는 심청을 황후로 재생시키기 위한 장치입니다. 심청은 천민에 가까운 신분인지라 결코 황후가 될 수 없습니다. 인당수에 빠짐으로써 과거의 신분을 지닌 심청은 죽고, 용궁에서 살다가 연꽃으로 태어난 귀한 존재가 됩니다.

〈단군 신화〉에서는 곰과 호랑이가 굴속에서 백 일 동안 해를 보지 않고 쑥과 마늘을 먹고 견뎌야 했지요. 어두운 굴은 죽음을, 사람으로 태어나는 것은 재생을 상징합니다. 그런 면에서 〈심청전〉의 인당수는 〈단군 신화〉의 '굴속'과 비슷한 의미를 지닙니다.

★ 연꽃

연꽃이 많이 그려져 있는 곳이 어딜까요? 바로 절입니다. 부처님이나 보살상은 연꽃의 좌대 위에 앉아 있는 경우가 많지요. 그리고 관세음보살은 연꽃을 손에 들고 있습니다.

📖 모든 뱃사람이 심청이 죽던 날을 생각하며 눈물을 흩뿌리다가 고개를 들어 망망대해를 바라보니, 난데없이 연꽃 한 송이가 너른 바다 가운데 둥덩실 떠 있는 게 아닌가? 인당수 너른 바다에 영롱하게 두둥실 뜬 연꽃송이는 조물주의 조화요, 용왕의 신통이라. 바람이 분들 끄떡하며, 비가 온들 젖을쏘냐? 오색 무지개가 연꽃 주변에 어리어 있으니 분명 예사 꽃은 아니다. 뱃사람들이 이상하게 생각하고,
"아마도 심 낭자의 넋이 꽃이 되어 떠다니는가 보다."

연꽃은 진흙탕 같은 연못에서 피어납니다. 질퍽질퍽하고 탁한 곳에서 피어나지만 깨끗하고 아름답지요. 그래서 연꽃은 더러움에 물들지 않는 맑은 마음을 뜻합니다. 심청은 온갖 고난을 겪으며 진흙탕 같은 세상에 살았지만 맑은 마음을 지켰습니다. 그래서 이름이 '청(淸)'이지요. 연꽃은 심청의 삶을 상징적으로 표현한 것입니다.

★ 맹인 잔치

〈심청전〉의 절정은 뭐니 뭐니 해도 심 봉사가 눈을 뜨는 장면입니다. 여기서 중요한 것은, 심 봉사가 눈을 뜨는 순간 나라에 있는 모든 소경이 눈을 뜬다는 사실입니다. 이것은 아버지의 눈을 뜨게 해 주고 싶다

는 심청의 애틋한 소망이 사회적으로 확장된 것입니다.

심청은 태어난 지 얼마 안 되어 어머니가 죽습니다. 심청이 동네 사람들의 젖을 먹고 자랐다는 것은 만인이 심청을 키웠다는 뜻입니다. 심봉사가 눈을 뜰 때 모든 맹인이 눈을 뜬다는 것은, 만인의 사랑 속에서 자라난 심청이 만인에게 사랑을 돌려준다는 의미가 아닐까요?

> 📖 잔치에 온 소경, 잔치에 못 온 소경, 두 눈 감은 소경, 한 눈만 감은 소경, 젊은 소경, 늙은 소경, 어린 소경, 어미 배 속에 든 소경까지, 마치 오뉴월 장마에 둑 터지는 소리처럼 쩍쩍 소리를 내며 모두 다 눈을 뜨는데, 뺑덕 어미 꾀어내어 도망친 황 봉사만 눈 못 뜨고 이게 무슨 소린가 하고 앉았구나.
> 심 황후의 어진 덕으로 세상 천지에 눈먼 사람들이 모두 세상의 빛을 보니 여러 소경들도 노래하며 춤을 춘다.

잔치에 오거나 오지 않거나, 젊거나 늙었거나, 심지어 소경으로 태어날 아이까지 눈을 뜨게 됩니다. 어둠이 물러나고 광명의 세상이 된 것이지요.

17

왜 용궁과
옥황상제가 나올까요?

원래 용궁 설화는 인도에서 나왔으나 중국으로 넘어오면서 도교와 융합했습니다. 도교의 주신은 옥황상제이고, 용왕은 그의 부하로서 물을 다스리는 신입니다. 용궁은 용왕이 사는 궁전인데, 바다 깊은 곳에 있다고 합니다. 용궁도 옥황상제도 당연히 실재하지는 않지요. 그런데 옛이야기에는 왜 용궁과 옥황상제가 등장할까요?

★ **용궁**

용궁은 어떤 의미가 있을까요?

첫째, 상징적 의미가 있습니다. 김시습이 지은 〈용궁부연록〉에는 용궁과 용왕이 나옵니다. 이 이야기는 김시습이 어렸을 때 세종대왕에게 불려 간 경험을 바탕으로 지었다고 합니다. 그렇게 보면 용궁은 궁궐을, 용왕은 임금을 상징하는 것이겠지요. 〈토끼전〉에서도 용왕은 임금을 의미하고 나머지 동물들은 벼슬아치를 의미합니다.

둘째, 종교적인 의미가 있습니다. 고전 소설에서는 흔히 현실에서 못 이룬 사람들의 소망을 대신 이루게 해 주는 가상공간을 설정합니다. 마음씨 착한 심청이 인당수에 빠져 죽는 것으로 끝난다면 이 이야기는 사람들에게 절망을 안겨 줄 겁니다. 심청은 죽지 않고 살아나서 황후가 되어야 합니다.

📖 수정문 안으로 들어가니 궁궐 또한 화려하고 웅장하다. 고래 뼈를 걸어서 대들보를 삼았고, 물고기 비늘을 모아 기와를 이었으며, 산호와 진주를 엮어 주렴을 치고, 백옥으로 창을 달고, 황금으로 벽을 두르고, 비단 휘장을 구름같이 길게 드리웠으니 눈이 부셔 똑바로 보기가 어려울 지경이다. 동쪽을 바라보니 붕새가 하늘을 나는데 쪽빛보다 푸르고, 서쪽을 바라보니 푸른 물결 아득한데 꾀꼬리 한 쌍 날아든다. 남쪽 하늘 바라보니 황홀한 물빛은 비취색을 띠고, 북쪽 하늘을 바라보니 상서로운 구름이 붉게 퍼져 하늘로 통했다.

〈심청전〉에 나오는 용궁의 모습입니다. 고래 뼈의 대들보, 물고기 비늘의 기와, 산호와 진주로 만든 발 등은 모두 물속에 있는 것들로 만든 것입니다. 그런데 여기에 더해 동쪽으로는 붕새가 날고, 서쪽으로는 꾀꼬리가 날고, 남쪽과 북쪽은 하늘 색깔이 비취색과 붉은색이라고 합니다. 이상하지 않나요? 어떻게 용궁에 하늘이 있고, 새가 날 수 있을까요? 용궁은 물속에 있는 공간을 말한다기보다는 인간 세계와는 다른 가상공간을 상징합니다.

★ 옥황상제

옥황상제는 하늘을 주관하는 가장 높은 신입니다. 인간계에서 살아가는 모든 사람의 행복과 불행을 좌우하고 수명을 관장하지요. 또한 지상의 신인 조왕신뿐 아니라 용왕도 다스립니다.

📖 바로 그때 옥황상제께서 사해용왕을 불러 명을 내리고 있었다. "오늘 하늘이 내린 효녀 심청이 인당수에 빠져 그곳에 갈 것이니, 몸에 물 한 점 묻지 않게 하라. 팔 선녀가 인도하여 수정궁에 고이 모셨다가, 삼 년이 지나거든 인간 세상으로 다시 돌려보내야 한다. 만약 명을 어기는 자는 용궁의 왕이든 염라국의 왕이든 중벌을 받으리라." 옥황상제의 명이 사뭇 엄숙하니 인당수 물속의 용왕과 문무백관, 시녀들이 모두 놀라 백옥 가마를 마련하여 심청이 오기를 기다린다.

이것은 〈심청전〉이 도교 사상을 바탕으로 한다는 것을 보여 줍니다. 옥황상제가 정말로 하늘에 존재하는가 아닌가는 중요하지 않습니다. 옥황상제는 인간의 행복과 불행을 좌우하고, 심청의 운명을 다시 만들어 낸다는 점에서 종교적인 의미를 갖습니다.

19

꿈은 현실과
반대일까요?

여러분은 꿈을 꾸고 나서 해몽을 해 본 적이 있나요? 문학 작품 속에 등장하는 꿈은 앞으로 일어날 일을 예견해 주는 역할을 하는 경우가 많습니다. 이 꿈이 좋은 일이 일어날 꿈인지 나쁜 일이 일어날 꿈인지 풀이하는 것을 '해몽'이라고 합니다.

★ 심 봉사가 꾼 꿈

심 봉사는 심청이 남경 상인에게 제물로 팔려 가게 되었을 때 꿈을 꿉니다.

📖 "아가, 이상한 일도 참 많더구나. 간밤에 꿈을 꾸었는데 네가 큰

수레를 타고 한없이 먼 곳으로 가더구나. 수레라 하는 것이 본래 귀한 사람 타는 것인데, 장 승상 댁에서 너를 가마에 태워 가려는가 보다."
심청은 듣고 자기가 죽을 꿈인 줄 짐작했건만, 아버지가 편하게 진지 드시라고 또 거짓말을 한다.

심 봉사는 이 꿈을 좋은 꿈이라고 해석합니다. 심청이 장 승상 댁 수양딸로 간다고 알고 있기에, 큰 수레를 타고 가서 귀한 몸이 될 거라고 생각했지요.

그런데 심청은 왜 이것이 자기가 죽을 꿈이라고 짐작했을까요? 당시 가마를 탈 수 있는 사람은 귀인들뿐이었습니다. 하지만 보통 사람들도 평생에 두 번은 가마를 탈 기회가 있습니다. 첫째 시집갈 때, 그리고 두 번째는 죽어서 저승에 갈 때입니다. 죽을 때 무슨 가마를 타느냐고요? 바로 상여입니다. 상여는 죽어서 타고 가는 가마인데, 크고 화려합니다. 그런 점에서 심청은 가마를 상여로 해석하고 자신이 죽을 꿈이라고 짐작합니다.

★ 안씨 맹인이 꾼 꿈

안씨 맹인이 심 봉사를 만난 뒤에 전해 준 꿈 이야기입니다. 안씨는 심 봉사를 만나기 전에 이미 그와 만날 것을 알게 됩니다.

📖 "며칠 전에 우물에 해와 달이 떨어져 물에 잠기기에 제가 건져 품에 안는 꿈을 꾸었습니다. 곰곰이 생각해 보니, 천상배필을 만나는 꿈이 분명하옵디다. 하늘에 떠 있는 해와 달은 사람으로 치면 눈이라,

그런 해와 달이 떨어졌으니 저처럼 맹인인 줄 알겠고, 물에 잠겼으니 심씨인 줄 알았습니다."

해와 달은 빛이 있는 것인데, 해와 달이 떨어졌으니 빛을 볼 수 없다는 뜻으로서 맹인을 의미합니다. 물에 빠졌다는 것은 남편의 성이 '가라앉을 심'이라는 뜻입니다. 그리고 건져서 품에 안는다는 것은 결혼을 뜻합니다. 따라서 안씨 맹인은 심 봉사를 만나 남편으로 삼게 된다는 것을 알게 되었습니다. 그 말대로 안씨 맹인은 심 봉사와 부부의 연을 맺지요.

★ 심 봉사의 꿈

심 봉사가 또 꿈을 꾸었군요. 이번에는 심청과 재회할 때입니다.

📖 "내 몸이 불에 들어가고, 내 가죽을 벗겨 북을 만들고, 그러더니 나뭇잎이 떨어져 뿌리를 덮습니다. 불로 지지고 가죽을 벗겨 내는 형벌을 받다가 결국에는 죽어 땅에 묻힐 꿈이 분명하오. 하긴, 딸을 팔아먹고도 이제까지 살았으니 이런 죄를 받는 것이 당연하지 않겠소?"

심 봉사는 이 꿈을 꾸고 나서 자기가 형벌을 받다가 죽어 묻힐 거라고 생각합니다. 심 봉사가 자신의 꿈을 이렇게 해석하는 까닭은 심청의 죽음에 대한 죄책감이 마음속에 깔려 있기 때문입니다. 그렇지만 안씨 맹인은 정반대로 해석합니다.

📖 "몸이 불 속에 들어간다 하니 오래된 낡은 몸을 다 살라 버리고 불길처럼 번성해 찬란한 영화를 누린다는 뜻이고, 가죽을 벗겨 북을 만들었다 하니 북은 궁궐이나 관청 같은 높은 곳에 있는 것으로, 봉사님이 궁궐에 들어갈 꿈인 듯합니다. 그리고 나뭇잎이 떨어져 뿌리로 돌아갔다 하니, 다 큰 자식이 부모의 품으로 다시 찾아온다는 것입니다. 이보다 더 좋은 꿈이 어디에 있겠습니까?"

안씨 맹인은 심 봉사의 꿈을 '좋은 꿈'이라고 말합니다. 같은 꿈을 가지고 이렇게 정반대로 해석할 수 있다는 것이 재미있지 않습니까?

〈심청전〉의 배경은
어디일까요?

옛날이야기나 전설을 읽다 보면 배경이 실제 존재
하는 공간인지 궁금해집니다. 이야기 속에 구체적
인 지명이 등장하기 때문이지요.

심청이 태어난 곳은 '황주 도화동'이라고 나옵니
다. 그러니 심청의 고향은 황해도 황주입니다. 그렇다면 인당수는 어디
일까요?

★ 황해도 황주와 백령도 앞바다

황주가 황해도에 있는 곳이라면 인당수는 백령도 앞바다를 가리키
는 것으로 보입니다. 백령도는 황해도 황주에서 아주 가깝고 바다도 험
난하거든요.

📖 "우리는 남경으로 다니면서 장사하는 뱃사람들인데, 인당수를 지나갈 때면 위험하기가 바람 앞에 등불 같소. 이미 숱한 장삿배가 인당수에 빠져서 사람도 많이 죽고 물건도 많이 잃었다오. 젊은 처녀를 제물로 바치면 험난한 바닷길이 편안하게 열려서 무사히 건너고, 일단 바다만 건너가서 장사를 하면 큰 이익을 낼 수 있으니 몸을 팔려는 처녀만 있으면 값을 묻지 않고 사려 한다오."

실제로 백령도에는 이와 유사한 전설이 전해집니다. 심청의 연꽃이 파도에 떠밀려 연화리 앞바다에 가서 연밥을 떨어뜨리고 연봉 바위에 걸려 심청이 살아났다는 것이지요. '연화리'라는 명칭과 '연봉 바위'는 모두 심청의 연꽃과 관련이 있습니다. 백령도에 가면 '심청 기념각'도 있습니다.

★ 충청도 대흥과 전라남도 곡성, 격포 앞바다

《관음사 사적기》에 〈심청전〉과 비슷한 내용이 나옵니다. 《관음사 사적기》는 관음사가 어떻게 창건되었는가에 얽힌 이야기를 기록한 책이지요. 《관음사 사적기》의 배경은 충청도 대흥입니다. 그런데 관음사는 전라남도 곡성에 위치하고 있어요. 그래서인지 곡성군에서 생산되는 쌀에 '심청쌀'이라는 이름이 붙어 있기도 합니다.

백제 시대 때 충청도 대흥에 원량이라는 맹인이 살고 있었습니다. 아내를 일찍 여의고 홍장이라는 딸 하나를 데리고 살고 있었지요. 맹인인 원량은 홍법사의 승려인 성공을 만나 시주를 약속했으나 돈이 없어서 결국 딸인 홍장을 시주하게 됩니다. 이때 중국 진나라 왕이 황후를 잃었는데 꿈에 신선이 나타나 백제의 홍장이 황후가 될 여인이라고 점지해 줍니다. 진나라 신하들은 배를 타고 백제로 건너와서 성공을 따라가던 홍장을 만나 황후로 모셔 갑니다. 홍장은 진나라의 황후가 되었지만 고국인 백제를 그리워합니다. 그래서 자신이 모시고 있던 관음상을 배에 실어 백제로 보냅니다. 전라남도 옥과에 살고 있던 성덕이라는 여자가 우연히 이 배를 발견하게 됩니다. 배에 있는 관음상을 가져다 성덕산에 모시고 관음사라고 이름을 짓습니다. 홍장의 아버지 원량은 딸과 이별한 뒤 슬픔 속에서 눈물을 흘리며 지냅니다. 그러다가 어느 날 갑자기 눈을 뜨고 95세까지 장수합니다.

〈심청전〉과 매우 비슷하지요? 맹인이 등장하고, 절에 시주하는 내용이 나오고, 딸을 시주로 바치고, 딸이 결국에는 황후가 되고, 맹인인 원량이 마지막에 눈을 뜨게 됩니다. 이렇게 유사한 내용이 전해지기 때문에 인당수는 격포 앞바다라고 주장하는 사람도 있습니다.

20

〈심청전〉의 주제는
무엇일까요?

〈심청전〉의 주제를 '효'라고 보는 것이 일반적이지만, 꼭 그렇다고만 할 수는 없어요. 판소리계 소설은 표면적 주제와 이면적 주제가 다른 경우가 많거든요. 표면적으로는 효도를 주제로 하면서도 그 안에는 다양한 주제가 녹아들어 있습니다.

★ 진정한 효도의 실현

심청은 아버지의 장애와 가난으로 고통 받던 현실에서 벗어나 용궁을 거쳐 황후의 자리에 오르게 됩니다. 그 바탕에는 심청이 행한 '효'가 자리하고 있지요. 결국 효도를 행하면 고난이나 시련을 극복하고 복을 받을 수 있다는 것입니다. 이것은 당시 고통 속에서 살았던 민중들의 염원이 허구적인 서사로 성취된 것이라고 할 수 있습니다.

★ 종교적 구원의 힘

효는 유교에서 말하는 도리이지만, 심청이 공양미 삼백 석의 힘을 믿고 죽을 때도 기도를 했던 것은 불교에 의탁하는 모습입니다. 조선 시대는 국가 차원에서는 불교를 억눌렀지만 백성들은 불교에 대한 믿음이 강했음을 알 수 있습니다. 심 봉사가 눈을 뜨게 된 것도 결국은 종교적 구원의 힘이라고 할 수 있습니다.

★ 약자를 희생시키는 사회 비판

여러분은 〈심청전〉에서 어떤 사회의 모습을 보았나요? 어린 심청에게 서로 젖을 먹이는 동네 아낙들의 모습은 옛사람들의 훈훈한 인심을 보여 줍니다. 가족을 대신하는 공동체의 힘이지요. 그러나 이 소설에서는 비정한 사회상이 엿보이기도 합니다. 아버지가 시주를 약속한 뒤 심청이 스스로 몸을 팔게 되는데, 이는 당시 인신매매가 있었음을 말해 줍니다. 옛날에는 돈을 받고 자식을 다른 사람의 집에 보내기도 했고, 종이나 기생으로 팔기도 했습니다. 가장 힘이 약한 여자나 어린아이가 그 대상이 되었지요. 그래서 〈심청전〉은 유교 이념을 내세우는 한편, 유교 이념에 희생되는 약자의 비참한 현실을 보여 주기도 합니다.

옛날에는 효를 매우 강조했습니다. 만약 조정에서 심청의 사연을 들었다면, 심청을 표창하여 효녀문을 세우고 마을 이름도 바꾸고, 심청의 이야기를 담아 책도 배포했을 겁니다. 그러나 그것이 과연 누구를 위한 것일까요? 효녀라는 이름으로 희생된 가엾은 소녀의 목숨은 누가 보상해 줄까요?

그런데 우리 조상들은 현실의 고발에 그치지 않고, 이를 희망적으로 재해석하고자 하였습니다. 심청의 착한 마음이 신분 상승으로 보답을 받도록 한 것이지요.

★ 잃어버린 자아를 발견하고 회복해 가는 과정

〈심청전〉은 심청의 성장을 그린 작품으로 해석하기도 합니다. 어린 아이가 통과 제의를 거친 뒤에 성인이 되는 과정으로 보는 것이지요. 심청은 인당수에 빠져 죽는 상징적인 죽음을 통해 어른이 되고 결혼을 하여 황후가 됩니다. 이렇게 본다면 〈심청전〉은 성장 소설이라고 할 수 있습니다.

이처럼 이 작품의 주제는 이러저러하게 해석될 여지가 있습니다. 생각할수록 여운이 깊은 작품이기에 오늘날에도 영화, 연극, 오페라, 각종 문학 작품 등에 다양하게 계승되고 있는 것이겠지요.

〈심청전〉의 바탕이 되는 이야기

● 효녀 지은 설화

《삼국사기》와 《삼국유사》에 실린 이야기로, '연권녀(연권의 딸) 설화'라고도
한다.

지은은 일찍 아버지를 여의고 집안이 가난해서 열심히 일을 해도 먹고살
기가 어려웠다. 생각다 못한 지은은 이웃의 부잣집에 자기 몸을 종으로 팔
았다. 그래서 하루 종일 부잣집에서 일을 하고 날이 저물어서야 집으로 돌
아왔다. 홀어머니는 이 사실을 나중에야 알고서 지은을 붙잡고 통곡한다.
화랑 효종랑과 낭도들, 그리고 왕은 각각 곡식과 재물을 하사하여 지은 모
녀가 잘 살 수 있도록 해 주었다고 한다.

가난한 집안에서 태어난 딸이 자신의 몸을 팔아 부모를 봉양한다는 점, 이
후 효심을 인정받아 재물을 얻는 행복한 결말로 끝난다는 점이 〈심청전〉
과 비슷하다.

● 거타지 설화

《삼국유사》에 있는 이야기이다.

신라 진성여왕의 막내아들 양패가 배를 타고 당나라에 사신으로 가고 있
었다. 그런데 곡도(백령도)라는 섬을 지나갈 때 거센 풍랑을 만났다. 그래
서 섬에 있는 연못에 제사를 지냈는데, 그날 밤 양패의 꿈에 한 노인이 나
타나서 "활 잘 쏘는 사람 하나만 남겨 놓고 떠나면 풍랑이 잦아들 것입니
다."라고 하였다. 나무 조각으로 섬에 남을 사람을 뽑았는데, 그 사람은 활
을 잘 쏘기로 유명한 거타지였다. 혼자 남은 거타지에게 한 노인이 나타났

다. 그는 자신을 '서해의 신'이라고 소개하면서 가족들의 간을 빼먹는 요사스러운 중을 활로 쏘아 달라고 부탁한다. 거타지가 이튿날 중을 활로 쏘니, 중은 늙은 여우로 변하여 죽었다. 노인은 자기의 딸을 한 송이 꽃으로 변하게 하여 거타지의 품에 넣어 주었다. 고국에 돌아온 거타지는 노인의 딸을 여자로 변하게 하여 그녀와 행복하게 살았다.

서해 용왕의 딸이 꽃으로 변했다가 나중에 처녀로 변하는 점은 〈심청전〉에서 심청이 인당수에 빠졌다가 연꽃 속에서 나오는 것과 공통점이 있다.

● **인신 공희** 설화

사람을 제물로 바치는 이야기는 세계적으로 매우 많이 퍼져 있는데, 우리나라에서는 지네가 나오는 이야기가 유명하다.

착한 처녀가 두꺼비에게 밥을 주어 키웠는데, 어느 날 처녀가 희생 제물로 뽑혔다. 그 마을은 지네에게 매년 처녀를 제물로 바치는 풍습이 있었다. 처녀는 지네에게 먹힐 것을 각오하고 있었는데, 어디서 두꺼비가 나타나 지네와 싸워 지네를 죽이고 처녀를 구출하여 은혜를 갚는다.

또 제주도에는 큰 뱀에게 처녀를 제물로 바치는 습속이 있었는데, 서린이라는 판관이 부임하여 이 뱀을 잡아 죽이고 자기도 죽었다는 이야기가 전해지고 있다. 물론 그 뒤로는 뱀에게 제사 지내는 일이 없어졌다.

이 이야기들은 처녀를 제물로 바친다는 점에서 〈심청전〉과 비슷하다.

● **맹인 개안** 설화

여러 가지 이야기가 있지만, 다음의 세 가지가 대표적이다.

첫째, 가난한 효녀가 아버지의 눈을 뜨게 하려고 공양미를 부처님에게 바치고 중국 뱃사람에게 자기 몸을 팔았다가 뒤에 효녀는 중국 황제의 황후가 되고 아버지는 눈을 떴다는 이야기.

둘째, 어느 효자가 아버지가 중병에 걸렸는데 자기 아들을 삶아 드리면 아버지가 낫게 된다는 말을 듣고 아들을 삶아서 드렸다는 이야기. 효자가 눈이 어두워져 앞을 보지 못하게 되었는데, 아들이 돌아와 인사를 하자 반가움에 눈을 뜨고 살펴보니 이전에 자기가 삶은 것은 산삼이었다.

셋째, '내 덕에 먹고 산다'는 이야기. 아버지가 누구 덕에 먹고 사느냐고 딸들에게 묻자 다른 딸은 "아버지 덕에 먹고 산다."라고 대답했는데, 막내딸은 "내 덕에 먹고 산다."라고 대답한다. 아버지가 화가 나서 막내딸을 내쫓고, 딸은 고생하다가 부자가 된 뒤에 맹인 잔치를 연다. 아버지는 맹인이 되어 구걸을 하고 다니다가 딸을 만나 눈을 뜨게 된다.

위의 세 이야기는 모두 효도와 관계가 있고, 어떤 일을 계기로 눈을 뜨게 된다는 내용이라는 점에서 〈심청전〉과 관련이 있다.

춘
향
전

〈춘향전〉의 줄거리

조선 시대 숙종 임금 때, 전라도 남원에 월매라는 유명한 기생이 있었다. 월매는 기생을 그만두고 성 참판과 같이 살았다. 나이 사십이 다 되어 자식을 낳으려고 명산에 공을 들여 춘향을 얻고 귀하게 키운다.

춘향이 열여섯 살 되던 해였다. 단옷날에 남원 사또의 아들 이몽룡이 방자를 데리고 광한루에 나갔다가 그네 타는 춘향을 보고 한눈에 반한다. 몽룡은 방자를 시켜 춘향을 불렀지만 춘향은 자신은 기생이 아니라며 응하지 않고 집으로 가 버린다. 이에 몽룡은 말을 바꾸어 춘향이 글을 잘한다기에 부르는 것이라며 춘향을 다시 불러 광한루에서 만난다.

📖 그때 춘향 또한 은근한 정을 품고 고개를 잠깐 들어 이 도령을 살펴보니, 천하의 호걸이요 속세의 기이한 남자였다. 이마가 높으니 소년으로 공명을 이룰 것이요, 이마와 턱, 코와 좌우 광대뼈가 조화를 이

루었으니 나라 지킬 충신이 될 형상이라. 마음에 흠모의 정이 불 일 듯 일어났으나 예쁜 눈썹을 숙이고 무릎을 여며 단정히 앉아 있을 뿐이다.

몽룡이 춘향의 어여쁜 자태에 반하고 춘향 역시 몽룡이 호걸임을 알고 호감을 느낀다. 이몽룡은 그날 밤 춘향의 집에 가서 월매에게 춘향과 백년가약을 맺겠다고 청하지만, 월매는 딸의 신세가 잘못될 수 있다며 거절한다. 몽룡은 춘향을 첫 아내처럼 여기겠다고 약속한다. 월매의 허락을 받고 춘향과 몽룡은 그날 밤 잠자리를 한다. 그 후 둘은 사랑을 하면서 같이 노는 재미에 빠져 세상일을 다 잊고 지낸다.

📖 "너 죽어 될 것이 있다. 너는 죽어 명사십리 해당화가 되고 나는 죽어 나비가 되어 나는 네 꽃송이를 물고 너는 내 수염을 물고 봄바람 건듯 불거든 너울너울 춤을 추면서 놀아 보자. 사랑 사랑 내 간간 내 사랑이야. 이리 보아도 내 사랑 저리 보아도 내 사랑. 이 모두 내 사랑 같으면 사랑 걸려 살 수 있나. 어화둥둥 내 사랑."

그러던 어느 날, 몽룡의 아버지가 동부승지 벼슬을 받아 몽룡은 한양으로 가게 되었다. 춘향은 자기도 데려가라며 첩으로라도 지내겠다고 하지만 몽룡은 양반 자식이 기생첩을 들였다고 어머니께 꾸중을 들은 터라 같이 갈 수 없다고 한다. 춘향은 화를 내고 발악하며 월매도 항변하지만 결국 춘향은 몽룡을 잘 대접하여 보낸다. 몽룡은 나중에 장원 급제하여 데려가겠노라 약속을 하고 떠난다.

📖 '애고' 한소리에 '누런 티끌 어지러이 흩어지며 바람은 쓸쓸한데, 깃발은 빛을 잃고 햇빛도 옅어지는구나!' 엎어지며 자빠질 때 서운치 않게 떠날 양이면 몇 날 며칠의 이별이 될 줄 모르겠다. 이 도령이 눈물을 흘리고 훗날을 약속하며 말을 재촉해 가는 모습이 춘향에게는 마치 거센 바람에 몰려가는 한 조각 구름과 같았다.

여러 달 뒤 남원에는 변학도라는 새로운 사또가 부임했는데, 변 사또는 여색을 밝히는 데다가 고집불통이었다. 춘향이 예쁘다는 소문을 듣고 강제로 관아로 불러들여 수청을 요구한다. 하지만 춘향은 이미 인연을 맺은 사람이 있다며 거절한다. 변 사또는 춘향을 타이르지만 말을 듣지 않는다. 오히려 춘향이 대들자 변 사또는 화가 나서 춘향에게 곤장을 치고 감옥에 가둔다.

📖 "네 이년, 들어라. 반역을 꾀하는 죄는 능지처참하게 되어 있고, 나라의 관리를 조롱하고 거역하는 죄는 중형에 처하고 유배를 보내라고 법률에 정해져 있으니 죽어도 서러워 말아라."
춘향이 악을 쓰며,
"유부녀 겁탈하는 건 죄가 아니고 무엇이오?"
사또가 기가 막혀 얼마나 분하던지 책상을 탕탕 두드리니 탕건이 벗겨지고, 상투 고가 탁 풀리고, 첫 마디에 목이 쉬었다.

춘향이 꿈을 꾸었는데 봉사가 귀하게 되는 꿈이라고 해몽을 해서 수심 속에서도 이몽룡을 기다린다. 한편, 서울에 간 이몽룡은 과거시험에서 장원 급제를 하고 전라도 암행어사에 임명된다. 거지꼴로 변장하고 남원에 내려오다가 우연히 춘향의 편지를 읽고 눈물을 흘린다. 월매는 거지꼴로 찾아온 몽룡을 보고 실망하여 구박하지만, 춘향은 이몽룡을 원망하지 않고 월매에게 이몽룡을 잘 대해 달라고 부탁하면서 이몽룡에게는 자신의 시신 수습을 부탁한다.

📖 "하늘이 사람을 낼 때 후한 운명 박한 운명이 따로 없다는데, 내 신세는 무슨 죄로 이팔청춘에 임 보내고 모진 목숨 아직 살아 이 형벌 이 형장이 웬일인가? 옥중 고생 서너 달에 밤낮없이 임 오시기만 바랐더니, 이제는 임의 얼굴 보았으니 광채 없이 되었구나. 죽어 저승에 들어간들 여러 신령 앞에 무슨 말로 자랑할꼬. 애고애고 내 신세야."

이튿날 변 사또의 생일잔치가 열린다. 이몽룡이 거지 차림으로 앉아 있다가 암행어사 출두를 하고, 변 사또를 봉고파직한다. 그리고 춘향에게 일부러 자신의 수청을 들라고 하는데, 춘향은 이몽룡을 못 알아보고 거절하다가 나중에 어사또가 이몽룡임을 확인한다. 임금은 춘향에게 '정렬부인'이라는 칭호를 내렸고, 이몽룡과 결혼한 춘향은 오래도록 행복하게 살았다.

21

춘향은
어떤 인물일까요?

우리는 보통 '춘향'이라고 하면 열녀이고 순종적인 이미지를 떠올립니다. 그런데 〈춘향전〉을 찬찬히 읽다 보면, '어? 춘향이 이런 여자였어?' 하고 놀라게 됩니다.

★ 밀당의 귀재

춘향은 단옷날 온 동네 사람들이 모이는 광한루에 갑니다. 맵시 있게 차리고 나선 모습이 마치 선녀처럼 아름답습니다. 춘향은 과연 자신의 모습을 바라보는 뭇 남정네들의 시선에 무심했을까요?

이때 이몽룡이 나타나 춘향의 모습을 보고 넋이 빠져 버립니다. 이몽룡은 춘향이 기생의 딸이라 하니 다행이라고 여기고 춘향을 부릅니다. 사또 자제 도련님이 불렀으나, 춘향은 자기는 기생이 아니니 가지 않겠다고 말하고 집으로 가 버립니다. 함부로 오라 가라 할 수 있는 존재가 아니라는 메시지를 전한 것이지요. 몸이 단 몽룡은 글을 잘한다기에 청하는 것이라고 말을 바꿉니다.

처음부터 몽룡이 싫지는 않았기에 춘향은 월매의 허락을 기다립니다. 월매는 양반이 부르는데 안 갈 수가 없으니 잠시 다녀오라고 말하지요. 그제야 춘향은 못 이기는 척하며 방자를 따라 나섭니다. 춘향은 느릿느릿 사뿐사뿐하게 광한루로 건너갑니다. 이는 분명히 몽룡의 눈을 의식한 걸음걸이입니다.

이몽룡은 이런 춘향에게 반하여 평생 같이 살아 보자고 말합니다.

📖 "충신이 두 임금을 섬기지 않고 열녀가 두 지아비를 모시지 않는다는 것이 옛글의 가르침입니다. 도련님은 귀공자이지만 소녀는 천한 여자라, 한번 사랑을 준 후에 떠나 버리면 저는 평생 빈방에 홀로 누워 눈물바다에 빠져 허우적거릴 것입니다. 그런 말씀일랑 그만두십시오."

춘향은 이몽룡의 구애를 쉽게 받아들이지 않습니다. 이후 자신을 버리지 않겠다는 약속을 하지 않으면 사랑을 허락할 수 없다고 말하고 있습니다. 이미 춘향에게 빠져 버린 몽룡은 춘향이 양반집 처자와 처신이 다르지 않음을 기특하게 여깁니다. 그리고 저녁때 춘향의 집으로 찾아갈 것이라고 말합니다.

몽룡이 찾아왔을 때 춘향은 몽룡으로부터 자신을 첫 아내처럼 여기겠다는 약속을 받고서야 첫날밤을 허락합니다. 어때요, 밀당의 귀재라 할 만하지요?

★ 사랑에 빠진 열여섯 소녀

춘향은 광한루에서 만난 이몽룡에게 은근한 흠모의 정을 품습니다. 그날 밤 춘향은 몽룡과 함께 즐거운 시간을 보냅니다. 사랑에 빠진 두 남녀는 노는 재미에 빠져 시간 가는 줄 모릅니다. 두 연인은 뛰어놀고 장난치며 사랑을 나눕니다.

📖 이 도령과 춘향은 노는 재미에 빠져 세상일을 다 잊고 있었다. 처음에는 서로 부끄러웠으나 하루 이틀이 지나자 우스갯소리도 하고 조금씩 장난을 치게 되었다. 그 모든 짓이 사랑의 노래가 되었다.

그들은 〈사랑가〉를 부르고 농담을 하고, 업음질을 하고 말놀이를 합니다.

📖 "아이고, 나는 부끄러워서 못 벗겠어요."
"요 계집애야. 그건 안 될 말이다. 내가 먼저 벗으마."
버선, 대님, 허리띠, 바지, 저고리 활씬 벗어 한쪽 구석에 던져 놓고 우뚝 서니 춘향이 빙긋 웃고 고개를 돌리며 한마디 한다.

싫다면서도 볼 것은 다 보고, 방긋 웃으며 호응을 해 줍니다. 어린 몽룡이 난봉꾼 같기도 하지만, 부끄러워하는 듯하면서도 적극적으로 호응하는 춘향도 만만치는 않습니다.

고전 소설 주인공 가운데 이처럼 자유로운 여성은 드뭅니다. 춘향은 〈운영전〉의 운영처럼 가련한 여성도 아니고, 〈박씨전〉의 박씨처럼 뛰어난 능력으로 남성 중심의 질서에 틈을 내는 사람도 아닙니다. 그런데 춘향에게는 이들의 모습이 다 있습니다. 지배 윤리를 내면화한 열녀이고, 이해타산을 벗어던진 헌신적 사랑을 하고, 가련하게 지배 계급에게 짓밟히지만 기존 질서에 저항하기도 합니다.

하지만 이 모든 것에 앞서 춘향은 우리 주변 어디에서나 만날 수 있을 것 같은 열여섯 소녀의 발랄한 생기가 있습니다. 우리는 춘향을 통해 사랑의 환희에 빠진 소녀의 생동감 넘치는 모습을 봅니다.

★ 솔직하고 성깔 있는 여자

춘향은 몽룡과 사랑에 빠졌지만 순종적이고 얌전하지만은 않습니다. 이몽룡은 서울에 가게 되었을 때, 어머니한테 양반의 자식이 부형 따라 지방에 왔다가 기생첩 데려간다는 말이 괴이하고 벼슬길이 막힐 수 있다는 꾸중을 들었다며 춘향에게 이별해야 한다고 말합니다.

📖 이 말을 들은 춘향은 낯빛이 변하면서 머리를 흔들고 눈알을 씰룩대며 얼굴을 붉으락푸르락, 눈은 간잔지런히 뜨고, 눈썹이 꼿꼿해지면서 코는 발심발심, 이는 뽀드득뽀드득 갈며 온몸을 아픈 입 틀듯이 하며 돌연 꿩을 차는 매처럼 주저앉더니,
"허허, 이게 웬 말이오."
왈칵 뛰어들어 달려들어 치맛자락도 와드득 자르륵 찢어 버리고 머리

카락도 와드득 쥐어뜯어 싹싹 비벼 이 도령 앞에 던지면서,

치맛자락을 찢고 머리카락도 쥐어뜯어 이몽룡에게 던지고, 거울이며 분갑 등을 방문 밖으로 집어던지며 발을 구르고…… 상상이 되나요? 춘향은 '한 성깔 하는' 여자입니다.

이몽룡에게만 그러는 게 아닙니다. 변학도가 수청을 들라 하자 거부하면서 악을 쓰며 유부녀 겁탈하는 것은 죄가 아니냐며 대들지요. 변학도가 기가 막혀 어찌나 분하던지 춘향을 잡아 매우 치라고 합니다.

📖 춘향은 매를 더할수록 점점 독이 올라 포악해져 하는 말이,
"소녀를 이리 때리지 말고 차라리 능지처참해서 아주 박살 죽여 주면 죽은 후에 원조라는 새가 되어 적막강산 달 밝은 밤 우리 도련님 잠든 후에 꿈이나 깨우리."

춘향은 아예 작정한 듯 변학도에게 대듭니다. 이 모습을 보고 남녀노소 없이 눈물을 흘리며 돌아설 때 동헌 마루의 사또인들 좋을 리가 없지만, 사또의 위엄을 생각해서 앞으로 또 고을 수령을 거역하겠느냐고 한마디 했습니다. 하지만 춘향의 반응은 더 기세등등합니다.

얌전히만 있으면 변학도도 적당히 넘어가고 싶은데, 춘향은 당장 죽을 수도 있는 상황에서 적당히 넘기지 않고 더욱 포악하게 말대답을 합니다.

22

기생도
정절을 지켰을까요?

 춘향은 목숨을 걸고 변학도의 수청 요구를 받아
들이지 않습니다. 춘향이 이토록 절개를 지키려는
이유는 무엇일까요?

★ 지배 계층의 논리를 이용하는 똑똑한 여자

📖 춘향이 여쭈되,

"충신은 두 임금을 섬기지 않고, 열녀는 두 남편을 모시지 않는다고
했는데, 여러 차례의 분부가 이와 같으니 사는 것이 죽은 것만 못합니
다. 뜻대로 하옵소서."

변학도가 춘향에게 천한 계집은 수절을 하더라도 열녀가 되지 못한

다고 말하지만 춘향은 뜻을 굽히지 않고 본인을 열녀로 지칭합니다. 그리고 한 기생에게 수절이 어디 있냐고 말하자, 충(忠)·효(孝)·열(烈)에는 상하가 없다고 버팁니다. 춘향은 이몽룡을 사랑하고, 사랑 때문에 변학도를 거부합니다. 하지만 상대는 양반입니다. 그래서 그들이 금과옥조처럼 생각하는 윤리와 도덕을 내세웁니다. 즉, 지배 계층의 논리로 지배 계층에게 항거합니다.

지배층이 아름다운 말이라고 인정하는 '절개'와 '지조'를 자신도 가지고 있으며, 충과 효와 열에는 상하가 없다는 말로 모든 인간이 다 같으니 이로써 양반과 천민을 구분하지 말라고 주장합니다. 기생인 자신도 인간이니 인간이라면 누구에게나 허락된 사랑을 지킬 자격이 있다는 말입니다.

★ 신분 상승의 꿈을 꾸었던 여자

'성춘향(成春香)'이라는 이름은 '봄의 향기를 이룬다'는 뜻입니다.

조선 후기는 봄같이 새로운 꿈이 꿈틀대던 시기였습니다. 농사 기술이 발달하면서 부를 축적한 농민층이 생겨나고, 가난한 양반들이 양반직을 팔게 되면서 신분 질서가 흔들리고 있었습니다. 이제 양반이나 천민 같은 신분이 하늘이 내린 운명이 아니라는 인식이 서서히 생겨난 것이지요.

춘향은 반쪽이나마 양반의 피가 흐릅니다. 그것도 명성이 짜한 성참판의 딸이지요. 어머니 월매는 비록 천민이지만 경제적으로 부족함이 없어 춘향을 귀하게 키웁니다. 그래서 춘향은 교육을 잘 받아 양반 규수들의 덕을 모두 갖추었습니다. 이런 춘향이기에 양반을 배필로 만나고 싶었을 겁니다.

처음 이몽룡을 만났을 때 이몽룡이 마음에 든 이유는 그가 공명을 이루고 충신이 될 인물이라 생각했기 때문입니다. 이런 면모는 둘이 사랑할 때도 나타납니다. 이몽룡은 업음질을 할 때 한바탕 야한 이야기를 늘어놓으면서 자기에게 좋은 말을 해 보라고 요구합니다. 그런데 춘향은 뜬금없이 벼슬 타령을 합니다.

📖 "진사 급제 바탕 삼아 곧바로 부임하여 한림학사 된 연후에 부승지 좌승지 도승지로 당상관이 되어 팔도 방백 지낸 후에 내직으로 올라와 각신 되고 정승 가려 뽑는 대제학 대사성 판서 좌의정 우의정 영의정 하신 후에 내직 삼천 외직 팔백 나라의 기둥 같은 내 서방 알뜰 간간 내 서방이지."

이 장면을 보면 춘향의 이상적 남성상이 무엇인지 짐작하게 됩니다. 드라마 속 백마 탄 왕자님같이 자신의 신분을 상승시킬 대상으로 보고 있는 듯합니다.

이몽룡에게 본인이 기생이 아니라는 것을 분명히 하고, 첫 마음을 잊지 않겠다는 다짐을 받아 두고 백년가약을 맺은 것도 신분 상승 드라마를 확실히 다지기 위한 것이었을 수 있습니다. 이 시나리오에는 월매가 가담하여, 아직 철없는 이 도령을 확실히 휘어잡으려고 합니다.

그래도 춘향이 처음부터 온전한 양반을 꿈꾸지는 못했을 겁니다. 춘향은 어머니를 기준으로 보면 천민 기생이고, 아버지가 양반이긴 하나 어머니가 천민이기 때문에 양반의 서녀일 뿐입니다.

📖 "재상가 요조숙녀 가려 혼인을 하더라도 저를 아주 잊지는 말아 주세요. 그러다가 도련님이 과거 급제하고 벼슬 높아져 외직에 나갈 때 첩으로 데려가면 무슨 말이 나겠어요? 그렇게 알고 조처해 주세요."

정실부인은 못 되지만 그의 첩이라도 되고자 했던 것이 춘향의 소박한 마음이었습니다. 그런데 의외의 장애 요인이 생겼지요. 바로 변학도입니다. 현실적으로 생각해 볼까요. 이몽룡은 올라가서 소식이 없고 현재의 권력자는 변학도입니다. 그에게 협조하면 재물과 안정을 얻지만 저항하면 목숨을 잃습니다.

그런데도 춘향은 현실적인 이해타산을 버리고 저항을 택합니다. 춘향이 꿈꾼 신분 상승은 재물과 안정이 아니라, 인간으로서 존중받을 수 있는 조건이기 때문입니다. 춘향의 저항은 남원 백성을 울렸고 임금에게까지 알려져, 그저 첩이라는 이름이라도 얻고자 했던 소박한 꿈을 넘어 정렬부인이라는 이름을 얻고 완전한 신분 상승을 하게 됩니다.

어떤 사람은 춘향을 몽룡에게 구원받은 신데렐라로 생각하기도 합니다. 물론 이몽룡이 때맞춰 암행어사로 파견되어 춘향을 살렸지요. 하지만 춘향은 그저 가만히 앉아서 이몽룡의 구원을 기다리지만은 않았다는 점에서 신데렐라와 다릅니다. 춘향은 모든 현실적인 이해타산을 버리고 온몸을 던졌습니다.

23

이몽룡은
어떤 인물일까요?

 이몽룡은 〈춘향전〉의 남자 주인공이지만 춘향보다 비중이 적습니다. 실제로 춘향이 온갖 고초를 당하고 있을 때 이몽룡은 거의 등장하지 않습니다. 그렇다면 과연 이몽룡은 어떤 사람이고 어떤 역할을 할까요?

★ 좋은 가문에 재주 있는 총각

📖 이때 서울 삼청동에 이 한림이라는 양반이 있었는데 충신으로 이름난 집안의 후손이었다. 하루는 왕이 《충효록》을 보다가 충신과 효자를 뽑아 벼슬을 주기로 했다. 덕분에 이 한림은 벼슬이 높아져 남원 부사가 되어 남원 땅으로 내려가게 되었다.

이몽룡 집안은 대대로 충신으로 이름난 집안이었습니다. 옛날에만 그런 것이 아니라 아버지도 충신으로 뽑혀 남원 부사를 하게 됩니다. 그래서 서울내기인 이몽룡이 전라도 남원까지 내려가게 된 것이지요. 남원에 내려간 이몽룡의 아버지는 백성들을 잘 다스려 칭송을 받습니다. 그런 집안의 외동아들인 이몽룡은 어떻겠습니까?

📖 이팔청춘에 풍채가 훤하고 성격이 활달한, 게다가 글은 이태백을, 글씨는 왕희지를 닮은 남원 사또의 아들 이 도령도 그런 마음 들썩거리는 총각이었다.

이몽룡은 한마디로 모든 조건을 다 갖춘 사람이었습니다. 외모면 외모, 성격이면 성격, 거기다가 공부까지 잘하니 남자로서는 이상적인 사람이라 할 수 있습니다.

★ 철없는 샌님

이몽룡은 춘향을 처음 보았을 때 양반집 아녀자로서가 아니라 기생 춘향의 면모에 반했습니다. 기생의 딸이라고 하니까 오히려 잘되었다고 좋아하는 것을 보면, 이성에 눈뜬 자유분방한 한량처럼 보입니다. 그는 부모님도 모르게 기생의 딸을 첫 아내처럼 여기겠다고 약조하고, 그의 말대로 '개구멍서방'이 되어 식도 올리지 않고 드나듭니다. 어찌 보면 지체 높은 가문의 자제를 꾀어낸 춘향 모녀와 아무 대책 없이 일을 저지르는 철없는 샌님이 시작한 불장난 같아 아슬아슬합니다.

이몽룡은 어른스러운 책임감이 없는 것 같습니다. 아버지가 갑자기

한양으로 올라가면서 이몽룡은 문제 상황에 빠집니다. 춘향과 함께 가고 싶지만, 현실적으로 아무 대책이 없습니다.

📖 "그게 될 말이냐? 사정이 이러하니 사또께는 말도 못 꺼내고 어머니께 여쭈었더니 꾸중이 대단하다. 양반의 자식이 부형 따라 지방에 내려왔다가 기생첩을 들여 데려간다는 말이 앞길에도 괴이하고 조정에 들어가 벼슬도 못 한다더구나. 이별할 수밖에 없다."

결국 몽룡은 어머니에게 야단만 맞고 춘향과의 약속을 지키지 못한 채 서울로 올라갑니다. 자신의 의지를 관철할 용기와 능력을 보여 주지 못하지요. 단지 통곡하며 울 뿐입니다. 좋게 보면 인간적으로 보이지만 나쁘게 보면 미숙해 보입니다.

★ 카리스마 있는 관리

이몽룡은 서울로 올라가서 밤낮없이 공부하여 장원 급제를 하고 임금에게 암행어사를 제수받아 전라도로 내려옵니다. 그런데 이몽룡은 암행어사로 내려오면서부터는 다른 모습을 보입니다.

📖 이튿날 서리와 중방을 불러 분부하기를,
"여기는 전라도 첫 읍인 여산이다. 막중한 나랏일을 거행할 때 분명히 하지 않으면 죽음을 면치 못하리라."
추상같이 호령하며 서리 등을 불러 분부를 내린다.
"너는 전라 좌도로 들어가 진산·금산·무주·용담·진안·장수·운봉·

구례 이 여덟 읍을 살피고 아무 날 남원읍으로 대령하고……"

부하들에게 임무를 맡기고 명령을 내리는데, 일을 분명히 하지 않으면 죽음을 면치 못할 거라고 단호하게 말합니다. 이 정도 카리스마는 있어야 춘향의 문제 상황에 대한 해결사 역할이 가능하겠지요. 이몽룡은 어사또의 업무를 수행하기 위해 다 떨어진 갓과 도포를 입고 다니며 뭇 사람들을 속입니다. 이러한 모습은 자신의 신분을 철저히 숨겨서 일을 실수 없이 진행하기 위해서입니다.

★ 마지막 시험자

📖 "더운 진지 할 동안 시장하실 테니 우선 요기나 하옵소서."
어사또 반겨 하며,
"오, 밥아, 너 본 지 오래로구나."
밥상에 달려들어 이것저것 한데 붓더니 숟가락은 건드리지도 않고 손으로 이리저리 뒤섞어 마파람에 게 눈 감추듯 먹어치웠다.

이런 모습을 보고 월매는 실망하지만 춘향은 그렇지 않습니다. 꿈에 그리던 이몽룡이 거지꼴로 찾아오자, 춘향은 자신의 처지보다 몽룡의 처지를 더 안타까워합니다. 자신의 신세를 잠깐 서러워할 새도 없이 유언을 남깁니다. 월매에게는 자신이 죽은 후에 자신의 재산을 모두 팔아 이몽룡을 챙겨 주라고 합니다.

이 정도면 춘향의 애정을 충분히 짐작하고도 남음이 있을 텐데 이몽룡은 최후의 시험을 합니다. 곤장을 맞고 감옥에 갇혀 죽다 살아난 춘향의 마음을 떠보는 것입니다.

📖 "너만 한 년이 수절한다고 나라의 관리를 욕보였으니 살기를 바랄 것이냐? 죽어 마땅할 것이나 기회를 한 번 더 주마. 내 수청도 거역할 테냐?"

춘향은 기가 막혀 차라리 자기를 죽여 달라고 악을 씁니다. 어사또는 춘향의 마음이 변함없음을 확인하고 흐뭇해 하여 그제야 진실을 밝힙니다. 몽룡의 신분이 몰락하였다 하더라도 변함없이 사랑하는 춘향, 높은 신분의 사람에게도 전혀 흔들리지 않는 춘향의 모습은 이들의 풋사랑이 더욱 성숙하고 신뢰가 깊어졌음을 짐작하게 합니다. 이는 춘향과 이몽룡의 만남에 극적인 재미를 주지요.

한편으로는 초주검이 된 연인에게서도 정절 의지를 확인한다는 점에서 논란이 될 만합니다. 어떻든 이몽룡은 춘향의 삶과 의지를 부각시키는 존재라고 할 수 있습니다.

24

주변 인물들은
어떤 역할을 할까요?

〈춘향전〉에는 주인공인 춘향과 이몽룡 외에도 여러 개성적인 인물이 등장하여 이야기의 맛을 더해 줍니다.

★ 방자 - 신분 상승의 조력자

방자는 이몽룡의 몸종이지만 호락호락 말을 듣지 않습니다. 이몽룡이 춘향을 만나고 싶은 마음에 빨리 해가 지기를 바라지만, 방자는 해가 동쪽에서 막 떠오르고 있다며 이몽룡을 놀립니다. 그리고 이몽룡에게 하늘님이 들으시면 깜짝 놀랄 거짓말을 한다고 짐짓 꾸짖기도 합니다. 주인 앞에서 조심스럽지도 순종적이지도 않은 그야말로 방자한 모습입니다.

📖 "어미는 기생이지만 춘향은 콧대가 높아 기생질을 마다하고 여자가 갖춰야 할 자질을 다 갖추고 거기다 문장까지 갖추었으니 여염집 규수와 다름없습니다."

방자가 몽룡에게 춘향을 소개하는 말입니다. 춘향이 여염집 규수와 다름없으므로 춘향을 기생으로 대해서는 안 된다는 것을 각인시킵니다. 그리고 이몽룡이 방자에게 춘향을 데려오라고 할 때는 분명하게 안 된다고 거절을 합니다.

📖 "덕행과 정절이 드높아 누구도 뜻을 이루지 못했습니다. 여자들 가운데 군자라 함부로 다루기 어렵습니다. 불러오기 어려울 것이니, 도련님 그만두십시오."

다른 기생들처럼 오라 가라 할 수 있는 사람이 아니라는 것을 못 박고 있습니다. 이런 말은 이몽룡의 태도를 변화시킵니다.

📖 "내가 너를 알기를 기생으로 알아서가 아니라 글을 잘한다기에 청하는 것이다. 여염집 처자를 부르는 것이 듣기에 이상하기는 하나 흠으로 생각하지 말고 잠깐 다녀가라고 하시더라."

이몽룡은 춘향이 기생의 딸이라는 말을 듣고 처음에는 쉬운 여자로 생각하다가, 이후 글을 잘한다기에 청한다고 정중하게 전하게 합니다. 그래서 춘향은 이몽룡과 대면할 때도 동등한 처지에서 만납니다. 이는 춘향이 신분 상승을 하는 데 중요한 구실을 하는 것입니다.

★ 월매 - 신분 상승의 조력자 겸 방해자

월매는 처음 이몽룡이 찾아왔을 때 잠시 놀다 가라고 합니다. 자신들의 신분을 들어 춘향과 맺어질 수 없다고 말하면서요. 하지만 이것이 월매의 본심이라고 보기는 어렵습니다. 월매는 어수룩한 샌님을 잘 휘어잡아 춘향을 첫 아내처럼 여기게 하겠다는 약속을 받아 낸 이후 첫날밤을 허락하는 노련함을 보입니다.

> 지난밤 꿈을 생각하고 이것이 천생연분인 줄 짐작했다. 시원하게
> 허락하며 향단을 부른다.
> "봉이 나니 황이 나고, 장군 나니 용마 나고, 남원에 춘향이 나니 이
> 화춘풍이 꽃답구나. 향단, 술상 들여오너라."

월매는 철저히 현실적인 인물입니다. 이익이 되면 좋아하고 그렇지 않으면 슬퍼하거나 원망합니다. 몽룡이 전도유망한 사또 자제이고 춘향을 첫 아내처럼 여기겠다고 해서 교제를 허락합니다. 이런 면에서 월매는 춘향의 신분 상승에 도움을 주었습니다.

하지만 변학도가 나타나자, 여러 이본에서 월매는 춘향이 변학도의 제안을 수락하길 원합니다. 이후 이몽룡이 거지꼴을 하고 오니 몹시 실망하며 밥도 없다면서 구박합니다. 이런 면에서는 신분 상승의 방해자입니다.

춘향은 이몽룡과의 완전한 사랑이라는 꿈이 있었던 데 반해서, 월

매는 달면 삼키고 쓰면 뱉지요. 막상 이몽룡이 암행어사임이 밝혀지자 춤을 추며 들어와 이럴 줄 알았다면서 능청맞게 좋아합니다.

★ 변학도-신분 상승의 방해자

변학도라고 하면 악인이라고 생각하지만 긍정적인 자질도 있습니다.

📖 글도 제법 잘하고 풍채도 있고, 풍류는 통달하여 오입질도 넉넉했다.

게다가 높은 벼슬에 재물도 넉넉합니다. 다만 한 가지, 고집불통이라서 자기 성에 차지 않으면 미친 듯이 날뛰는 성격입니다. 이런 성격 때문에 춘향이 고초를 겪게 되지요. 그는 신관 사또로 내려올 때부터 춘향의 소문을 들었습니다. 그런데 기생 점고할 때 춘향이 보이지 않자 화를 내면서 춘향을 데려오라고 하지요.

📖 "이 무식한 놈들아. 어떤 양반이 엄한 부모 밑에 살면서 결혼 전에 데리고 놀던 계집을 데려가겠느냐? 이놈, 다시 그런 말을 입 밖에 내면 죄를 면치 못하리라. 내가 저 하나를 보려다가 못 보고 그저 말겠느냐, 잔말 말고 불러오너라."

춘향이 이몽룡과의 인연을 들어 수절한다고 할 때, 춘향을 '데리고 놀던 계집'으로 취급하여 불러오라고 합니다. 수청을 들지 않으면 나라의 관리를 조롱하고 거역한 것이라고 하면서요.

📖 "네가 아무리 수절을 한들 누가 열녀 포상이라도 할 줄 아느냐? 그것은 버려두고라도 네가 고을 관장에게 매이는 것이 옳으냐, 그 어린아이에게 매이는 것이 옳으냐? 네가 말을 좀 해 보거라."

변학도는 춘향에게 수절할 자격이 없다고 말합니다. 어차피 수절을 못 할 테니 기왕이면 지위가 높은 고을 관장에게 매이는 것이 옳다고 합니다. 게다가 이몽룡은 춘향과 소식을 끊어 자리를 비우고 있었으니, 변학도는 당연히 춘향에게 수청을 요구할 수 있다고 생각했을 겁니다. 춘향을 그저 기생으로만 보았으니까요.

양반이면서 남성인 변학도는 기득권 세력입니다. 자신을 중심에 놓고 춘향에게 그 질서에 순응하라고 한 것입니다. 춘향이 정절이라는 이름으로 사랑을 지키고자 하는 인간이라는 것을 그는 생각해 본 적이 없습니다.

변학도는 춘향의 신분 상승에 가장 큰 방해자입니다. 하지만 춘향과의 싸움에서 패함으로써 결과적으로는 춘향이 극적인 신분 상승을 이루게 해 주었습니다.

25

춘향은 기생일까요,
기생이 아닐까요?

 조선 시대의 기녀는 궁중의 잔치나 지방 관아의 각종 의례에 참석하여 노래나 춤으로, 또는 거문고·가야금 등의 악기를 연주하며 흥을 돋우었습니다. 기생은 양반들과 어울리는 데 필요한 교양과 예술 감각을 갖추어야 했기에, 사회 계급으로는 천민이지만 양반집 여성보다 교양 수준이 높은 경우가 많았습니다.

★ 기생 춘향

춘향은 기생입니다. 조선 시대는 '종모법'이라 하여 어머니의 신분을 따랐으며, 기생 신분은 세습이 되기 때문입니다. 춘향의 어머니인 월매가 기생이니 춘향도 기생인 것이지요.

춘향이 기생이 아니라면 이몽룡이 광한루에서 춘향을 오라 가라 할 수 있을까요? 이몽룡이 춘향을 부를 때, 월매는 양반의 말을 따르라 하고, 춘향은 못 이기는 체 방자를 따라갔지요. 또 춘향이 양반집 여인 이라면 정식 혼례를 올리지 않고 첫날밤을 치를 수 있었을까요?

변학도의 기생 점고 명을 받고 춘향을 데리러 온 사령을 맞아들이는 장면과 춘향에 대한 행수기생의 태도를 보면, 춘향은 기생으로 취급을 받고 있습니다.

📖 "여봐라, 춘향아. 내 말 들어 봐라. 너만 한 정절은 나도 있고 너만 한 수절은 나도 있다. 왜 너만 수절이 있고 왜 너만 정절이 있느냐? 정절부인 애기씨, 수절부인 애기씨야, 조그마한 너 하나 때문에 육방이 소동하고 각 청 두목이 다 죽어난다. 어서 가자, 바삐 가자."

행수기생은 춘향을 '정절부인 애기씨'라고 비웃으며 새 사또에게 끌고 갑니다. 춘향은 어쩔 수 없이 관아로 향하지요. 또한 춘향이 큰 칼을 쓰고 나오자 기생들이 몰려와서 춘향을 주물러 줍니다. 이들은 춘향을 '서울집'이라고 부르는데, 이몽룡이 서울에 있기 때문이겠지요. 어떤 기생은 남원에도 열녀문 받을 사람이 생겼다고 좋아하기도 합니다. 같은 기생이라도 누구는 춘향을 비웃고, 누구는 위로하고, 누구는 속없이 굴기도 합니다.

이들은 춘향을 같은 기생으로 보면서, 춘향이 이몽룡과의 관계를 내세우는 것을 고깝게 보기도 하고, 춘향의 처지와 입장을 지지하고 위로하기도 하고, 자기중심적으로 이해타산을 따지기도 합니다.

★ 기생 아닌 춘향

춘향은 기생이 아닐 수도 있습니다. 춘향의 어머니인 월매는 성 참판과 함께 살았기 때문에 기생 일을 그만두었다고 나옵니다. 이때 성 참판이 돈을 주고 월매를 기생 명부에서 **빼냈을** 수도 있습니다. 또한 월매는 경제적으로 넉넉한 기생이기 때문에 본인은 기생이라고 하더라도 자신의 힘으로 춘향을 대비정속(관청의 여종이나 기생이 자기 대신에 다른 사람을 사서 넣고 자신은 자유롭게 되는 일) 했을 수도 있습니다. 월매는 춘향에게 각종 교양 수업을 받게 했는데, 그 전에 춘향의 신분 문제를 해결하고자 했을 겁니다.

비록 기생의 딸이라고 하더라도 아버지가 성 참판이기 때문에 춘향도 자신에게 양반의 피가 흐른다는 사실을 의식하고 있습니다. 그래서 춘향은 사또 자제 도련님의 부름에도 당당합니다.

📖 "난 지금 관청에 매인 기생도 아니니 여염집 사람을 함부로 부를 일도 없고, 부른다고 해도 갈 까닭이 없다."

춘향은 일반적인 기생과 달리 이몽룡에게 약조를 받아 놓고야 첫날밤을 허락합니다. 또 정렬에 상하좌우 있냐고 주장하며 목숨을 걸고 절개를 지킵니다. 이런 행위의 바탕에는 자신이 기생이 아니라는 의식이 깔려 있습니다.

'감옥', '꿈', '점괘'는 무엇을 뜻할까요?

 춘향은 감옥에 갇혀 죽을 날만 기다리다 앞날을 예언하는 꿈을 꾸고 봉사를 불러 해몽을 하게 합니다.

★ 감옥 – 상징적 죽음

춘향은 변학도의 수청을 거절하고 감옥에 갑니다.

📖 옥에 들어가서 옥방의 형상을 보니 옥이란 것이 부서진 대나무 창문 틈새로는 바람이 살살 들어오고, 허물어진 벽 틈새로는 빈대 벼룩이 슬슬 기어들어 온몸을 침범하는 그런 곳이었다.

온갖 벌레가 기어 다니고 빛도 들어오지 않는 감옥에서 춘향은 큰 칼을 목에 쓰고 죽음을 기다립니다.

이제까지 춘향은 기생으로만 취급되었습니다. 그래서 이몽룡과 혼례를 치르지 못했고, 변학도에게서 수청을 요구받았지요. 춘향은 스스로의 선택에 의해 감옥에 들어감으로써 죽음에 직면합니다. 이것은 재생의 과정이기도 하지요. 기생 춘향이 감옥이라는 통과 의례를 거쳐 정렬부인이라는 기생 아닌 춘향으로 부활하니까요.

★ 꿈-현실과 정반대의 현상

춘향은 감옥에서 꿈을 꿉니다. 불길한 꿈이라 자신이 죽을 징조라고 생각하지요.

📖 "몸단장하던 거울이 깨져 보이고, 창 앞의 앵두꽃이 떨어져 보이고, 문 위에 허수아비가 매달려 보이고, 태산이 무너지고, 바닷물이 말라 보이니 내가 죽을 꿈이 아니오?"

춘향은 봉사를 불러 해몽을 부탁합니다. 봉사는 이 꿈이 쌍가마 탈 좋은 꿈이라고 말합니다. 쌍가마는 고귀한 사람이나 타는 것이지요. 꽃이 떨어지니 열매를 맺고, 거울이 깨지니 소리가 있고, 문 위에 허수아비가 매달렸으니 만인이 우러러볼 것이고, 바다가 마르니 용의 얼굴을 볼 것이고, 산이 무너지니 평지가 될 것이라고 하네요. 열매를 맺는 것은 좋은 결실을, 소리가 나는 것은 좋은 소식을, 만인이 우러러보는 것은 신분 상승을, 용을 보는 것은 임금과의 만남을, 평지가 되는 것은 원만한 삶을 의미합니다. 따라서 이몽룡과 춘향이 높은 신분이 된다는 것을 예언하는 꿈입니다.

★ 점괘 - 이 도령과 춘향의 운명 예언

춘향은 봉사에게 이몽룡이 언제 찾아올지 점을 쳐 달라고 합니다. 봉사는 산통을 흔들어서 점을 치지요.

📖 "칠간산 괘로구나. '물고기가 물에서 놀면서 그물을 피하니 작은 것이 쌓여 크게 이루어지리라.' 옛날 주나라 무왕이 벼슬할 때 이 괘를 얻어 금의환향했으니 어찌 아니 좋을 것이냐. '천 리 멀어도 서로의 마음을 아나니 친한 사람을 만나리라.' 자네 서방님이 머지않아 내려와서 평생의 한을 풀겠네."

봉사는 좋은 점괘가 나왔다고 춘향을 안심시킵니다. 작은 것이 쌓여 크게 이룬다는 것은 이몽룡의 벼슬을, 천 리 떨어져도 만난다는 것은 이몽룡과 춘향의 재회를 의미합니다. 이 점괘도 역시 두 인물의 운명과 앞으로 일어날 일을 예언하고 있네요.

어떤 해학적 표현을
사용했을까요?

어떤 일을 과장하거나 왜곡하고 비꼬아서 우스꽝스럽게 드러내는 방법을 '해학'이라고 하는데, 이는 긴장을 해소하고 웃음을 유발합니다. 이러한 표현은 판소리계 소설의 특징이기도 하지요.

판소리는 본래 긴장과 이완의 구조로 이야기가 전개됩니다. 해학은 이완의 역할을 하지요. 해학적 표현에는 '언어유희, 동정과 연민, 희화화' 등이 있습니다.

★ 언어유희

언어유희는 말을 재미있게 꾸며 웃음을 유발하는 표현 방법으로, '말장난'이라고도 합니다. 언어유희에는 유사 음운 반복, 동음이의어,

언어 도치를 이용한 것 등이 있습니다.

📖 《대학》을 읽는데,

"대학의 도는 밝은 덕을 밝히는 데 있고, 백성을 새롭게 하는 데 있으며, 춘향이에게 있도다."

춘향이 나오자 그만 덮고 이번에는 《주역》을 읽는다.

"원은 형코 정코 춘향이 코 딱 댄 코 좋고 하니라."

이 도령이 춘향을 만나고 온 뒤에 춘향의 모습이 자꾸 아른거려 공부에 방해가 됩니다. '~에 있다'는 말을 반복하다 보니 '춘향이에게 있다'고 말하게 됩니다. '형코 정코 춘향이 코'는 유사 음운을 반복한 언어유희입니다. 이러한 표현을 통해 이 도령이 얼마나 춘향에게 빠져 있는지를 알 수 있습니다.

📖 "갑갑해 죽겠소. 일러 주오. 꿈속에서 임을 만나 온갖 정회를 풀었는데 혹시 서방님 기별 왔소? 언제 오신다는 소식 왔소? 벼슬 얻어 내려온단 공문이 왔소? 아이고 답답해라."

"네 서방인지 남방인지 거지 하나가 내려왔다."

원래 '서방'은 '글공부하는 사람으로, 장가든 지 얼마 안 되는 사람'을 말합니다. 그런데 방위를 말하는 '서방(西方)'을 차용하여 '서방인지 남방인지'라고 표현한 것은 동음이의어에 의한 언어유희입니다. '-방'이 반복되니 유사 음운을 반복한 언어유희이기도 하네요.

그런데 월매가 이 도령이 왔다고 분명히 말하지 않는 까닭은 무엇일까요? 이 도령이 마음에 들지 않아서입니다. 거지꼴로 찾아왔으니 춘향에게 말하기가 기껍지 않았던 것이지요. 이렇게 해학적 표현에는 인물의 감정도 담깁니다.

　📖 "어, 추워라. 문 들어온다 바람 닫아라. 물 마르다 목 들여라."

이는 언어 도치에 의한 언어유희입니다. 암행어사가 출두하자 변학도가 당황하고 어쩔 줄 몰라 하는 모습을 느낄 수가 있네요.

★ 동정과 연민

슬프거나 모자라거나 동정적인 정감에서 해학이 유발될 수도 있습니다. 동정과 연민을 유발하는 것을 '페이소스'라고 하지요.

　📖 곤장, 태장 치는 데는 사령이 서서 하나 둘 세지마는 형장부터는 법이 정한 매질이라 형리와 통인이 닭쌈하는 모양으로 마주 엎드려서 하나 치면 하나 긋고 둘 치면 둘 긋고, 무식하고 돈 없는 놈 술집 담벼락에 술값 긋듯이 그어 놓으니 '한일자'가 되었구나. 춘향이 저절로 설움에 겨워 맞으면서 우는데,

춘향이 곤장을 맞는 장면입니다. 형리와 통인이 무심하게 매의 숫자를 세고 긋는 장면에서 춘향의 처지가 더욱 슬프게 느껴져 페이소스를 불러일으킵니다. 슬프고 서러운 상황이지만, 매질한 숫자를 선으로 그

어 한일자로 만들어 놓았다니 어이가 없어 웃음이 나옵니다.

📖 앞에 개천이 있어 뛰어 볼까 무한히 벼르다가 뛰는데, 봉사 뛴다는 것이 멀리 뛰지는 못하고 올라갈 만한 길이나 올라가는 것이었다. 멀리 뛴다는 것이 한가운데 가서 풍덩 빠졌는데 기어 나오려고 짚은 것이 개똥을 짚었다.

"아뿔싸, 이게 정녕 똥이제."

손을 들어 맡아 보니 묵은 쌀밥 먹고 썩은 놈이로구나. 봉사가 손을 뿌리친다는 것이 모난 돌에 부딪치니 어찌나 아프던지 입에다가 훌 쓸어 넣고 우는데 먼눈에서 눈물이 뚝뚝 떨어진다.

앞을 못 보는 봉사가 월매의 청에 의해 춘향이 갇혀 있는 옥으로 가다가 봉변을 당하는 장면입니다. 개천을 건너뛰려다가 물에 빠지고, 기어 나오려다 개똥을 짚게 됩니다. 설상가상이지요. 개똥을 뿌리치려다가 모난 돌에 손을 부딪칩니다. 얼마나 아프겠습니까? 자기도 모르게 아픔을 잊기 위해 손을 입에 집어넣는데 손에 개똥이 묻어 있습니다. 봉사라는 처지 때문에 일어난 일인데도 왠지 웃음이 나네요.

★ 인물을 희화화

인물의 행동을 우스꽝스럽게 표현하면 웃음을 유발할 수 있습니다. 특히 점잖거나 지위가 높은 사람을 희화화할 경우에는 더 그렇지요.

📖 어사또 반겨 하며,

"오, 밥아, 너 본 지 오래로구나."

밥상에 달려들어 이것저것 한데 붓더니 숟가락은 건드리지도 않고 손으로 이리저리 뒤섞어 마파람에 게 눈 감추듯 먹어 치웠다.

이 도령이 춘향 집에 찾아왔을 때입니다. 암행어사로 내려온 이 도령은 월매 앞에서 걸인처럼 행동합니다. 보통 사람이라도 이런 행동을 하면 우스울 텐데, 암행어사인 이 도령이 이렇게 망가진 모습을 보이는 것이 웃음을 유발합니다. 이는 이 도령이 신분을 철저히 위장한다는 뜻도 되지만, 앞으로 일어날 암행어사 출두 장면의 긴장을 미리 풀어 주는 모습이기도 합니다.

📖 도장 궤 잃고 유밀과 들고, 병부 잃고 송편 들고, 탕건 잃고 용수 쓰고, 갓 잃고 밥상 쓰고, 칼집 쥐고 오줌 누기, 부서지니 거문고요, 깨지나니 북장고라. 본관 사또 똥을 싸고, 멍석 구멍에 생쥐 눈 뜨듯 하면서 깊숙한 안채로 들어가며

암행어사가 출두한 뒤 관가 사람들이 당황하는 장면입니다. 다들 정신을 잃고 엉뚱한 행동을 하는군요. 관리로서 챙겨야 할 도장 궤나 병부는 잃어버리고 잔칫상에 올렸던 음식만 챙기네요. 특히 춘향에게 포악을 일삼던 본관 사또의 모습은 우스꽝스럽기 그지없습니다.

이렇게 인물들의 행동을 희화화함으로써 관리들의 권위를 웃음거리로 만듭니다. 독자는 관리들이 평소에 보이던 근엄한 모습을 팽개치고 허둥지둥하는 꼴을 보며 통쾌해 합니다.

28

왜 장면을
길게 늘어놓을까요?

〈춘향전〉은 판소리계 소설이기 때문에 판소리 사설이 갖는 특징이 나타납니다. 그 가운데 하나가 어떤 장면은 굉장히 길게 늘어놓고, 어떤 장면은 매우 짧게 서술한다는 것입니다.

★ 장면의 극대화

소설의 전개 과정이나 맥락과는 상관없이 길고 상세하게 늘어놓는 부분이 있습니다. 다음은 이몽룡이 야외 나들이 갈 때 나귀 안장을 짓는 대목입니다.

📖 나귀 타러 오는 도련님 거동을 보자. 옥 같은 고운 얼굴에 신선

같은 풍채, 얇은 나무판 같은 머리채 곱게 빗어 밀기름에 잠재우고, 노랗게 무늬 놓은 비단 댕기를 석황 물려 잡아맸다. 성천의 좋은 비단으로 만든 겹배자, 가는 모시로 솜씨 좋게 지은 바지, 최고급 무명 겹버선에 남색 비단 대님 매고……

나귀 안장 꾸밈새나 이몽룡의 차림새까지 나열되어 있습니다.

〈춘향전〉에는 이렇게 별로 중요하지 않은 장면을 장황하게 늘어놓는 경우가 많습니다. 예를 들면, 춘향의 집에서 이몽룡을 대접하는 장면이 그렇습니다. 온갖 음식과 술, 갖은 술병과 주전자가 다 등장합니다. 또 기생 점고 대목에서는 기생 한 명 한 명의 이름을 일일이 다 알려 줍니다. 그리고 암행어사가 서울에서 내려오는 대목에서는 서울에서 남원까지의 행로가 자세하게 언급됩니다.

판소리에서 각 대목이나 장면을 장황하게 나열하는 것을 '장면의 극대화'라고 합니다. 판소리로 공연할 때 사람들이 재미있어 할 만한 대목을 길게 늘여서 노래하던 것이 판소리계 소설에 반영되어 이야기의 흐름과는 상관없이 길게 늘어지는 부분이 나타나는 것입니다.

★ 부분의 독자성

판소리 사설은 길어서 처음부터 끝까지 다 부르기가 어렵습니다. 그래서 어느 한 부분만을 따로 부르는 부분창을 하는 일이 많지요. 이럴 경우 새로운 내용이 보태지거나 전체적인 흐름과 어울리지 않는 내용이 들어가기도 합니다. 또는 긴박한 상황에서 이야기를 길게 늘여서 긴장감을 떨어뜨리기도 합니다.

📖 성 참판 부부는 목욕재계를 하고 이름난 산을 찾아 나섰다. 이리저리 찾아다니다가 남으로 지리산에 이르러 반야봉에 올라가 보니 바로 천하의 명산이었다.

📖 자하골 성 참판 영감이 임시로 남원에 내려왔을 때 소리개를 매로 보고 수청을 들라 하셨기에 관장의 명령을 어기지 못했습니다. 그러나 모신 지 석 달 만에 올라가시니 그 후 뜻밖에 얻은 것이 저것입니다.

위의 두 장면은 월매가 춘향을 갖게 된 상황을 말하고 있습니다. 하지만 앞과 뒤의 내용이 서로 다릅니다. 앞에서는 성 참판 부부가 혈육이 없어서 천하의 명산을 찾아가 기도하여 춘향을 얻은 것으로 되어 있습니다. 그런데 뒤에서는 월매가 성 참판의 수청을 들어 석 달을 모시다가 춘향을 얻었다고 되어 있네요. 앞부분에서는 춘향의 출생을 미화하여 표현한 반면, 뒷부분에서는 사실적인 내용으로 표현한 듯합니다. 이와 같이 앞과 뒤의 내용이 모순되는 것은 판소리의 특징인 부분의 독자성 때문입니다.

이런 모순은 춘향과 이몽룡이 만나는 장면에도 나타나요. 이몽룡이 글공부를 하다 놀러 가는 때는 춘삼월인데, 막상 광한루에서 춘향을 만나는 때는 단옷날이지요. 이것은 봄 풍경의 아름다움은 춘삼월이, 춘향이 그네를 뛰는 것은 단옷날이 어울리기 때문에 나타난 현상이에요. 이렇게 서사 맥락과 관계없이 특정 부분을 재미있게 묘사하는 데 치중하는 것을 '부분의 독자성'이라고 합니다.

그런가 하면 반대로 특정 사건이나 시간의 흐름을 간략하게 서술하기도 합니다.

춘향과 이몽룡이 사랑을 하다가 이별하게 되는 과정을 "이러구러 세월을 보낼 적에, 호사다마로 남원 부사 어르신께서 동부승지 당상하야 한양으로 가시게 되었구나. 도련님이 하릴없이 이별차로 나오는디"와 같이 매우 간단하게 제시합니다. 춘향과 몽룡이 사랑하는 장면이 중심이 되고 이를 극대화하다 보니 어떤 부분은 상대적으로 간략하게 처리된 것이지요.

춘향이 변학도에게 고난을 받는 것은 길게 묘사하고 있지만, 이몽룡이 과거에 급제하는 과정은 매우 간략하게 언급합니다.

📖 이때 서울로 간 이 도령은 밤낮으로 《시경》, 《서경》과 제자백가의 책을 열심히 읽었으니, 글로는 이태백이오 글씨로는 왕희지였다. 그때 나라에 경사가 있어 태평과를 실시하니 이 도령도 서책을 품에 품고 과거장에 들어갔다.

그냥 밤낮으로 책을 열심히 읽었다는 내용이 과거 공부의 전부입니다. 춘향의 시련과 고난은 흥미롭고 중요한 장면이지만, 이몽룡이 장원 급제한 과정은 독자들에게 별로 중요하지 않기 때문입니다. 다만 이몽룡이 장원 급제해서 암행어사가 되었다는 사실이 중요한 것이지요.

29

장원 급제하면
암행어사가 될 수 있을까요?

 〈춘향전〉에서 이몽룡이 암행어사가 되는 것은 '해 피엔딩'으로 가는 결정적 사건입니다. 만약 이몽룡 이 암행어사가 되지 못했다면 춘향의 운명은 어떻 게 되었을까요? 과연 암행어사가 무엇이기에 춘향

을 살릴 수 있었을까요?

★ 암행어사의 신분과 역할

'암행어사'라는 관직이 따로 있는 것은 아닙니다. 지위가 높은 관원 을 뽑아 임금이 비밀리에 임무를 준 사람을 뜻하는 것이지요. '암행(暗 行)'은 몰래 행동한다는 뜻이고, '어사(御使)'는 임금의 명령을 받아 임무 를 수행하는 사람입니다.

암행어사로 임명되면 임명장, 임무와 파견 지역이 적힌 문서, 마패, 놋쇠로 된 자를 받습니다. 마패를 내보이면 역참에서 역졸과 역마를 징발할 수 있었고, 마패에 있는 말의 숫자는 징발할 수 있는 말의 수를 뜻했습니다. 마패는 암행어사의 신분증이었지요. 놋쇠로 만든 자는 어사가 지방 관청에서 되나 자를 속이는지 판별하기 위해 쓰였습니다.

암행어사는 특정 지역의 지방 행정을 살피기 위해 신분을 숨기고 지방을 관찰하였습니다. 그러다가 문제가 있다고 판단되면 어사출두를 하여 공문서와 관가 창고를 검열하였지요. 암행어사가 출두할 때는 역졸이 마패를 손에 들고 "암행어사 출두야!"라고 크게 외쳤습니다. 억울한 죄인이나 재판 사례가 있으면 재심하여 해결하고, 관리의 부정이나 파행이 발견되면 봉고파직하였습니다. 암행어사는 품계 분류상 관찰사(오늘날의 도지사)와 대등한 권한을 가졌습니다.

★ 암행어사가 될 수 없는 이몽룡

소설과는 달리 현실에서 이몽룡은 암행어사가 될 수 없습니다. 장원급제를 하면 종6품의 품계를 받습니다. 이 정도면 당시에는 현감인데, 오늘날로 말하면 군수 정도입니다. 그런데 암행어사는 종2품으로 지방 수령들보다 품계가 훨씬 높았고, 그렇기 때문에 지방 사또들을 파직시킬 수 있었습니다.

📖 잔치가 끝나고 조상 산소에 찾아가 제사를 지낸 후 다시 나아가 전하께 절을 올리니 전하께서 친히 불러 보시고는,
"경의 재주가 조정의 으뜸이로다. 전라도 암행어사를 맡길 터이니 관

리들의 잘잘못을 철저히 살피고 오라."

이야말로 이 도령이 기다리던 평생의 소원이었다. 이몽룡은 임금으로부터 암행어사임을 표시하는 비단옷과 마패, 그리고 유척을 받았다. 철관을 쓰고 궁을 나서는 이몽룡의 풍채는 깊은 산골의 호랑이처럼 당당했다.

이제 막 장원 급제를 한 종6품 신출내기에게 암행어사를 제수하다니 얼토당토않은 일입니다. 이몽룡이 암행어사가 될 수 있는 종2품까지 올라가려면 긴 세월이 필요합니다. 벼슬 한 품계 올라가는 데 시간이 많이 걸리기 때문이지요.

독자들은 빨리 이몽룡이 춘향을 구하러 가기를 바랐을 겁니다. 그래서 현실과는 맞지 않지만 이몽룡이 즉시 암행어사가 되어 춘향을 구하도록 설정한 것이지요.

30

〈춘향전〉의 주제는
무엇일까요?

판소리계 소설은 겉으로 드러나는 주제와 감춰진 주제가 다른 경우가 많습니다. 겉으로는 효도니 절개니 하는 유교적 윤리를 내세우면서도, 그 안에는 신분 상승에 대한 욕구라든가 부자가 되고 싶어 하는 욕망 등이 녹아들어 있다는 말입니다.

★ 자유연애의 실현

📖 "성현들도 같은 성끼리는 결혼하지 않는다고 했는데, 네 성은 무엇이고 나이는 몇이냐?"

"성은 성(成)가이고 나이는 열여섯입니다."

대답을 들은 이 도령 얼굴에 더욱 화색이 돈다.

"허허, 그 말 참 반갑다. 동갑에 성 또한 다르니 천생연분이구나! 이성 지합 좋은 연분 평생 함께 즐겨 보자."

이몽룡과 춘향이 처음 만나 나눈 대화입니다. 당시는 부모의 뜻에 따라 결혼을 하던 시대인데, 청춘 남녀가 자연스럽게 만나 연애를 하는 모습이 그려집니다. 봉건적·유교적 틀로 규정해 놓은 삶에서 벗어난 것이지요.

하지만 이러한 모습은 한계를 보이기도 합니다. 이몽룡이 서울로 가게 되었을 때, 어머니에게 춘향을 데리고 가고 싶다고 했으나 '기생첩이 웬 말이냐'며 꾸중을 듣고 마음을 접게 됩니다. 또 백년가약을 맺었으나 정식으로 혼례를 올리지 못합니다. 춘향이 고난을 겪고 난 후 정렬부인이 되고 나서야 혼례를 올릴 수 있었지요. 그럼에도 불구하고 몽룡과 춘향의 자유연애는 이 이야기를 끌고 가는 강력한 힘이라 할 수 있습니다.

★ 신분적 제약에서의 해방

기생을 한갓 노리개로 생각하는 변학도에 대항하여 신분을 초월한 사랑을 지켜 내는 모습에서 인간 평등사상을 읽을 수 있습니다. 옛날에는 양반과 천민이 서로 사랑하거나 결혼하는 것이 불가능했습니다. 기생은 양반과 사랑을 나누어도 그저 노리개일 뿐이었고, 기껏해야 첩의 지위만 허락되었습니다.

📖 "오륜의 도리 그치지 않고 부부유별 오행으로 맺은 연분 올올이

찢어 낸들 오매불망 우리 낭군 온전히 생각나네. 오동추야 밝은 달은 임 계신 데 보련마는 오늘이나 편지 올까 내일이나 기별 올까. 죄 없는 이내 몸이 모질게 죽을 일 없으니 잘못 판결 마옵소서."

춘향은 곤장을 맞으면서도 당당히 자신의 권리를 주장합니다. 양반의 노리개가 되기를 거부하고 인간으로서 자유롭게 사랑할 권리를 요구하지요. 이때 정절이란 상층부 여성들에게 요구되던 자질이었기에 기생인 춘향이 정절을 지킨다는 것은 자신의 신분적 한계를 뛰어넘는 일이라 할 수 있습니다. 그렇기에 양반 중심의 신분 사회에 대한 저항이라고도 할 수 있지요.

★ 탐관오리와 부정부패 비판

변학도는 부임하자마자 가장 먼저 기생 점고부터 합니다. 변학도는 아름다운 물건을 대하듯 춘향을 대했고, 춘향이 항거하자 몹시 분노합니다. 변학도에게 춘향은 인간이 아니라 하나의 노리개였던 것이지요. 춘향은 변학도의 수청 요구를 거부했지만, 변학도는 이를 받아들이지 않습니다. 자신의 권력을 이용해 백성을 억압하는 모습을 보이고 있습니다. 이러한 내용은 '관탈민녀 설화(관리가 백성의 아녀자를 빼앗는 설화)'와 관련이 있습니다.

또한 백성을 돌보지는 않고 자신의 생일잔치는 흥청망청 차립니다. 이몽룡은 변학도의 생일잔치에 나타나 이러한 내용을 풍자하고 비판하는 한시를 읊습니다.

금준미주천인혈(金樽美酒千人血) 금잔에 담긴 향기로운 술은 천 사람의 피요

옥반가효만성고(玉盤佳肴萬姓膏) 옥쟁반의 맛있는 안주는 만백성의 기름일세

촉루낙시민루락(燭淚落時民淚落) 촛농 떨어질 때 백성 눈물 떨어지고

가성고처원성고(歌聲高處怨聲高) 노랫소리 높은 곳에 원망 소리 높구나

지방의 관리가 잔치를 열고 즐길 때 백성들은 피눈물을 흘립니다. 그 비용이 백성들에게서 나온 것이기 때문이지요. 그런 면에서 변학도는 부정부패한 관리를 대표하는 인물이기도 합니다. 이처럼 〈춘향전〉은 탐관오리를 비판하고 민심을 대변한다는 점에서 사회 개혁 사상을 읽어 낼 수도 있습니다.

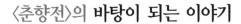

〈춘향전〉의 바탕이 되는 이야기

● **신원 설화**

'박색터 설화'라고도 하는데, 한을 간직한 채 죽은 영혼을 위해 원한을 풀어 주는 이야기다.

춘향은 남원에 살고 있는 아주 못생긴 기생이었다. 너무 못생겨서 아무도 거들떠보지 않았다. 춘향은 어느 날 냇가에 빨래하러 나갔다가 말을 타고 지나가는 사또의 아들을 보게 된다. 상사병이 든 춘향은 죽기 전에 마지막으로 사또의 아들을 보고 싶어 했으나 끝내 그러지 못했다. 춘향은 한을 품고 죽었고, 그 후 남원 지방에는 가뭄이 들어 삼 년이나 비가 오지 않았다. 사또가 그 사정을 알고 기생의 원혼을 달래는 굿을 했는데, 그제서야 비가 내렸다.

● **암행어사 설화**

양반 자제와 지방 기생 사이에 일어난 연애담으로, 노진·성이창·박문수 등 실존 인물과 관련된 설화이다.

양반의 자제가 어떤 연유로 시골에 갔는데, 어린 기생을 사귀다가 헤어지게 된다. 기생은 양반의 자제와 사귄 이후로 갖가지 어려움을 겪지만 끝까지 절개를 지킨다. 그러다가 암행어사가 되어 내려온 양반 자제를 다시 만나 행복하게 산다는 내용이다. 〈춘향전〉의 줄거리와 대체로 일치한다.

● **관탈민녀형 열녀 설화**

벼슬아치가 민간의 여인을 탐내어 정조를 유린하려 하지만 여인이 끝까지 정조를 지킨다는 내용의 설화이다. 백제의 〈지리산녀 설화〉가 대표적이다. 지리산녀는 구례현 사람으로 지리산 밑에 살았는데, 그녀에 관한 자세한 기록이 없어 이름은 알 수 없으나 가정 형편이 어려웠다. 그녀는 덕을 잘 닦아 널리 알려지게 되었다. 이에 백제 왕이 그녀의 아름다운 행실을 듣고 그녀를 취하려 하였으나 죽음으로써 절개를 지켰다.

〈도미의 처 이야기〉도 이와 비슷하다.

● **염정 설화**

염정 설화란 남녀 간의 애정을 다룬 이야기다. 하지만 이에 속하는 작품 대부분은 양반과 기녀처럼 신분이 다른 두 남녀 간의 사랑을 다루고 있어 흔히 '양반과 기생의 사랑 이야기'로 이해된다.

《동야휘집》에 실린 〈성세창 설화〉가 대표적인 염정 설화이다. 양반집 아들인 성세창이 기생인 자란을 사랑하여 첩으로 삼았다는 이야기다. 이는 〈춘향전〉에서 이몽룡과 성춘향이 각각 양반집 아들과 관기의 딸이라는 신분적 구도를 이룬다는 점에서 비슷하다.

● **조경남이 지었다는 설**

〈춘향전〉의 이몽룡은 실제 인물인 봉화 사람 '성이성'이라는 설이 있다.

성이성은 1595년에 경북 봉화에서 태어나서 1664년에 죽었다. 그는 열세 살 되던 해 남원 부사로 발령받은 아버지를 따라 남원으로 가서 살다가 열일곱 되던 해 아버지가 광주 목사로 전보되어 남원을 떠나게 된다. 이후 성이성은 스물두 살에 과거시험을 보고 서른세 살에 문과에 급제하여 경상도와 충청도 암행어사를 거쳐 세 번째로 호남 암행어사로 발령받아 마흔

다섯 살인 1639년에 남원으로 가게 된다. 성이성은 어린 시절의 스승인 문장가 조경남을 만나 회포를 풀면서 스승에게 어릴 적 남원에서 있었던 기생 춘향과의 사랑 이야기를 들려준다. 성이성의 이야기를 들은 조경남은 성이성을 이몽룡으로, 춘향을 성춘향으로 바꾸어 〈춘향전〉을 만들었다고 한다.

이렇게 보면, 〈춘향전〉의 작가는 조경남이 된다. 이몽룡이 변학도의 생일잔치 때 지은 시는 성이성이 암행어사 출두할 때 지은 것이라는 내용이 조경남의 문집에 남아 있다는 사실이 이를 뒷받침한다.

토끼전

〈토끼전〉의 줄거리

남해 용왕이 영덕전을 새로 짓고 잔치를 베풀어 즐긴 후 큰 병이 생긴다. 여러 약을 써도 낫지 않는데, 도사가 나타나 요사이 술과 여자를 가까이한 탓으로 간이 놀라 병이 난 것이라고 하며, 육지에 있는 토끼의 간이 즉효약이라고 알려 준다.

용왕은 수궁 대신들을 모아 놓고 방안을 논의한다. 정언 잉어, 영의정 금고래, 해운군 방게, 수문장 메기, 까치복, 궁녀 조개 등은 서로 다투기만 할 뿐 토끼를 잡아 오기 위해 누구를 보내야 할지 결정을 하지 못한다. 이때 별주부 자라가 나타나 수국 충신의 후예인 자신이 토끼를 잡아 오겠다며 토끼 그림을 그려 달라고 한다.

📖 "신은 자유자재로 목을 내고 들일 뿐만 아니라 등에는 둥근 방패를 지녔사옵니다. 또 네 다리를 갖추고 있어 물 위에 높이 떠서 망보기를 잘하오니 인간들에게 잡힐 염려도 없사옵니다. 다만 태어나서

152

자란 곳이 수국이라 토끼를 모르옵니다. 토끼 모습을 그려 주시옵소서."

자라의 노모는 그들의 조상이 모두 육지에서 죽었다며 말린다. 자라의 아내도 만류하지만 자라는 굳은 마음을 먹고 육지로 떠난다.

육지에 이른 자라는 우생원(소)을 만나는데, 소는 인심의 악독함을 말하며 한탄한다. 마침 동물들이 모여 잔치를 하면서 누가 가장 나이가 많은 상좌인가를 논하고 있다. 말씨름 끝에 토끼가 상좌가 되어 즐기던 중 호랑이가 나타나자 모두 벌벌 떤다. 그때 자라가 나타나자 호랑이는 자라를 삼키려 하지만 자라는 꾀를 써서 호랑이를 혼내 준다.

우여곡절 끝에 토끼를 만난 자라는 토끼에게 인간 세상이 어떠한지 묻고, 세상살이의 고난에 대해 지적하면서 수궁에 가면 높은 벼슬을 받을 수 있다고 유혹한다. 토끼가 이런저런 걱정을 하자 자라는 돌아서는 척한다. 그러자 토끼가 자라를 붙잡는다.

📖 별주부가 두세 번 사양하다가 마지못하는 체하고 나아가니, 토끼가 웃으며 은근하게 말한다.
"형의 마음이 이렇게 결백하시니 설마 속이기야 하겠습니까? 다만 낯선 곳을 가려니까 의심이 나서 그랬소. 믿지 못한 것이 미안하오만 같이 수국에 갈 수 있도록 해 주시오."

마침 여우가 지나가다 토끼를 말리지만, 자라는 여우가 예전에 수궁에서 잘못한 것을 들킬까 봐 그런다고 말한다. 거센 물을 보고 토끼가 겁을 먹자, 인중이 짧아 명이 짧다고 협박하며 수궁에 가면 오래 살 수 있다고 한다.

토끼는 자라에게 업혀 수궁에 도착한다. 벼슬을 하려면 밧줄에 묶여야 한다고 하기에 토끼는 더 꽁꽁 묶으라고 말하며 용왕 앞에 나아가는데, '자신의 병을 위하여 토끼의 간이 필요하다'는 용왕의 말을 듣고서야 죽을 처지에 놓인 것을 알게 된다. 토끼는 꾀를 내어 간을 육지에 두고 왔으니 간을 가져와 바치겠다고 약속한다. 용왕이 의심하자 몸속에 있는 구멍 세 개를 보여 주고, 그중 하나가 간을 들이고 내는 구멍이라고 말하며 위기를 모면한다. 용왕은 토끼의 말을 굳게 믿고, 토끼를 의심하는 신하들을 유배 보내겠다며 물리친다.

📖 용왕이 이제는 토끼를 한껏 높여 말한다.

"토공은 인간 세상에 살고 과인은 수궁에 살아 그동안 서로 오고 가지 못했소. 오늘 이렇게 만난 것은 하늘의 도움이니 반갑기 그지없소. 내 아까는 토공에게 잠시 농담한 것이니 너무 마음에 담아 두지 마시오."

"전하께서 그렇게 말씀하시니 간이 아니라 목을 베어 바친들 어찌 아깝다 하오리까?"

토끼는 그날 밤 환대를 받으며 잔치에서 춤을 추다가 간이 촐랑거리는 것을 별주부에게 들킨다. 토끼는 또 꾀를 내어, 자라탕이 정력에 좋다고 용왕에게 권한다. 용왕은 별주부를 잡아들이라고 하지만, 다른 신하들이 '토끼를 잡아 온 공이 있으니 별주부의 부인을 잡으'라고 한다. 별주부 부부가 토끼를 찾아가니 토끼는 별주부의 부인을 방으로 들이라고 한다. 별주부 부인은 열녀는 두 지아비를 섬기지 않는다고 거절하지만, 별주부는 부인을 달래어 토끼의 방에 들여보낸다. 토끼는 별주부 부인과 하룻밤을 보내고 용왕을 만나 자라탕은 자기 간을 먹은 후 들면 된다고 설득하고 육지를 향해 떠난다. 별주부 부인은 토끼에게 편지를 보내 토끼와의 연분을 이어 가고 싶다는 뜻을 전한다.

다시 자라의 등에 업혀 육지로 돌아온 토끼는 다시 살아난 기쁨에 자라를 마구 조롱한다. 자라는 자신의 충성심이 부족하다고 생각하여 한탄하다가 수국으로 가지 못하고 육지에서 살게 된다.

📖 "애고애고, 애고애고, 어디 가서 토끼를 잡을꼬. 이렇게 맹랑한 일이 또 어디 있단 말인가. 내 충성 부족하든가 대왕의 명이 짧든가. 수궁까지 갔던 토끼 너른 산속 다시 놓아주니, 이제 어디 가서 다시 토끼를 잡으리오. 우리 대왕 죽고 나면 수국의 모든 일을 누구와 의논할 수 있단 말인가. 우리나라 굳은 사직 속절없이 되었구나. 애고애고, 설운지고."

토끼는 기뻐 춤을 추다가 사람이 놓은 그물에 걸렸으나 파리에게 부탁해 온몸에 쉬를 슬게 하여 놓여난다. 또 독수리에게 잡혔는데, 꾀주머니를 주겠다고 하면서 굴속으로 들어가 숨어 목숨을 구한다.

별주부 부인은 토끼를 그리워하다 죽고, 자라는 그 소식을 듣고 자살한다. 그런데 용궁에서는, 별주부 부인은 별주부를 그리워한 열녀로, 별주부는 용왕에게 충성을 다한 충신으로 덕을 널리 알린다.

31

누가
주인공일까요?

〈토끼전〉은 병에 걸린 용왕을 구하기 위해 토끼와 자라가 속고 속이는 이야기입니다. 그런데 어떤 이 본은 〈별주부전〉이라고도 불리듯, 주인공이 누구인지 분명치 않습니다. 주요 인물에 대해 한번 살펴볼까요.

★ 병든 용왕

용왕은 수국의 절대 권력입니다. 그런데 깊은 병이 들었지요. 병의 원인은 술과 여자입니다. 거기다 아주 더럽고 지저분하기까지 합니다.

📖 두통으로 지끈거리는 머리는 온통 부스럼투성이며, 귀로는 소리

를 들을 수 없다. 눈에는 쌍다래끼가 나서 사물을 제대로 볼 수 없고, 콧구멍에는 부스럼이 생겨 숨을 쉬기조차 어렵다. 혀는 갈수록 뻣뻣해지고 어깨와 팔은 저려서 제대로 움직일 수 없으며, 설사와 이질이 겹쳐 음식을 먹으면 즉시 위아래로 쏟아 낸다. 게다가 밑구멍에는 치질까지 걸리니 온몸이 퉁퉁 부어 손가락이 다리 같고 다리가 허리 같고 허리가 큰 궁궐의 대들보 같다. 코는 벌럭벌럭 눈은 끔쩍끔쩍 불알은 달랑달랑, 온몸을 둘러보니 앓는 곳을 제하면 성한 곳이 거의 없다.

용왕은 자신의 병 때문에 영덕전 높은 누각에 홀로 누워 상을 탕탕 두드리면서 목 놓아 통곡합니다. 한 나라의 최고 권력자로서 체신이 영 떨어지지요? 다행히 도사가 토끼의 간이 약이 된다고 알려 주어 신하들을 불러 모아 회의를 합니다. 하지만 신하들은 무책임하고 용왕은 무능합니다. 수국 대신들은 말씨름만 할 뿐 대책을 세우지 못합니다. 용왕은 누가 토끼를 잡아 올 수 있는 신하인지 판단하지 못합니다. 그러면서 자신이 병에 걸린 원인은 생각하지 않고, 신하들이 목숨을 바쳐 자신을 섬기지 않는 것에 대해서 불평합니다.
이렇게 자기중심적이고 이기적인 모습은 또 있습니다.

　📖 "과인의 한 몸이 너와 달라, 만일 내가 불행해지면 한 나라의 백성과 신하 들을 보존하기 어려운 줄 넌들 설마 모르겠느냐. 너 죽고 과인이 살아나면 수국의 모든 백성 다 살리는 것이니 네가 바로 일등충신이로다."

왕은 토끼에게 자신이 살기 위해서 토끼의 간이 필요하다고 당당하게 말합니다. 한마디로, 자신을 위해 타인이 죽는 것은 충성이니 한탄하지 말라는 뜻입니다. 그 전제는 자기는 다른 존재와 달리 특별하고 자기에게 온 나라가 달려 있다는 것입니다. 본인에 대한 충성심을 요구하는 모습은 봉건적 윤리에서 보면 당연할 수 있지만, 매우 이기적이기도 합니다.

그런 주장을 펴려면 통치자에게 요구되는 자질을 갖추어야 하는데, 용왕은 그렇지 못합니다. 현명하게 상황을 판단하고 대처하는 능력이 모자랍니다. 토끼의 잔꾀에 속아 넘어가는 모습을 보면 안쓰럽기까지 합니다. 한편으로는 잔인한 면도 있습니다. 토끼가 자신의 위기를 모면하려고 용왕에게 자라탕을 권하게 됩니다. 토끼의 말을 완전히 믿게 된 용왕은 자신의 몸에 좋다며 자라탕을 만들라고 합니다. 육지에 나가 토끼를 잡아 온 자라의 공은 무시하고 오로지 자기만 생각하는 왕입니다.

★ 우직한 별주부

별주부는 충성심이 강합니다. 신하로서 마땅히 목숨을 바쳐야 한다며 힘든 임무를 기꺼이 맡습니다. 알고 보니 그의 조상들이 모두 인간 세상에 나갔다가 죽은 일이 있네요. 당연히 자라의 어머니가 말립니다. 그러나 그는 임금 섬기는 도리를 내세웁니다. 또한 아내에게는 여자가 나랏일을 모르고 자기 생각만 앞세운다고 야단을 칩니다. 산에서 호랑이를 만나자 자신의 충성심이 부족하여 산신이 자기를 시험한다고 생각합니다.

그럼에도 자라는 보상을 바라지 않습니다. 〈토끼전〉의 이본에는 대체로 그가 신하들 사이에서 왕따처럼 살아왔던 것으로 나옵니다. 게다가 천신만고 끝에 토끼를 잡아 용왕에게 바쳤지만, 용왕은 자라의 충성심을 알아주지 않습니다. 다시 육지로 돌아온 토끼가 산속으로 뛰어가 버리니 자라는 한탄하며 괴로워합니다.

📖 "내 충성심이 부족하든가 대왕의 명이 짧든가? …… 우리 대왕 죽고 나면 수국의 모든 일을 누구와 의논할 수 있단 말인가? 우리나라 굳은 사직 속절없이 되었구나. 애고애고, 설운지고."

자라는 충언을 했지만 용왕이 토끼의 말을 굳게 믿는 바람에 어쩔 수 없이 토끼를 육지로 데려다준 것이었습니다. 그러나 자라는 용왕을 탓하지 않고 오히려 걱정합니다. 이런 자라의 우직한 충성심을 높이 사서 많은 이본이 제목을 〈별주부전〉 혹은 〈별토전〉이라고도 했습니다.

그러나 자라의 충성심이 긍정적인 것만은 아닙니다. 그는 용왕이 토끼의 간을 요구하는 것이 정당한지를 묻지 않았고, 토끼의 거짓말을 눈치채고도 용왕을 설득하지 못했으며, 심지어 자신의 부인을 설득해 토끼와 하룻밤을 보내게 했으니까요.

★ 경박하지만 꾀가 많은 토끼

토끼는 눈이 맑다고 하지만, 가볍고 경박하기 때문에 쉽게 유혹에 넘어갑니다.

별주부의 꼬임에 넘어간 것은 육지에서 먹고살기 힘든 현실을 벗어나고 싶었기 때문입니다. 하지만 한편으로는 '지금 여기'의 삶에 만족하지 않고 헛된 욕심을 부린 결과이기도 합니다. 평범한 자신을 양반으로 보아 준다는 데 흥분해서 눈이 흐려진 것이지요. 자기 간을 내놓아야 할 상황이 되어서야 벼슬에 대한 욕심을 버렸고 다시 눈이 맑아져서 육지로 돌아올 수 있게 되었습니다. 이후 그전에는 보이지 않던 소박한 것들에 대한 애정을 찾습니다.

토끼는 꾀가 많습니다. 비록 자라의 말에 속아 죽을 지경에 이르지만, 기지와 재치로 용왕을 속이고 자라를 조롱하면서 최후의 승리자가 됩니다.

📖 "내 배 속에 간이 잔뜩 들었다만, 미련하다 저 자라야, 배 속에 있는 간을 어찌 마음대로 할 수 있단 말이냐? 네 충성 지극키로 병든 용왕 살리자고 성한 토끼 나 죽으랴? 수국이 좋다 해도 이 산중만 못하더라. 너의 수국 맛난 음식 도토리만 못하더라. 천일주가 좋다 해도 맛 좋은 물만 못하더라. 불로초가 좋다 해도 칡뿌리만 못하더라."

토끼는 봉건 윤리보다는 생존을 중시합니다. 용왕을 위해 죽는 것이 충성심이라는 봉건 윤리이지만 토끼는 병든 용왕을 위해 자신이 왜 죽어야 하느냐며 묻고 있습니다. 즉, 용왕의 목숨보다는 자신의 목숨이 더 중요하다는 것이지요. 이렇게 보면 토끼가 긍정적이고 진취적인 존재로 보일 수 있습니다.

그러나 토끼가 착한 존재는 아닙니다. 용왕과의 관계를 보면 토끼가 약자이지만, 자라와의 관계를 보면 그렇지 않습니다. 간을 가져다주겠다는 말을 믿고 용왕은 토끼를 위해 잔치를 벌입니다. 그런데 자라가 토끼의 간이 출랑거리는 것을 눈치채자, 토끼는 분한 마음을 이기지 못하고 용왕에게 자라탕을 권합니다. 심지어는 자라에게, 살고 싶으면 아내를 자기 방으로 들여보내라고 말합니다. 자라에게 잔인하게 복수를 하고, 아무 관계도 없는 자라 부인과의 잠자리를 요구하는 등 약자를 괴롭히는 강자로 처신합니다. 자기 살자고 남의 간을 요구하는 용왕과 그저 복수심과 재미로 남의 아내에게 수청을 들라고 한 토끼가 다르지 않아 보입니다.

이렇게 〈토끼전〉에 나오는 인물들은 선과 악의 구분이 선명하지 않습니다. 결말로 보아서는 토끼가 긍정적 인물인 것 같지만, 토끼의 부정적인 면도 만만치 않거든요. 그래서 각 이본을 읽을 때는 용왕과 자라, 토끼 세 인물에 대해 작가가 어떤 입장을 취하느냐를 잘 살펴봐야 합니다.

32

자라 부인은
남자들의 희생양일까요?

 자라 부인은 어린이용 책에는 잘 나오지 않습니다.
하지만 〈토끼전〉을 온전히 이해하는 데 빼놓을 수
없는 인물이지요.

★ 부인을 믿지 못하는 자라

자라는 육지에 가면 안 된다고 말리는 부인을 꾸짖습니다. 그러더니
요새 눈에 거치적거리는 놈이 있으니 경계하라고 당부합니다.

📖 "그 흉악한 놈, 남생이란 놈. 나더러 외사촌이라 하고, 형이니 아
우니 하면서 아주 너털웃음 지으며 집 걱정하지 말고 다녀오라 하지
만, 그게 내 눈에 거치적거리오. 어슴푸레한 밤이면 내 집에 무엇 하

러 그리 자주 다니는고? 나 나가도 문단속 단단히 하고 잠자리를 가려 하오. 잘못된 소문이 나기 쉬우니."

이 말 들은 암자라가 화를 낸다.

자라에게 살짝 의처증이 엿보이지요? 남생이는 거북이과에 속하는 동물입니다. 자라와 매우 비슷하게 생겼지요. 자라는 남생이의 행동을 의심합니다. 그래서 자기 부인에게 잠자리를 가려 하라고 말하지요. 이는 부인의 정절을 믿지 못한다는 것입니다.

★ 토끼와의 잠자리를 강요하는 자라

토끼가 자라의 부인을 자기 방으로 들여보내라고 요구하자 자라 부부가 나누는 대화를 볼까요.

📖 "부인의 말씀이 다 옳습니다. 하지만 살길을 외면하고 정절만 지키는 것도 좋은 방책은 아닐 듯하오."

부인이 고개를 숙이고 눈물을 흘리며 말한다.

"상공의 말씀이 그러하시면 첩이 고집을 부리기 어렵사옵니다. 처분대로 하옵소서."

자라 부인은 정절을 내세웁니다. 그런데 자라는 토끼의 요청을 받아들이라고 자신의 부인을 달래고 있습니다. 정절을 지키는 열녀보다 집안을 살리는 것이 더 중요하다고 본 것이지요. 이에 자라 부인은 고집을 꺾고 토끼와 잠자리를 하라는 남편의 부탁을 받아들입니다.

★ 자라 부인을 버리고 떠난 토끼

자라 부인은 토끼가 떠날 적에 편지를 써 줍니다.

📖 첩은 팔자가 기박하여 열 살이 되기 전에 부모를 여의고 열다섯에 별주부를 만났사옵니다. 하오나 별주부의 성품이 모질고 부부 금슬이 부족하여 마음에 있는 설움 풀 길이 전혀 없었사옵니다. 남모르게 옥황상제께 피눈물로 소원을 빌었는데, 옥황이 소첩의 정성을 받아들여 준수하신 그대를 보내어 하룻밤 함께 지내게 하시니 깊고도 귀한 정이 비할 곳 전혀 없었사옵니다. 풍채 좋은 우리 낭군, 늦게 만난 것이 안타깝지만 이제부터라도 이별 말고 한평생 살고 싶사옵니다.

자라 부인은 정절을 내세우는 듯하지만, 토끼와의 잠자리 이후 토끼를 적극적으로 받아들임으로써 또 하나의 봉건 윤리인 정절에 대해 문제 제기를 하고 있습니다.

그런데 토끼는 자라 부인을 진정 소중히 대했을까요? 그렇지 않습니다. 토끼는 자기 욕심을 채운 뒤에는 뒤도 돌아보지 않고 육지로 갔습니다. 다시는 찾지 않은 거지요. 그런데 자라 부인은 토끼를 기다리다 병이 들어 죽게 됩니다.

자신의 목숨을 구하기 위해 토끼와의 잠자리를 요구했던 자라. 남의 아내에게 수청을 강요하고 나서 그녀의 순정을 외면하고 조롱하는 토끼. 이들에게 자라 부인은 어떤 존재였을까요?

33

공간적 배경은
어떤 의미를 지닐까요?

〈토끼전〉의 공간은 수궁계와 육지계가 반복되면서 천상계와 인간계가 보조적으로 개입하고 있습니다. '수궁 → 육지 → 수궁 → 육지'로 바뀌면서 강자와 약자가 바뀌고, 속고 속이는 주체가 달라집니다.

★ 수궁 세계

수궁 세계에서는 용왕과 대신들이 군신 관계를 맺고 있습니다. 용왕은 봉건 통치의 정점에서 대신들에게 충성심을 요구하지만, 술과 여자라는 세속적 욕망에 빠진 이기적 존재로 제시되고 있다는 점에서 신성한 존재는 아닙니다. 대신들은 겉으로는 용왕에게 충성하지만, 마음을 다해 행동하지는 않습니다. 용왕의 문제에 대해 묵묵부답으로 일관하다가 남의 나라 신하들과 비교하며 충성을 요구하자 그제야 갑론을박하며 자신의 충성심을 보여 주려고 노력합니다. 자라는 시종일관 충성심을 보이지만, 수궁에서 자라의 영향력은 작고 용왕 또한 자라의 충성심에 대한 보상을 하지 않습니다.

이러한 수궁 세계의 모습은 봉건적 가치가 흔들리던 조선 후기 지배층의 모습과 닮았습니다.

★ 육지 세계

육지 세계는 피지배층인 서민들이 처한 현실을 나타냅니다. 산속 동물들이 벌이는 '상좌 정하기'는 나이에 따라 산중의 어른을 뽑자는 것인데, 너도나도 그럴싸한 거짓말로 포장하여 자리만 차지하려고 한다는 점에서 질서가 잡히지 않은 현실을 반영합니다. 토끼가 상좌가 되지만 호랑이가 나타나자 바로 꼬리를 내리는 모습을 보면, 현실은 여전히 힘의 논리가 작용하는 곳임을 알 수 있습니다.

📖 "저기 저 토끼가 상좌 됐소."
"네 이놈들, 이 산중의 어른은 난데, 너희끼리 상좌니 중좌니 삼아, 이놈들?"
"아이고, 그러면 장군님 춘추는 어떻게 되셨소?"
호랑이가 좋아하며 얼른 말을 받는다.

육지 세계는 수궁 세계의 지배 논리와 다른데, 이는 지배층과 피지배층의 세계가 서로 다르다는 것을 나타냅니다.

★ 인간 세계

인간 세계는 수궁 세계나 육지 세계를 위협하는 존재입니다. 수궁 대신들이 토끼 간을 구해야 하는데, 가장 문제가 되는 것은 인간의 먹이가 되지 않을까 하는 두려움입니다. 자라의 어머니는 자라가 육지에 나간다니 펄쩍 띕니다.

> 📖 "너의 조부께서 세상에 나가 밥 탐을 지나치게 하다 목을 철 낚시에 꿰어 속절없이 죽었고, 너의 부친도 세상에 물고기 잡으러 나갔다가 기어이 등을 쇠꼬챙이에 꿰어 속절없이 죽었다. 푸른 물결 위에 높이 떠서 이리저리 다니다가 창 든 사람을 보고 네 아버지 눈치 빠르게 풀숲으로 숨어들었지만 인간의 날랜 창을 기어이 피하지 못했더니라."

또한 자라가 육지 세계에 나와서 만난 소는 인간의 무정함에 대해 이야기합니다.

> 📖 "내 본래 신농씨 자손으로 인간들에게 밭 가는 것을 처음 가르쳤소. 그런데 역산의 밭을 갈고, 그 길로 돌아와서 무산에 누웠더니 모진 인간들이 호사스런 잔치판 벌여 놓고 우리 식구들을 다 죽이려 하지 않았겠소? 푸줏간까지 끌려갔다가 겨우 목숨을 건졌는데, 이번에는 무지한 백성들이 나를 잡아 마음대로 부렸지요. 코를 꿰고 세 겹 새끼줄로 목을 얽어 이랴 저랴 몰아다가 멍에 쟁기를 목에 걸고 넓은

밭을 갈았는데, 그 일만 생각하면 지금도 눈물이 난다오."

소는 인간을 위해 온갖 노동을 다 하지만 인간은 소를 잡아 잔치를 벌이려고 합니다. 이에 대해 소는 눈물이 난다며 한탄하지요. 인간의 비정함을 비판하는 것입니다. 이를 통해 인간 세상은 위험하고, 특히 인간은 믿어서는 안 된다는 것을 말하는 듯합니다. 토끼가 수궁에서 나와 인간이 친 덫에 걸려 죽을 뻔한 것도 같은 맥락이라고 할 수 있습니다.

★ 천상 세계

용왕이 병에 걸렸을 때 도사인 태을선관이 나타나 해결책을 알려 줍니다. 자라에게 선약을 주어 용왕의 병을 낫게 해 주었다는 내용이 담긴 이본도 있습니다.

📖 "노부는 하늘나라 태을선관인데, 약수 삼천리에 해당화를 구경하고, 흰 구름 이는 요지연에 참여하여 천 년에 한 번 열리는 복숭아를 얻고자 가던 길이옵니다. 마침 이곳을 지나다 바람결에 들으니 대왕의 병세가 위중하다 하여 뵙고자 왔나이다."

34

인물들은
어떤 욕망을 지녔을까요?

모든 인물은 욕망을 지니고 있고, 욕망을 실현하기 위해 행동합니다. 그러한 욕망 추구 행위는 지위나 신분과 상관없이 이루어지지요.

★ 인물들의 욕망

용왕은 가장 강한 욕망을 지닌 인물입니다. 그의 욕망은 '향락'입니다. 용왕은 술과 여자를 가까이하여 병이 들었는데도 그것을 반성하기는커녕 타인의 목숨을 담보로 자신의 향락을 지속하려 합니다. 토끼는 용왕이 내세우는 '백성과 신하 들을 보존해야 한다'는 논리에 속지 않고, 용왕의 숨은 욕망을 알아보았습니다. 그래서 자신의 간을 먹으면 정력에 더할 나위 없이 좋다고 말하는 것이지요. 용왕은 병 없이 오래

산다는 말보다 정력에 좋다는 말이 더 솔깃합니다.

자라는 용왕에게 충성을 다하고자 합니다. 그의 욕망은 '충의 이념을 온몸으로 실현하는 것'입니다. 이는 긍정적이기도 합니다. 토끼조차도 "네 충성이 지극"하다고 인정합니다. 그러나 용왕에 대한 충성은 토끼의 희생을 요구하는데, 그 희생이 정당한지 성찰하지 않는다면 그의 욕망이 옳은 것이라 보기 어렵습니다. 그의 욕망은 어리석은 왕 때문에 실현되지 못하고, 결국 육지에서 죽게 됩니다.

토끼는 욕망을 추구하고 있지만, 자신의 욕망 때문에 타인을 해치지는 않습니다. 토끼는 수궁계에 가기 전 육지에서 약자였습니다. 그의 삶을 위협하는 것은 배고픔만이 아닙니다. 수할치, 몰이꾼, 사냥개, 포수, 목동, 나무꾼 등이 끊임없이 생명을 위협합니다. 토끼는 안전하고 평화로운 세상에서 살고 싶었습니다. 안전하고 평화로운 세상에 대한 욕망, 나아가 자신의 존재를 인정받고 싶은 욕망이 있었지요. 하지만 자신의 능력에 대한 과대평가, 신분 상승의 헛된 꿈, 수궁에 대한 환상 같은 것들 때문에 자신을 위험에 빠트리게 됩니다.

★ 강자와 약자의 대립

〈토끼전〉에서 세상은 안전하지도 행복하지도 않습니다. 위험으로 가득 차 있는 세상에서 약자가 살아남는 법은 강자를 속이는 것입니다.

수궁계에서는 용왕과 대신들 간에 대립과 갈등이 일어납니다. 왕은 적극적인 충성을 요구하는 데 반해 대신들은 해결책을 내지 못합니다. 하지만 대신들이 충성심을 보이려 하기 때문에 큰 갈등이 일어나지는 않고, 또한 자라가 스스로 임무를 맡아 갈등이 해소됩니다.

육지계에서는 강자인 토끼와 약자인 자라가 갈등을 합니다. 육지에 올라온 자라는 토끼에 비해 대처할 수 있는 힘이 약합니다. 그렇기 때문에 토끼를 속이려 하지요. 자라는 토끼에게 환상을 주고, 토끼가 그 환상을 누리기에 걸맞은 인물이라 한껏 치켜세웁니다. 이에 토끼는 망상에 빠져 수궁에 가서 신분 상승할 꿈을 꾸게 됩니다. 자라는 이렇게 토끼에게 헛바람을 불어넣어 토끼를 수궁으로 데려갑니다. 또 호랑이와 자라의 대립이 잠깐 나오는데, 자라는 자신을 높은 벼슬이 있는 것처럼 위장하여 강자인 호랑이를 속입니다.

수궁에 잡혀 온 토끼는 약자로서 강자인 용왕과 대립합니다. 용왕은 강자로서 토끼의 목숨을 요구하고, 토끼는 이제 약자로 전락합니다. 토끼는 용왕이 내세운 논리를 모두 받아들임으로써 용왕을 안심시킵니다. 그러고는 육지에 나가서 간을 가져와야 한다고 말하지요. 의심하는 용왕에게 자신은 간을 자유자재로 뺐다 넣었다 할 수 있지만 불행히도 지금은 간이 없다고 설득합니다. 용왕은 병이 나으려면 어쩔 수 없이 토끼의 간이 필요합니다. 그래서 토끼의 말을 믿게 되지요. 용왕은 반발하는 신하들에게 귀양을 보내겠다고 협박함으로써 자신이 믿고 싶은 것만 믿는 어리석음을 보입니다.

다시 육지로 나오면서 자라는 약자가 되고, 토끼는 강자가 됩니다. 자라는 토끼를 더 이상 속이거나 설득하지 못합니다.

35

토끼는 어떻게
용왕을 설득했을까요?

 토끼는 용궁에 가서 죽을 고비를 맞지만 꾀를 내어 위험에서 벗어납니다. 이때 중요한 것이 상대방을 설득하는 말하기 전략입니다. 토끼는 어떤 말하기 전략으로 위기에서 벗어났을까요?

★ 부정적 결과 제시

토끼는 육지에 간을 두고 왔기 때문에 자기 배를 갈라도 간을 얻을 수 없다는 논리를 폅니다. 자신이 죽는 것은 괜찮으나 간이 없으면 용왕 또한 죽게 될 거라는 말이지요. 이처럼, 예상하는 결과가 나오지 않았을 때 생길 수 있는 불이익을 제시하고 있습니다.

📖 "내 배를 갈라 간이 들었으면 좋겠지만, 만일 간이 없다면 백 년을 더 살 너의 용왕 하루도 살기 어려울 것이다. 나 또한 너의 나라 원귀가 되어 조정의 모든 신하를 한날한시에 모두 몰살할 것이다. 아나, 옜다. 배 갈라라."

토끼가 자신만만하게 배를 가르라고 내미는 모습을 보면 왠지 믿지 않을 수 없을 것 같습니다.

★ 정보와 증거물 활용

토끼는 자신이 알고 있는 정보를 적절히 활용하여 상대를 설득하거나 공격합니다. 그리고 상대방도 알고 있는 정보를 예로 듦으로써 자신의 주장에 대한 신빙성을 높입니다. 특히 눈앞에서 확인할 수 있는 구체적 증거물을 들어 이야기합니다.

📖 "대왕께서는 하나만 알고 둘은 모르시옵니다. 복희씨는 어찌하여 뱀의 몸에 사람 얼굴이며, 신농씨는 어찌하여 사람 몸에 소 얼굴이옵니까? 대왕의 꼬리가 저렇게 길고 소토 꼬리가 이렇게 묘똑한 것은 무슨 까닭이옵니까? 대왕의 몸뚱이는 비늘이 번쩍번쩍하고, 소토의 몸뚱이는 털이 요리 송살송살한 것은 또 무슨 까닭이옵니까? 까마귀로 말해도 오전 까마귀 쓸개 있고, 오후 까마귀 쓸개 없다 했사옵니다. 그런데도 인간이나 날짐승 길짐승 또 물고기 들이 다 한가지라고 뻑뻑 우기시니 답답할 따름이옵니다."

토끼는 용왕도 이미 알고 있는 반인반수의 인물인 '복희씨'와 '신농씨'를 사례로 제시합니다. 그리고 눈앞에서 확인할 수 있는, 비늘로 덮여 있는 용왕의 가늘고 긴 꼬리와 털로 덮여 있는 자신의 뭉툭한 꼬리를 대조해서 말합니다.

이렇게 구체적으로 확인할 수 있는 증거를 제시함으로써 자신의 주장에 설득력을 부여하고 있습니다.

★ 신비한 내용 제시

토끼는 직접 증명할 수 없는 신비한 일을 사실인 것처럼 확정하여 자신에게 유리한 근거로 사용하고 있습니다. 이는 한 번도 들어 본 일이 없기 때문에 그 말이 사실인지 아닌지 당장 확인할 수는 없습니다.

📖 "소토의 간은 달의 정기를 받아 만들어진 것이라, 보름이면 간을 꺼냈다가 그믐이면 다시 넣습니다. 간을 꺼낼 때마다 세상의 병든 사람들이 간을 달라고 보채기로, 꺼낸 간을 파초 잎에다 꼭꼭 싸서 칡덩굴로 칭칭 동여, 영주산 바위 위 계수나무 늘어진 가지 끝에다 매달아 두는 것이옵니다."

★ 화제 전환과 책임 떠넘기기

토끼는 용왕과 대화를 나누다가 갑자기 화제를 자라 쪽으로 돌립니다. 문제 상황에 처하게 된 책임을 자라에게 떠넘기는 것입니다.

📖 "원통하다 별주부야, 미련하다 별주부야. 대왕께서 병들었다는

사실을 속이고 그저 달콤한 말로 나를 유혹하기만 했구나. 신하 된 도리로 어찌 그럴 수 있단 말이냐?"

다시 고개를 돌려 용왕을 바라본다.

"소토가 별주부를 만났을 때는 보름이 갓 지났을 때였습니다. 갈 길이 급하다고 별주부가 보채기에 이전에 꺼내 둔 간을 미처 가져오지 못했사옵니다. 며칠 말미를 주면 인간 세상 간 둔 곳을 찾아가서 저의 간뿐 아니라 친구들 간까지 구해 오겠사옵니다."

토끼는 이런 사태가 발생하게 된 것은 자라가 자신을 속여 용궁으로 데려왔기 때문이라고 주장합니다. 만약 용왕이 병들었다는 사실을 말했다면 자기가 간을 가져올 수 있었는데, 그러지 않아서 가져오지 못했다는 것이지요.

이상이 토끼가 살기 위해 구사한 언어 전략입니다. 호랑이 굴에 들어가도 정신만 차리면 살아 나올 수 있음을 토끼가 보여 주고 있습니다.

36

왜 하필
'토끼 간'일까요?

 하늘나라의 태을선관이 나타나 용왕의 병은 술과 여자를 너무 가까이해서 간이 놀랐기 때문에 생긴 것이라고 합니다. 마음이 슬프고 눈이 어두워진 것도 마찬가지 이유지요. 그러면서 병이 나으려면 토끼 간을 먹어야 한다고 알려 줍니다.

★ 해와 달의 기운이 담김

용왕은 술과 여자에 빠져 살았기 때문에 양기가 넘칩니다. 음양의 조화가 깨어진 것이지요.

📖 "토끼라 하는 짐승은 닭이 울어 해가 뜨기 시작할 때 태어난 짐

승이옵니다. 그래서 해의 기운을 듬뿍 받았지요. 또 토끼는 달 속 계수나무 그늘에서 약을 찧으며 달의 기운도 늘 받아먹었사옵니다. 이렇게 하여 해와 달의 기운을 한 몸에 담고 있기 때문에 토끼 눈이 밝은 것입니다."

옛날에는 십이지로 시간을 나타내었는데, 이중 토끼에 해당하는 '묘시'는 새벽 5시부터 7시까지입니다. 이 시간은 태양이 떠오르는 시간으로, 양의 기운을 받아들이는 때입니다. 또 예부터 사람들은 달나라에 신령한 계수나무가 있고, 이 계수나무 아래에서 토끼가 달의 기운을 받고 산다고 여겼습니다. 달의 기운은 곧 음의 기운이지요. 한마디로 토끼는 양과 음의 기운을 골고루 받아들이고 사는 동물입니다. 거기다 계수나무 그늘에서 불로불사의 약을 방아로 찧고 있습니다. 이런 점에서 음양의 조화가 깨져 병이 든 용왕에게 토끼의 간이 효과가 있다고 한 것입니다.

★ 눈에 좋음

토끼의 간이 눈에 좋다는 것은 근거가 있을까요?

"예부터 '눈은 간에 속한다' 하여 눈을 통해 간의 좋고 나쁨을 구별해 왔사옵니다. 눈 밝은 토끼의 간을 잡수시면 이제 대왕은 병든 간역시 능히 다스릴 수 있을 것이며, 아울러 불로장생할 것이옵니다."

토끼는 눈이 크고 밝은데, 눈은 간과 연관이 있기에 토끼의 간이 특별히 눈에 좋다고 한 것입니다. 옛날 사람들은 간이 육체적으로는 눈을 나타내고, 정신적으로는 마음을 나타낸다고 믿었습니다. 우리 속담에 '간까지 내어 준다.'라는 말이 있는데, 이는 마음 또는 정신까지 내어 준다는 말입니다.

상식적으로는 술을 많이 먹으면 간이 안 좋아지는데, 술로 병이 난 용왕의 간을 좋아지게 하기 위해서는 토끼의 생간이 좋을 거라고 생각해 보아도 수긍이 될 것 같네요.

37

인물들은 이후
어떻게 되었을까요?

〈토끼전〉은 이본에 따라 내용 차이가 많습니다. 보통은 이본이 아무리 많아도 결말은 비슷합니다. 〈춘향전〉은 암행어사가 출두하여 춘향이 이몽룡과 결혼하고, 〈심청전〉은 맹인 잔치를 통해 심 봉사가 눈을 뜨고, 〈흥부전〉은 놀부와 흥부가 재산을 나누고 우애롭게 살게 된다는 것으로 끝납니다. 그런데 특이하게도 〈토끼전〉은 결말이 여러 가지로 나타납니다.

★ 자라

토끼는 육지로 나오자마자 자라를 비웃고 도망을 칩니다. 자라는 그야말로 닭 쫓던 개 지붕 쳐다보는 격이 된 것이지요. 이제 자라는 어떻게 해야 할까요?

📖 별주부는 수국으로 들어가지 못하고 그 길로 소상강으로 돌아가서 대숲에 의지하여 살아간다.

자라는 수국에 들어가지 못하고 육지에서 살아가게 됩니다. 하지만 자라의 명예로운 죽음, 즉 자살로 마무리되는 이본도 있습니다. 바로 목숨을 끊거나, 나중에 부인이 죽었다는 말을 듣고 통곡하다 목숨을 끊기도 하지요. 또는 용왕을 살리는 역할을 맡아 충신으로서의 임무를 다하기도 합니다. 자라의 충성심을 가상히 여긴 관음보살이나 신선이 선약을 주기도 하고, 토끼에게서 똥을 얻어 가지고 가서 용왕을 살리기도 합니다. 이런 결말은 자라에 대한 긍정적인 시선을 반영합니다.

한편, 토끼에게 온갖 조롱을 당한 후 육지에서 죽거나 수국으로 들어갔다가 용왕에 의해 귀양을 가기도 합니다.

★ 용왕

자신의 병에 유일한 약이라는 토끼의 간을 구하지 못하게 된 용왕은 어떻게 되었을까요?

📖 용왕도 토끼를 기다리다가 병이 점점 더하여 세자에게 자리를 물려주고 별궁으로 나가 살았다.

용왕의 안부에 대해서 언급하지 않은 이본도 있습니다. 자라와 토끼의 대립에 초점을 맞출 뿐 용왕은 관심 밖이라는 태도라 할 수 있지요.

자라가 얻어 온 선약이나 토끼 똥을 먹고 병이 낫기도 하는데, 이는 나름 용왕에 대해 호의적인 결말입니다. 또 토끼를 놓치고 병이 낫지 않아 자신의 잘못을 인정하며 죽는 경우도 있습니다.

★ 토끼

토끼는 자라에게서 놓여난 뒤 신이 나서 육지로 달아납니다. 하지만 곧 나무꾼이 놓은 그물에 걸려 죽을 위험에 빠지지요. 하지만 쉬파리를 이용하여 간신히 죽음을 모면합니다. 그러다가 독수리에게 잡아먹힐 뻔하지요. 하지만 역시 독수리를 속여서 위기에서 벗어납니다. 육지에서 여전히 약자일 수밖에 없는 토끼는 늘 도사리고 있는 위험 속에서 살아갑니다.

★ 자라 부인

자라 부인은 토끼의 모함에 빠진 자라의 요구에 따라 토끼와 잠자리를 합니다. 그런데 잠자리를 하고 나서 토끼와 인연을 이어 가고 싶다고 하지요.

하지만 육지로 나간 토끼가 수궁으로 돌아올 까닭이 없습니다. 자라 부인은 떠나가 버린 토끼를 그리워합니다. 그러다 상사병으로 죽지요. 이러한 내막을 모르는 수궁에서는 자라 부인이 남편인 자라를 그리워하다가 죽었다고 생각하여 열녀문을 세워 줍니다. 이런 모순과 풍자가 어디 있습니까? 이것은 혹시 열녀와 충신을 기리는 것이 허구에 지나지 않음을 말하는 것은 아닐까요?

이렇게 〈토끼전〉에 나타나는 다양한 결말에는 조선 후기의 변화에 대응하는 사람들의 태도가 반영되어 있습니다. 소설 속 인물을 어떻게 보느냐에 따라, 그 입장에 가장 걸맞은 결말을 만들어 냈습니다. 여러분은 어떤 결말이 가장 마음에 드나요?

38

〈토끼전〉의 주제는
무엇일까요?

〈토끼전〉의 이본들을 판소리계와 소설계로 나누어서 주제를 살펴보면, 판소리계는 풍자적인 성격이 강하고, 소설계는 자라의 충성심을 강조한다는 특징이 드러납니다.

★ 지배층의 무능과 비리 조롱

초기에 형성된 판소리 창본에 가까운 이본들은 서민층의 입장이 반영되어 있습니다. 용왕과 수국 대신들의 행태를 살펴보면 풍자 의식이 분명히 드러나지요. 술과 여자를 밝히다가 죽을병에 걸린 임금이 힘없고 죄 없는 토끼에게 간을 내놓으라고 하고, 신하들은 우왕좌왕하며 위기에 대처하지 못합니다.

📖 용왕이 이제는 토끼의 말이라 하면 사슴을 말이라 해도 믿는다.

"세상에 나갔던 별주부가 오래 묵은 자라이니, 잡아서 대령하라."

그동안 제대로 인정받지 못했던 충신이 그나마 나서서 천신만고 끝에 토끼를 잡아 옵니다. 하지만 어리석은 임금은 충신을 제대로 대접하지도, 토끼를 제대로 잡아 놓지도 못합니다. 그렇다고 해서 자라가 마냥 긍정적인 인물은 아닙니다.

자라는 소신도 있고 열변으로 자기주장도 펴지만 그의 노력은 모두 실패하고 마니까요. 무능하고 욕심 많은 용왕을 위해 죽음을 무릅쓰고 충성을 다하는 것도 역시 비판의 여지가 있습니다. 이런 면에서 용왕뿐만 아니라 자라도 조롱의 대상이 됩니다.

★ 허욕에 대한 경계, 위기를 극복하는 지혜

토끼는 재주를 지녔음에도 그 재주가 화근이 되어 수난을 당합니다. 토끼는 원래 눈이 맑은 동물이었지만, 벼슬에 눈이 어두워 자라의 유혹에 넘어갑니다. 헛된 욕심 때문에 죽을 고비에 빠지지요. 하지만 욕심을 버리고 나서는 눈이 다시 맑아져 자기 목숨을 구하게 됩니다.

📖 "예전에 듣던 청산 두견, 다시 듣는 저 새소리, 수국만리 갔던 벗님이 고국산천으로 돌아오니 어찌 이리도 반가우냐."

육지에 돌아온 토끼가 매우 즐거워하는 장면입니다. '지금 여기'보다 더 좋은 곳은 세상 어느 곳에도 없다는 것을 깨닫고 있습니다.

이후 사람들이 놓은 그물에 걸리거나 독수리에게 잡히는 위기를 설정한 것은 세상의 위험성을 강조하면서 동시에 늘 신중하게 경계하며 살라는 뜻입니다.

★ 충성에 대한 권장과 찬양

소설로 정착된 후에는 주 독자가 양반층이 되면서 양반 취향의 유교 윤리가 강조됩니다. 즉, 용왕과 사직을 지키려는 '별주부'로서의 충성심이 강조되지요. 토끼를 놓친 자라에게 신선이 선약을 내어 주는 결말은 자라의 충성심을 보상해 주려는 양반들의 욕구를 반영한 것입니다. 또한 별주부의 충절을 널리 알리기도 합니다.

📖 아황 여영이 그 원통함을 알고 별주부 죄 없음을 옥황상제께 아뢰니 옥황상제가 불쌍히 여겨 사신을 용궁에 보내어 별주부 충성을 알게 했다. 용왕은 이미 세상을 떠났고, 왕위를 물려받은 세자가 별주부의 충절을 알고 그 덕을 널리 알렸다.

〈토끼전〉은 지배층의 무능과 비리, 평민들의 이기심을 비판하면서도 또한 욕심을 버리고 현세를 즐기며 위기를 극복하는 자세까지 아우름으로써 '인간성 회복'을 주제로 하고 있다고 볼 수 있습니다.

〈토끼전〉의 바탕이 되는 이야기

〈토끼전〉은 《삼국사기》에 실린 〈구토 설화〉 및 이와 유사한 구전 설화
가 판소리 사설을 거쳐 소설로 정착된 것으로 알려져 있다. 그런데 이
와 달리 〈구토 설화〉는 인도 설화인 〈용원 설화〉가 중국을 통해 한국
으로 넘어온 것이라는 학설도 있다.

● **구토 설화**

신라 선덕왕 때 김춘추는 백제를 치기 위해 고구려에 지원병을 청하러 간
다. 고구려에서는 김춘추를 첩자라고 생각하여 옥에 가두고, 신라가 이전
에 빼앗았던 땅을 돌려 달라고 한다. 김춘추는 고구려의 신하 선도해에게
뇌물을 주고 풀어 달라고 한다. 선도해는 함께 술을 마시면서 이야기를 들
려준다.

"옛날 동해 용왕의 딸이 병이 들었습니다. 의원이 토끼 간이 즉효라고 말
합니다. 한 거북이 용왕께 아뢰어 육지로 토끼를 만나러 나갑니다. 거북
은 토끼를 만나 구슬려 용궁으로 데려갑니다. 중간쯤 가다가 거북은 토끼
에게 사실은 간이 필요해서 데려가는 거라고 합니다. 이에 토끼는 간을 꺼
내 말리려고 바위 위에 널어 두었으니 용궁으로 가 봐야 소용없다고 말합
니다. 거북은 그 말을 곧이듣고 토끼를 데리고 육지로 올라옵니다. 토끼는
숲 속으로 달아나며 거북을 조롱합니다."

김춘추는 이 이야기를 듣고 고구려 왕에게 자신을 신라로 돌려보내면 왕
에게 청하여 땅을 돌려 드리겠다고 편지를 올린다. 김춘추의 편지를 받고
기뻐한 고구려 왕은 김춘추를 돌려보낸다. 하지만 김춘추는 국경을 넘자

마자 대왕에게 글을 보낸 것은 죽음을 면하기 위한 것이라며 신라로 도망을 친다.

선도해가 들려준 〈구토 설화〉는 〈토끼전〉과 매우 유사하다. 토끼가 용궁까지 들어가지 않았다는 차이가 있을 뿐 거의 같다.

● 용원 설화

용원 설화는 인도의 불경 속에 나오는 설화이다.

"어느 날 바다 속 용궁에서 아이를 잉태한 왕비가 원숭이의 염통이 먹고 싶다고 했다. 용왕은 원숭이의 염통을 구하기 위해 육지로 나왔다. 마침 나무 위에서 열매를 따먹고 있던 원숭이를 만났다. 용왕은 "그대가 사는 이곳은 내가 사는 바다 속만 못한 것 같구나. 내가 그대를 아름다운 수목이 있고, 맛있는 열매가 무궁무진한 바다 속으로 안내하겠다."라고 말한다. 용왕의 제안에 귀가 솔깃해진 원숭이는 용왕의 등에 업혀 바다 속으로 들어갔는데 도중에 용왕이 원숭이에게 사실을 이야기한다. 깜짝 놀란 원숭이는 용왕에게 "내가 마침 오늘 내 염통을 나뭇가지에 걸어 두고 그냥 왔으니 얼른 다시 가지러 가자."라고 말한다. 용왕은 원숭이의 말을 곧이듣고 다시 육지로 나온다. 원숭이는 육지로 나오자마자 나무 위로 올라가서는 다시는 내려오지 않았다."

이 설화는 주인공이 원숭이라는 사실 외에는 〈토끼전〉과 매우 유사하다.

운영전

〈운영전〉의 줄거리

금지된 **사랑**,
궁궐의
담을
넘다

안평대군의 옛날 집 수성궁은 인왕산
자락에 자리 잡고 있었는데 경치가
매우 아름다웠다. 유영이라는 선비가 수성궁의 경치를 즐기고자 한다.
그런데 전쟁이 막 끝난 뒤라 장안의 궁궐과 집들이 다 무너져 버려 풍
경이 쓸쓸하다. 그런 풍경을 보며 술을 마시다가 잠이 든다. 잠에서 깨
어난 유영은 김 진사와 운영을 만난다. 운영과 김 진사는 술과 안주를
대접하며 유영에게 자신들의 사연을 들려준다.

세종대왕의 왕자 안평대군은 수성궁을 짓고 재주 있는 문인들을 모
아 시와 풍류를 즐기며 지낸다. 이때 운영을 비롯하여 궁녀 열 명을 두
고 따로 시를 가르쳤다. 열 궁녀 모두를 사랑하여 잘 보살펴 주었지만,
바깥의 사람과는 이야기도 나누지 못하게 한다.

어느 날 궁녀들에게 시를 짓게 한 안평대군은 운영의 시에 외로이 사
람을 그리워하는 뜻이 있다고 의심한다. 운영은 엎드려 울면서 억울함

을 호소한다. 그날 밤 운영은 절친한 궁녀인 자란에게 자신의 이야기를 털어놓는다.

📖 "나에게는 먹을 갈게 하였는데, 그때 내 나이 열일곱이었단다. 진 사님을 살풋 보고 나니 그만 정신이 어지럽고 가슴이 울렁거렸지. 진 사님도 나를 자주 돌아보면서 웃음을 머금은 채 눈길을 보내곤 하시 더구나."

김 진사는 시에 대해 자신의 의견을 당당히 펼치는 등 뛰어난 재주로 안평대군을 놀라게 한다. 김 진사가 붓을 휘날릴 때 먹물 한 방울이 운영의 손가락에 잘못 떨어진다. 그 후 운영은 문틈으로 엿보며 김 진사를 연모한다. 어느 날 김 진사가 불려왔을 때, 운영은 벽에 구멍을 내어 김 진사에게 편지를 전한다. 김 진사는 편지를 읽고 운영을 그리워하는 마음 때문에 몸을 가누지 못하다가, 수성궁에 출입하는 무녀를 찾아간다.

다음 날 무녀는 김 진사의 답서를 운영에게 전해 준다. 운영은 그 후 잠깐이라도 김 진사를 잊지 못한다. 대군은 운영을 의심하여, 궁녀 가운데 다섯을 서궁으로 이주시킨다. 무녀가 더 이상 부탁을 들어주지 않아 두 사람의 편지는 이어지지 못한다.

어느 날 자란이 한가위 때 빨래를 하는 장소를 무녀의 집 근처로 정하고 오가는 길에 무녀를 찾아갈 계획을 세운다. 운영의 사정을 알게 된 서궁 궁녀들이 운영을 도와주기로 한다. 마침내 빨래하러 가는 날 운영은 무녀의 집으로 가서 김 진사를 만나게 해 달라고 부탁하여 만난다. 운영은 김 진사에게 사랑을 고백하는 편지를 준다.

📖 지난가을 달 밝은 밤 낭군님을 한 번 보고 난 후 저는 마음속으로 하늘의 신선이 인간 세상에 내려온 것으로 생각했습니다. 열 중 가장 못난 나에게도 이 세상에서 만날 이런 인연이 주어진 줄 알고 좋아했습니다. 전생에 무슨 인연이 있었던지, 붓끝의 한 점이 마침내 흉중에 원한을 맺는 빌미가 될 줄 어떻게 알았겠습니까?

저녁에 다시 김 진사와 만난 자리에서 운영은 김 진사에게 서궁의 담을 넘어 들어오라고 말한다. 마침 꾀가 많은 특이라는 하인이 김 진사에게 가벼운 사다리와 털가죽 버선을 만들어 준다. 운영과 김 진사는 운영의 방에서 자란과 함께 만난다. 그 후로 김 진사는 날마다 담을 넘어 운영과 만나고 새벽에 돌아간다. 나날이 사랑은 깊어지고 정은 두터워진다. 하지만 꼬리가 길면 자취가 남는다고, 눈 위에 김 진사의 발자국이 남아 구설수에 오른다.

고민하는 김 진사에게 특이 운영과 도망칠 것을 권한다. 운영은 자신의 재물을 미리 진사의 집으로 옮긴다. 특은 재물을 얻은 뒤 진사를 죽이고 운영을 차지하려는 마음을 품지만 진사는 세상 물정에 어두운 선비라 눈치를 채지 못한다.

안평대군은 김 진사의 시를 보고 의심을 하고, 김 진사는 운영에게 같이 도망가자고 하지만 자란이 운영을 말린다. 게다가 안평대군은 운영의 시를 읽어 보고, 사람을 생각하는 뜻이 뚜렷하다면서 김 진사와 운영을 의심한다. 운영은 결백을 호소하며 비단 수건으로 목을 맨다.

안평대군은 자란에게 운영을 구하라고 명령하며 오히려 비단 다섯 필을 상으로 준다.

그 후 진사는 상사병으로 앓아눕고, 운영도 병이 나 일어나지 못한다. 어느 날 진사가 궁에 들어온 날, 운영은 미리 써 둔 편지를 전하며 앞으로 다시 볼 수 없을 것이라고 말한다.

특은 운영의 보물에 욕심을 내어 간교한 꾀를 낸다. 특은 강도의 습격을 받아 보물을 모두 빼앗겼다고 말한다. 김 진사는 특의 술수에 넘어가 입을 다문다. 하지만 특은 궁궐 밖으로 나오는 자가 보물을 버리고 도망갔다고 소문을 낸다.

안평대군의 귀에 그 소문이 들어가게 되어 대군은 궁궐을 뒤지게 한다. 운영의 옷과 보물이 모두 사라진 것을 알게 된 안평대군은 서궁의 다섯 궁녀를 모두 죽이겠다고 한다. 여러 궁녀가 운영을 변호하고 나선다. 특히 자란은 목숨을 걸고 하소연을 지어 올린다.

📖 일이 이 지경에 이르렀으니 어찌 마음속에 있는 것을 숨겨 두리이까? 하늘나라의 선녀도 아니온데 남자를 그리워하는 마음이 저희들이라고 없을 수 있겠사옵니까? 옛날의 성스러운 임금도, 천하를 호령하던 영웅도 다 여인을 그리워하였고, 대군께서도 운영을 사랑하고 있다는 것을 저희들이 알고 있사온대 어찌 운영이라고 남자를 그리워하는 마음이, 남자를 안아 보고 싶은 정욕이 없을 수 있사오리까?

그날 밤 운영은 비단 수건으로 목을 매고 자결한다.
김 진사는 운영의 영혼을 위로해 주기 위해 쌀 90석을 마련하여 특에게 맡기고 재를 올리게 한다. 특은 그 돈으로 술과 고기를 먹고 즐기다가, 김 진사가 빨리 죽게 해 달라고 부처님께 빈다. 김 진사는 나중에야 이 사실을 알게 된다. 특은 우물에 빠져 죽고, 김 진사는 세상일에 뜻이 없어져 조용한 곳에 누워 죽고 만다.

김 진사와 운영은 원래 천상의 인물이라서 다시 만나 즐겁게 지내고 있지만, 옛 정회를 잊지 못하여 이곳을 다시 찾아왔다고 한다. 그래서 유영에게 자신들의 사랑을 후세 사람들에게 전해 달라고 당부한다.

이튿날 유영이 잠에서 깨어 보니 김 진사와 운영의 일을 기록한 책이 놓여 있었다. 이후 유영은 명산대천을 유랑하다 죽었다.

39

운영은
어떤 인물일까요?

 운영은 안평대군의 궁녀로서 얼굴이 이 세상 사람
같지 않게 아름답고 재주가 뛰어났습니다. 다섯
해 동안 대군의 가르침을 받아 나름의 학문을 이
루었고 깨달은 바도 있었습니다. 또 부모로부터 받
은 재물이 많고 대군으로부터도 비단 등을 자주 선물로 받았습니다.

★ 자유로운 기질

운영은 자신의 조건에 만족하며 살기에는 매우 자유로운 기질을 타
고 났습니다. 김 진사에게 보낸 편지 내용을 볼까요.

📖 제 고향은 남쪽이옵니다. 제 부모님은 저를 여러 자녀 가운데서

도 유독 사랑하셔서 무엇이든 제 뜻대로 해 주셨습니다. 나가 놀 때도 간섭하지 않으시고, 하려 하는 대로 맡겨 두었습니다. 그래서 저는 숲 속과 시냇가를 돌아다니며 대나무, 매호나무, 귤나무 그늘 아래서 날마다 노닐었습니다. 이끼 낀 냇가에 낚시하는 무리와 풀 먹이기를 마치고 피리 부는 목동들을 아침저녁으로 보았으며, 그 밖에도 아름다운 산과 들의 풍경을 마음껏 보면서 자랐습니다. 그 재미있던 시절을 어떻게 일일이 글로 쓸 수 있겠습니까.

이렇게 자유로운 어린 시절을 보내던 운영이 나이 열셋에 궁녀로 부름 받아 궁궐에 들어갑니다. 운영의 궁궐 생활은 어땠을까요? 한이 마음속에 맺히고 원망이 가슴에 가득 차서 매일 집으로 돌아가고 싶었다고 합니다. 안평대군의 부인은 운영을 친자식처럼 사랑해 주었고, 안평대군도 각별히 대해 주었지요. 그래도 운영에게 궁궐은 새장처럼 답답한 곳이었습니다.

★ 금지된 사랑

운영이 김 진사를 만나지 않았다면 궁궐의 답답한 현실에 그럭저럭 적응하며 살아갔을 겁니다. 하지만 김 진사의 먹물 한 방울이 운영의 손에 떨어지는 순간, 운영은 사랑을 확신합니다. 그때부터 자유롭게 사랑을 할 수 없는 자신의 처지가 엄청난 족쇄로 다가옵니다.

운영은 김 진사에게 편지를 전하여 사랑을 고백합니다. 그리고 무녀의 집에서 김 진사를 만나 서궁의 담을 넘으라고 하지요. 이튿날 김 진사가 서궁에 오자, 운영은 술과 음식을 대접하고 김 진사와 잠자리를

합니다. 금기를 넘어 버린 사랑은 거침이 없습니다. 둘은 날마다 밤을
같이 지내는 사이가 됩니다.

📖 나날이 사랑은 깊어지고 정은 두터워졌습니다. 우리는 이러한 만
남을 멈출 줄 몰랐습니다. 그러나 꼬리가 길면 자취가 남는 법. 눈이
라도 온 날이면 눈 위에 남는 발자국을 다 지우기 어려웠겠지요. 진사
의 출입을 알고 있는 궁녀들은 모두들 위험하다고 입을 모았습니다.

★ 현실적인 갈등

하지만 운영은 사랑에 모든 것을 걸만큼 무모하지는 않았습니다. 김
진사가 함께 도망치자고 말했을 때 운영은 망설이죠. 자란은 도망쳤다가
는 여러 사람이 화를 당할 수 있기 때문에, 아프다고 말하며 때를 기다
리면 언젠가 고향으로 돌아갈 수 있을 것이라고 설득합니다. 현실적으
로 그 말이 맞는 말이었지요. 그래서 김 진사가 다시 찾아왔을 때 운영
은 병이 들어 나오지 못한다고 하며, 자란을 통해 편지를 전합니다.

📖 엎드려 바라는 것은 낭군님께서 저와 작별한 이후 저를 가슴에
두어 마음을 상하지 마시고 힘써 공부하셔서 과거에 급제하여 벼슬길
에 오르는 것입니다. 그리하여 후세에 이름을 날리시어 부모님을 복
되게 하는 것이옵니다. 제 의복과 보물을 다 팔아서 부처님께 바치고,
정성껏 기도하셔서 낭군님과 다하지 못한 인연을 다음 세상에서나 다
시 잇게 하여 주옵소서.

운영은 현실의 벽이 얼마나 높은지 알만큼 총명합니다. 그동안 궁궐에서 답답하고 한스럽게 살았지만, 물질적으로는 부족함이 없었습니다. 그런 생활을 포기하고 사랑이라는 이름으로 험난한 세상을 살아내는 것이 쉽지 않다는 것을 잘 알고 있었겠지요.

★ 스스로 목을 맴

보통 자살을 하는 사람들은 '상실-고독-슬픔-우울'의 단계를 거친다고 합니다. 운영은 어려서 부모님과 헤어져 고독을 학문에 힘쓰는 것으로 극복하고자 하였으나, 궁궐에서 답답한 생활을 하게 됩니다. 그리고 김 진사와의 사랑이 순조롭게 이루어지지 않자 슬픔이 우울로 바뀌어 갑니다.

모든 것이 자기 책임이고, 자신이 무가치하다는 생각이 운영을 자살로 몰아간 첫 번째 이유일 것입니다. 운영의 글을 보면, 대군에게 절개를 지키지 못하였고 서궁 궁녀들에게 폐를 끼쳤기에 얼굴을 들고 살 수가 없다고 합니다. 재주가 뛰어나고 총명하여 자존심이 강했을 운영은 자신이 타인에게 심각한 피해를 주었다는 사실을 견디기 힘들었을 것 같습니다.

두 번째 이유는, 혹시 목숨을 건지더라도 김 진사와의 사랑을 이룰 수 없다는 극단적 절망감 때문일 듯합니다.

(40)

김 진사는
어떤 인물일까요?

★ 신선 같은 선비

안평대군은 김 진사를 "참으로 둘도 없는 시재 (시를 짓는 재능)"라고 칭찬하며 말하였습니다. 그리고 궁녀들은 '학을 타고 속세에 내려온 신선' 같다고 느낍니다. 또 안평대군이 "옛 시인들 중 누가 가장 으뜸이 되겠는가?" 하고 묻자, 자신의 생각을 좔좔 펼치는 해박함을 지닌 사람입니다.

📖 "진사는 이 세상의 선비가 아닌 듯하군. 나로서는 시의 높고 낮음을 말할 수가 없네. 또 문장과 필법이 능숙할 뿐 아니라 매우 신묘하기까지 하니 하늘이 그대를 우리나라에 태어나게 한 것은 우연이 아닐 것일세."

안평대군이 김 진사가 쓴 시를 보고 한 말입니다. 김 진사는 베옷에 가죽 허리띠를 맨, 벼슬을 하지 않은 선비입니다. 안평대군이 김 진사의 재주가 뛰어나다는 소문을 듣고 요청해서 만나게 된 것이지요.

★ 마음이 여린 사람

김 진사는 학문적으로는 뛰어나지만 현실에 대처하는 모습을 보면 순진하고 유약합니다. 무녀를 통해 운영에게 편지를 전하려 했지만 말도 못 하고 몇 번이나 돌아왔지요. 운영이 담을 넘어 오라고 하지만, 그는 스스로 담을 넘을 수가 없습니다. 어린 노비인 특이 물어보기 전까지는 스스로 문제를 해결하지 못합니다. 운영과의 만남이 지속되면서 궁인들에게 의심을 살 때도 어떻게 해야 할지를 특이 제안합니다.

📖 편지를 받아 든 진사는 혼이 빠진 사람처럼 멍하니 저를 한참이나 바라보고 있더니 눈물을 흘리며 나가더이다. 저는 따라 나가지도 못하고 이불을 뒤집어썼고, 자란은 그런 모습을 처량해 하며 기둥 뒤에 기대서서 눈물을 닦고 있었지요.

도망가자고 말하고도 자란이 화를 내니 자란이나 운영을 제대로 설득하지 못합니다. 그저 눈물을 흘리며 궁궐을 빠져나오지요. 운영이 자신과 맺은 인연이 오늘 밤으로 끝날 것 같다고 말하자, 혼이 빠진 사람처럼 멍하니 운영을 바라보고 있더니 눈물을 흘리며 나갑니다. 그러곤 집에 돌아와 운영의 편지를 다 읽기도 전에 기절해 버립니다.

특이 강도의 습격을 받아 보물을 지키지 못하였다고 말하자 김 진사는 이렇게 대처합니다.

📖 진사는 속이 부글부글 끓었으나 부모님이 들을까 두려워 따뜻한 말로 위로해 보냈다고 합니다.

얼마 후 진실을 알게 된 진사는 하인 십여 명을 거느리고 특의 집에 들이닥쳐 집 안을 뒤졌습니다. 그러나 찾아낸 것은 금팔찌 한 쌍과 거울 하나뿐이었습니다. 진사는 이를 증거물로 삼아 관가에 고해 볼까도 생각했지만 그랬다가는 모든 일이 탄로 날 터라 어쩔 수가 없었습니다.

특을 죽이려고도 해 봤으나 힘으로는 당할 수가 없는지라 입을 다물어 버렸습니다. 그저 저와의 약속을 지키지 못해 속만 썩일 뿐이었지요.

그런데 이해할 수 없는 것은 운영이 죽은 뒤의 일입니다. 운영의 영혼을 위로해 주기 위해 쌀 90석을 마련한 뒤 절에 보내 재를 올리려고 하는데, 믿고 맡길 사람이 없어서 다시 특을 부릅니다.

📖 "내 너의 지난날 지은 죄를 다 용서해 줄 테니 이제부터라도 나를 위해 충성을 다하겠느냐?"

특이 엎드려 짐짓 울면서 말했습니다.

"비록 어리석고 모질기는 하지만 저도 사람이옵니다. 제가 지은 죄가 한 올 한 올 머리카락을 뽑으며 헤아려도 다 헤아리기 어려울 터인데 이처럼 용서해 주시니, 이것은 고목에 잎이 나고 백골에 새살이 붙은 것과 같사옵니다. 앞으로 진사님을 위해 이 한목숨 다 바치겠습니다."

"좋다, 이제 너를 믿겠다. 내가 운영을 위하여 부처님께 정성을 드려 운영의 혼이 좋은 세상에 가도록 재를 올리려고 하는데 믿을 만한 사람이 없구나. 네가 가 보지 않겠느냐?"

특은 시원스레 대답만 하고는 시주를 하지 않고 술과 고기를 장만해 먹고 마셨으며, 지나가던 마을 여인까지 강제로 추행합니다. 마침내 특이 재를 올릴 때, 진사는 빨리 죽고 운영은 내일 살아나 자기의 짝이 되게 해 달라고 기도합니다. 그러고는 김 진사에게, 운영이 자신의 꿈에 나타나 고마워하더라고 거짓으로 말하지요. 그런데 김 진사는 어리석게도 그 말을 믿습니다.

안평대군은
어떤 인물일까요?

안평대군이 어떤 사람인지는 잘 드러나지 않습니다. 하지만 그 존재감은 소설 곳곳에 배어 있습니다.

★ 시문을 사랑하는 사람

안평대군은 시와 문예를 좋아했습니다. 셋째 왕자여서 권력 다툼에서 비교적 자유로웠기 때문에, 궁궐에서 벗어나 따로 수성궁을 지어서 살았습니다. 그곳에서 재주 있는 문인들을 초청하여 시를 즐기며 지냈지요.

📖 깨끗한 집 몇 칸을 짓고 거기에 게으름을 막는 집이란 뜻으로 '비

해당'이란 이름을 붙였습니다. 그 옆에는 좋은 시를 짓기로 맹세한다는 뜻으로 '맹시단'이라는 단도 쌓았지요. 때로 그 단 위에는 당대의 문장가들과 명필들이 모여들었는데, 문장으로는 성삼문이 으뜸이었고, 글씨로는 최충효가 제일이었습니다. 하지만 모두 대군의 재주에는 미치지 못하였지요.

안평대군은 여성들의 재능을 인정하여 자기가 데리고 있는 궁녀들에게도 시와 문장을 가르쳤습니다. 시를 잘 짓는 것을 격려하고 시의 고하를 매겨 상과 벌을 주기도 했습니다.

★ 억압하는 자, 또 하나의 약자

안평대군은 오랜 시간 공을 들여 궁녀들을 자신의 입맛에 맞는 놀이 상대로 만들어 냈습니다. 그러다 보니 궁녀들에 대한 애착도 컸지만, 그녀들을 인격체로 대하기보다는 '아름다운 소유물'로 취급하여 억압하는 면도 있었습니다.

안평대군은 궁녀들 가운데 특히 운영을 아꼈습니다. 그래서 운영이 지은 시에 사람을 그리워하는 뜻이 있음을 금세 알아차리지요.

📖 "그런데 운영의 시에는 이상하게도 사람을 생각하는 뜻이 뚜렷하구나. 전에 지은 시에서도 그런 자취가 보이더니, 도대체 네가 따르고자 하는 사람이 어떤 사람이냐? 지난번 김 진사의 시에도 의심스러운 구절이 있었는데, 너 혹시 김 진사를 생각하고 있지 않느냐?"

안평대군과 달리 운영은 대군을 남자로 보지 않았습니다. 다른 궁녀들이 안평대군이 운영에게 마음을 두고 있다고 하는데도, 운영은 대군이 자신에게 마음을 둔 적이 없다고 말합니다. 아마 운영은 일부러 대군의 마음을 모른 척하며 부정하고 있는 것 같습니다. 왜 그럴까요?

📖 대군의 부인께서 특히 저를 친자식처럼 사랑해 주셨고, 대군도 각별히 저를 생각하셨습니다. 또한 궁 안의 다른 사람들도 저를 핏줄처럼 아껴 주었습니다. 그 후 학문에 열성을 바쳐 사물의 이치가 어떤 것인지, 시의 맛이 어떤 것인지 깨닫게 되었습니다.

운영이 김 진사에게 쓴 편지에서도 알 수 있듯이, 안평대군은 운영에게 아버지 혹은 스승 같은 존재입니다. 그러니 남자로 인정할 수가 없는 것이지요.

그리고 안평대군도 운영에게 끌리는 마음을 직접 표현하지 않습니다. 왜일까요? 안평대군은 운영을 사랑하지만 운영이 자신을 남자로 받아들이지 않는다는 것을 알기에, 죽음으로 거역할까 두려워 다가가지 못하는 것입니다.

이렇게 볼 때 안평대군은 운영을 가둬 놓은 당사자이기는 하지만, 억지로 자신의 사랑을 누르며 그저 운영을 바라보고만 있었던 것 같습니다. 어떤 의미에서 안평대군은 또 하나의 약자가 아닐까요? 운영의 목숨을 좌지우지할 수는 있지만, 운영의 사랑을 얻을 수는 없었던…….

주변 인물들은
어떤 역할을 할까요?

★ 무녀 - 사랑의 메신저

궁궐에서 살고 있는 운영이 궁 밖의 김 진사와 맺어지기 위해서는 누군가의 도움이 필요했습니다. 그래서 생각해 낸 인물이 무녀입니다. 무녀는 궁궐을 드나들 수 있기 때문이지요.

무녀는 서른 살이 안 된 미인으로서 일찍 과부가 되어 스스로 음녀를 자처합니다. 그래서 김 진사를 유혹하려고 하지요. 하지만 김 진사의 마음 안에 다른 여자가 있다는 것을 알고 김 진사의 편지를 운영에게 전해 주는 역할을 합니다.

📖 무녀는 비로소 정신을 차려 신령 앞에 나아가 절을 하고 방울을

흔들더니 온몸을 사시나무 떨듯 떨다가 한참 만에 입을 열더랍니다.

"당신 참으로 불쌍한 사람이로군. 이루기 어려운 일을 이루려고 하니 뜻을 이루지 못할 뿐만 아니라 삼 년 안에 저세상 사람이 되겠소."

그 말을 들은 진사는 울며 매달렸답니다.

"당신이 그렇게 말하지 않아도 그 정도는 짐작하고 있소. 하지만 마음속에 맺힌 이 괴로움은 무슨 약으로도 풀 수가 없다오. 만일 당신의 도움으로 이 편지를 전한다면 죽어도 영광스럽겠소."

무녀는 김 진사의 부탁을 듣고 점을 칩니다. 그런데 삼 년 안에 죽을 거라는 점괘가 나오지요. 그런데도 김 진사는 운영과의 소통을 부탁합니다. 사랑을 위해 죽음까지도 각오한 겁니다. 무녀는 진사의 진심에 마음이 움직여 부탁을 들어줍니다.

★ 자란 - 사랑의 응원자

자란은 자신의 목숨을 내놓고 운영을 도와줍니다.

📖 어느 날 저녁 자란이 가만히 말을 건넸습니다.

"궁 안 사람들이 해마다 한가위 때쯤이면 탕춘대 아래 개울에서 빨래를 하고 술자리를 마련하는 일이 있단다. 올해는 이를 소격서동에서 하고, 오가는 사이에 그 무녀를 찾아가 보면 어떨까?"

다른 길이 없었던 저는 좋은 방법이라고 생각했지요.

자란의 마음은 다른 궁녀들에게도 전달되어 서로 도우며 위기를 넘기기도 합니다. 운영이 김 진사를 사랑한다는 사실이 안평대군에게 발각이 되었을 때도 자란은 목숨을 걸고 변호를 해 줍니다.

📖 저의 어리석은 생각으로는 대군께서 김 진사를 불러 운영과 한번 만나게 해 주신다면, 그리하여 운영의 한을 풀어 주신다면 대군의 선행은 하늘에 닿을 것이며, 저는 죽어도 한이 없을 것이옵니다. 운영이 절개를 지키지 않은 죄는 운영에게 있는 것이 아니라 운영을 부추긴 저에게 있사옵니다. 저의 죄가 작지 않으니 저는 오늘 죽어도 영광이옵니다. 다만 대군께 바라고 또 바라옵니다. 저의 죽음으로 운영의 목숨을 살려 주시옵소서.

자란은 안평대군에게 목숨을 건 하소연을 합니다. 이러한 자매애는 다른 소설에서는 보기 어려운 것입니다. 본능적 욕구를 억눌러야 하는 자신들의 상황에 대해 불만과 분노를 느끼며, 궁궐의 질서를 어긴 운영을 처벌하려는 안평대군에게 목숨을 걸고 목소리를 내었습니다.

★ 특 - 사랑의 파괴자

김 진사의 하인인 특은 머리가 비상하고 교활한 인물입니다. 처음에 특은 김 진사가 운영을 만날 수 있도록 도와줍니다.

📖 특은 곧바로 사다리를 하나 만들었지요. 그 사다리는 아주 가벼웠으며 접었다 폈다 할 수 있고 들고 다니기에도 편리했습니다. 특은 사다리에 대해 설명해 주었습니다.

"이 사다리를 가지고 궁궐 담을 넘어간 후 이렇게 접어서 안쪽에 두었다가 돌아올 때도 같은 방법으로 하십시오."

특은 김 진사가 서궁에 갇혀 있는 운영을 만날 수 있도록 사다리를 만들어 줍니다. 김 진사는 특의 도움을 고마워하고 신뢰를 하게 되지요. 이때까지 특은 사랑의 메신저였습니다. 하지만 운영의 재물을 보고 난 뒤에는 마음이 달라집니다.

📖 그러나 특의 속마음은 그런 것이 아니었습니다. 보물을 얻은 후에 저와 진사를 산골로 끌고 들어가서 진사를 죽이고 저를 차지하려는 흉계를 품고 있었던 것이지요. 그러나 진사는 세상 물정에 어두운 선비라 그런 걸 알지 못했습니다.

특은 김 진사에게 운영을 데리고 도망가라고 부추깁니다. 그래서 운영은 자신의 보물을 궁에서 빼내 오지요. 하지만 보물을 보게 된 특은 다른 마음을 품습니다. 김 진사를 죽이고 보물과 운영을 차지하려는 계교를 세우게 된답니다.

43

둘의 사랑은
왜 비극으로 끝날까요?

 고전 소설 가운데 〈운영전〉과 같은 결말은 흔치
않습니다. 보통은 주인공들이 고난을 겪어도 독자
들은 느긋합니다. 주인공이 고난을 이겨 내고, 사
랑이 이루어지며, 죽을 때까지 행복하게 될 것을
알기 때문이지요. 그런데 〈운영전〉은 '궁궐'이라는 봉건 사회의 두터운
장벽을 끝내 넘지 못하고 비극적으로 끝이 납니다.

★ 사랑을 억압하는 봉건적 관습

이 소설은 궁궐을 배경으로 합니다. 운영은 궁궐에 갇혀 살아야 하
는 궁녀이지요. 왕족의 수발을 드는 궁녀가 다른 남자와 사랑에 빠지는
것은 목숨을 걸어야 하는 일입니다. 운영과 김 진사는 신분을 초월하

여 죽음을 무릅쓰고 사랑의 의지를 불태우지만, 안타깝게도 그들의 사랑은 실패합니다. 그리고 자결함으로써 비극적 결말과 함께 큰 감정의 여운을 남깁니다.

📖 김 진사가 눈물을 닦으면서 대답했다.

"우리 두 사람은 다 원한을 품고 죽었습니다. 저승의 염라대왕은 죄 없이 죽은 우리를 불쌍히 여겨 다시 인간 세상에 태어나도록 하려고 했지요. 그러나 저승의 즐거움도 인간 세상보다 덜하지 않은데 천상의 즐거움은 어떠하겠습니까? 다시 인간 세상으로 나가고 싶지 않습니다."

김 진사는 다시 인간 세상에 나가고 싶지 않다고 합니다. 마음대로 사랑도 할 수 없는 현실 세계가 저승보다 나을 게 없다고 생각하기 때문이지요.

운영이 김 진사를 만나 사랑하다가 죽음을 맞이하게 된 것은 억압된 삶에 대한 저항이라고도 할 수 있습니다. 이는 인간성 회복이나 자유연애와도 연결됩니다. 하지만 운영과 김 진사의 사랑이 비극으로 끝난 것은 당대의 사회 질서에 굴복한 결말 처리 방식이라고 할 수 있습니다.

★ 여자들끼리의 우정

'여자의 적은 여자'라는 말도 있지만, 〈운영전〉에서는 그렇지 않습니다. 궁녀들은 자매처럼 정을 나누며 연대하는 모습을 보입니다.

수성궁 중에서도 가장 깊은 곳에 있는 서궁의 담을 넘어 김 진사와 운영이 사랑할 수 있었던 데에는 다른 궁녀들의 도움이 컸습니다. 운영이 서궁 궁녀들에게 사연을 모두 털어놓자, 서궁 궁녀들은 김 진사와의 인연을 잇게 하기 위해 빨래 장소를 무녀의 집에서 가까운 소격서동(지금의 삼청동)으로 정하게 하고자 애를 씁니다. 특히 자란은 반대하는 남궁 궁녀들을 설득하기 위해 밤에 남궁을 찾아갑니다. 의견이 달라 다투었지만, 가슴 저편의 깊은 슬픔이 서로를 전염시킵니다. 자란은 운영을 위해 죽을 각오가 되어 있다고 말하며 남궁 궁녀들을 설득합니다.

> 📖 "여자의 마음은 다 한가지이다. 오래도록 별궁에 갇혀 길이 외로운 그림자를 슬퍼하고, 마주 대하는 것은 등불뿐이요, 하는 일이란 거문고를 타며 노래하는 것뿐이었다. 온갖 꽃은 아름다움을 머금은 채 웃고 두 마리 제비는 날개를 나란히 하며 노니는데, 박명한 우리는 모두 깊은 궁궐에 갇혀 꽃과 제비 들을 바라볼 때마다 봄을 슬퍼할 뿐이니, 그 마음이 어떠하겠니?"

김 진사가 서궁의 담을 넘어오자 자란은 얼른 맞아 진수성찬과 좋은 술을 내놓으며 대접합니다. 김 진사가 서궁을 드나들며 눈이 온 날, 발자국을 다 지우지 못하자 궁녀들은 모두들 위험하다며 자기 일처럼 걱정합니다.

김 진사와의 관계를 알게 된 안평대군이 다섯 궁녀를 죽이겠다고 하자 궁녀들은 자신들의 뜻을 글로 올립니다. 은섬은 남녀가 그리워하는 것은 인지상정이라고 하고, 자란은 과감하게도 그들의 사랑을 허락해 달라고 부탁합니다. 다른 궁녀들도 목숨을 걸고 한결같이 운영을 이해해 달라고 하자 대군도 노여움이 많이 풀어집니다.

이렇게 목숨을 걸고 운영을 옹호할 수 있었던 까닭은 궁녀로서 한스러운 처지에 대한 동병상련 때문일 겁니다. 어쩌면 운영과 김 진사의 사랑이 그들에게는 대리 만족이었을 수도 있습니다. 그리고 오랫동안 함께한 여성들끼리의 공동체적 우정이 작용했을 겁니다.

운영의 글을 보면, 운영이 죽은 이유가 안평대군에게 절개를 지키지 못한 점뿐만 아니라 서궁의 궁녀들을 위험에 빠뜨린 것에 대한 죄책감이 큰 것으로 보입니다.

📖 대군의 은혜는 산과 같고 바다와 같사온데 대군을 향한 절개를 지키지 못했고 서궁의 죄 없는 사람들이 저로 인해 죽음에 이르게 되었으니 이렇게 큰 죄를 짓고도 제가 어찌 얼굴을 들고 살기를 바라겠나이까?

안평대군은 어떻게 한시를 보고
운영의 마음을 알았을까요?

 한시는 당시의 지배층이나 지식층에게 중요한 문
화적 소양이었습니다. 한시를 얼마나 잘 짓느냐로
그 사람을 평가하기도 했으니까요.

★ 마음의 표현

한시는 시의 일종입니다. 사람들의 감정과 마음을 표현하는 것이 시
이지요. 그래서 누군가가 쓴 시를 보면 그 사람의 마음을 읽을 수 있습
니다.

📖 "나머지 시들도 다 맑고 아름다운데, 다만 운영의 시만은 외로이
사람을 그리워하는 뜻이 있구나. 어떤 사람을 그리워하는 것인지 캐

물어야 하겠지만 네 재주를 사랑하기에 잠시 그냥 덮어 두겠노라."

저는 바로 뜰 아래로 내려가 엎드려 울면서 대답했습니다.

"시를 짓는 동안 우연히 나온 것인데 어찌 다른 뜻이 있겠습니까? 그러나 대군의 의심을 샀으니 죽어도 할 말이 없습니다."

"시는 마음에서 나오는 것이어서 가리거나 숨길 수가 없는 것이다. 그만 되었다."

안평대군은 시 속에 마음이 담겨 있다고 말합니다. 그렇기 때문에 운영이 지은 "바람을 쏘이며 홀로 슬퍼하니 / 생각은 하늘 날아 무산에 떨어지네"라는 시구를 보고 누군가를 그리워한다고 판단합니다. 운영은 곧바로 결백하다고 울면서 말하지만 사실 마음속에 그런 것이 있었습니다. 처음 본 김 진사를 사랑하게 된 뒤의 외로움과 슬픔이 시 속에 저절로 들어가게 된 것이지요.

📖 "운영의 시에는 이상하게도 사람을 생각하는 뜻이 뚜렷하구나. 전에 지은 시에서도 그런 자취가 보이더니, 도대체 네가 따르고자 하는 사람이 어떤 사람이냐? 지난번 김 진사의 시에도 의심스러운 구절이 있었는데, 너 혹시 김 진사를 생각하고 있지 않느냐?"

안평대군은 운영의 시를 보고 더욱 의심을 합니다. 그리고 김 진사와 어떤 관계가 있는 것은 아닌지 물어봅니다. 겉으로 아무런 이야기를 하지 않아도 이와 같이 시만 보고서도 그들의 마음속을 들여다볼 수 있는 것입니다.

한시는 자기의 마음을 전달하기 위해 쓰이기도 했습니다. 한시를 이용해 의사소통을 하기도 했다는 말입니다.

> 📖 베옷 입고 가죽 띠를 두른 선비
> 옥 같은 얼굴은 신선과 같아라
> 날마다 주렴 사이 건너다보는데
> 어찌하여 월하의 인연 맺지 못하는가
> 얼굴 씻으니 눈물은 물줄기 되고
> 거문고를 타면 한은 줄이 되어 우네
> 끝없는 원망을 가슴속에 간직하고
> 머리 들어 호올로 하늘에 하소연하네

이 시는 김 진사를 만나서 사랑에 빠진 운영이 지은 것입니다. '가죽 띠를 두른 선비'는 김 진사를 말합니다. 그리고 '월하의 인연'에는 김 진사와 사랑이 맺어지기를 바라는 마음이 담겨 있습니다. 운영은 김 진사에 대한 그리움과 외로움에 눈물로 세월을 보낸다고 노래하면서 이 시를 다른 사람 몰래 금비녀와 함께 싸서 김 진사에게 전달합니다.

45

유영은 김 진사와 운영을
실제로 만난 것일까요?

소설 중에는 액자의 틀 속에 사진이 들어 있듯이 하나의 이야기 속에 또 다른 이야기가 들어 있는 구조를 지닌 것이 있습니다. 즉, 외부 이야기 속에 내부 이야기가 들어 있는 구성 방식으로, 외부 이야기가 액자의 역할을 하고 내부 이야기가 핵심 이야기가 됩니다. 이것을 '액자식 구성'이라고 합니다.

〈운영전〉은 유영이 김 진사와 운영을 만나는 장면이 외부 이야기이고, 김 진사와 운영의 사랑이 내부 이야기입니다.

★ 외부 이야기 – 유영이 김 진사와 운영을 만남

📖 "말만 꺼내고 그만두는 것은 처음부터 하지 않은 것만 못합니다.

안평대군 시절의 이야기와 진사가 상심하는 사연을 자세히 들을 수는 없겠습니까?"

김 진사가 운영을 돌아보며 물었다.

"벌써 세월이 오래되었는데 그때 일을 기억할 수 있겠는지요?"

"마음속에 쌓인 원한을 하루라도 잊을 수 있겠어요? 제가 이야기를 해 볼 터이니 혹시 빠지는 데가 있거든 채워 주세요."

운영은 옷깃을 여미고 앉아 조용히 이야기를 시작했다.

유영은 김 진사에게 이야기를 하도록 함으로써 내부 이야기로 들어 가게 하는 역할을 합니다. 유영과 김 진사는 200년 정도의 시대 차이 가 나는 사람들입니다. 김 진사는 1400년대 사람이고, 유영은 1600년 대 사람입니다.

★ 내부 이야기-김 진사와 운영의 사랑

김 진사와 운영은 안평대군 시절에 만나 사랑하지만 결국 둘 다 죽 음을 맞게 됩니다.

📖 궁녀들의 한결같은 뜻과 눈물을 보시고 대군께서는 노여움이 많 이 풀어져서 다른 궁녀들은 다 돌려보내고 저는 따로 별당에 가두라 고 하셨지요. 하지만 그날 밤 저는 제 뜻대로 비단 수건으로 목을 매 고 말았습니다.

어느 날 저는 깨끗이 목욕을 하고 새 옷으로 갈아입은 뒤 조용한 곳에 누워 나흘을 아무것도 먹지 않았습니다. 아, 저는 마침내 깊은 탄식을 토하고는 다시는 일어나지 못할 몸이 되고 말았습니다.

운영과 김 진사가 스스로 목숨을 끊게 된 것을 유영하게 들려주는 내용입니다. 운영은 안평대군에게 김 진사와의 사랑이 발각된 뒤에 스스로 목숨을 끊습니다. 너무나 큰 사랑의 장애물을 넘을 수 없었던 것이지요. 그러한 일이 있은 뒤 김 진사도 절망에 빠져 스스로 죽음을 맞이합니다.

★ 다시 외부 이야기-유영이 김 진사에게서 책을 받음

김 진사와 운영의 이야기를 다 듣고 난 유영은 위로의 말을 건넵니다. 운영과 김 진사는 자신들은 본래 옥황상제를 모시고 있던 신선들인데 죄를 지어서 지상에 잠시 내려온 것이라고 말을 해 줍니다.

📖 "오늘 저녁 존군과 서로 만나 이처럼 진솔한 마음을 털어놓으니, 인연이 없었더라면 어찌 이런 만남이 있을 수 있겠습니까? 부탁이 있습니다. 부디 존군께서는 이 글을 거두어 가지고 돌아가서서 영원히 세상에 전해 주십시오. 다만 어리석은 사람들의 입에 오르내려 웃음거리가 되지 않도록 해 주시면 매우 다행으로 생각하겠습니다."

김 진사는 자신과 운영의 이야기를 적은 책을 유영에게 남깁니다. 유영과 만난 것도 인연이기에 세상 사람들에게 자신들의 이야기가 담긴책을 전해 달라고 부탁합니다.

📖 시를 읊는 것을 들으며 유영도 술에 취하여 깜박 잠이 들었다가 문득 지저귀는 산새 소리에 깨어났다. 안개는 땅 위에 자욱하고 새벽빛은 멀리 어렴풋한데, 사방을 살펴보아도 사람은 보이지 않았다. 다만 김 진사가 기록한 책만 두 사람이 앉았던 자리에 놓여 있었다.

현실로 돌아온 유영은 김 진사가 기록한 책을 발견합니다. 책은 내부 이야기, 즉 김 진사와 운영의 사랑 이야기에 대한 신빙성을 높이는 역할을 합니다.

액자식 구성은 내부 이야기의 근원이나 진술 이유를 밝히거나, 내부 이야기의 서술자를 감추기 위하거나, 내부 이야기의 신빙성을 높이거나, 사건 자체를 객관화하기 위한 경우에 흔히 사용합니다.

46

당시 궁녀들의
삶은 어땠을까요?

 운영은 안평대군의 궁녀입니다. 그런데 몇 가지 면에서 보통의 궁녀와는 다릅니다. 어떤 점이 같고 다른지 한번 살펴볼까요.

★ 다른 남자를 만날 수 없다

궁녀는 왕의 여자로서, 모든 궁녀는 왕을 위해 살아야 했습니다. 정식 나인이 될 때, 궁녀들은 신부 복장을 하고 신랑 없는 결혼식을 치릅니다. 왕과 상징적으로 결혼하는 것이지요. 왕의 총애를 받거나 왕손을 낳으면 후궁이 되는 경우도 있습니다. 그런데 궁궐 안에는 수백 명의 궁녀가 있기 때문에 왕의 눈에 들기는커녕 자신의 얼굴을 알리기조차 어려웠습니다.

대부분의 궁녀는 평생을 외롭게 살아야 했습니다. 만약 다른 남자를 만나면 궁녀와 남자 둘 다 처형되었으니까요. 소문만 돌아도 태장을 맞거나 귀양을 가야 했지요. 깊은 궁궐에 갇혀 홀로 지내야 하는 외로움 때문에 동성애를 하는 궁녀도 있었다고 합니다. 궁녀는 궁궐을 나와도 수절해야 합니다. 출궁한 궁녀와 결혼한 남자는 곤장 100대를 맞는데, 이는 죽음과 같은 것입니다.

운영은 안평대군의 궁녀로서, 안평대군의 여자입니다. 안평대군과 잠자리를 하지 않았어도 유부녀입니다. 다른 남자를 만나면 죽음으로 다스려질 일입니다.

★ 평생 궁중에서 살아야 한다

궁녀는 종신제이기 때문에 한번 궁궐에 들어가면 평생을 거기서 살아야 했습니다. 하지만 너무 늙어 일하기 어렵거나 큰 병이 나면 집으로 돌려보냈습니다. 궁궐에서는 왕족 외에는 누구도 죽거나 앓으면 안 되었기 때문이지요.

자란은 운영이 김 진사와 도망치는 것을 반대하며, 병이 심한 척 누워 있다 보면 대군이 고향으로 돌아가도록 허락해 주실 것이라고 말합니다. 이는 병이 나면 출궁한다는 것과 관련이 있습니다.

★ 왕이나 왕비를 모신다

궁녀는 궁궐에서 왕족의 시중을 들고, 음식이나 옷을 만들고, 각종 행사를 진행하는 역할을 맡은 사람입니다. 왕의 침실을 담당하는 지밀 나인, 옷을 만드는 침방 나인, 수를 놓는 수방 나인, 식사를 준비하는 소주방 나인, 간식을 만드는 생과방 나인, 빨래를 하는 세답방 나인 등이 있습니다.

그러나 운영은 왕이나 왕비를 모시지 않았습니다. 운영은 안평대군으로부터 시를 배우고 공부했으며, 특별히 살림을 맡아 하는 것 같지는 않습니다. 이는 궁녀로서는 매우 특이한 일입니다.

또한 수성궁은 임금이 살고 있는 궁궐도 아닙니다. 안평대군은 세종대왕의 셋째 아들로서, 왕자의 신분이기는 하지만 열한 살에 결혼하여 이미 임금이 거처하는 궁궐에서 분가하였습니다. 그렇다면 운영을 궁녀라고 하기는 어렵습니다. 다만 안평대군이 임금의 총애를 받는 위세가 당당한 왕자였기에, 대군을 모시는 일에 궁녀에 해당하는 엄격성을 요구했다고 볼 수는 있습니다.

★ 서너 살에 입궁하고, 하는 일이 정해져 있다

궁녀는 대부분 서너 살이 되면 궁궐에 들어옵니다. 어린아이 때부터 궁녀로서의 교양을 쌓아야 하기 때문이었지요. 맡은 일이 격이 높을수록 어린 나이에 입궁하였으며, 들어올 때부터 각자 일하게 될 부서가 정해져 있었습니다.

그런데 운영은 열세 살에 입궁했고, 대군의 부인에게서 자식처럼 사랑을 받았으며, 맡은 일이 분명치 않습니다. 시를 배우는 일도 어느 날 안평대군이 나이 어리고 얼굴이 아름다운 궁녀 열을 별도로 뽑아 시작한 것으로 되어 있습니다.

사랑 이야기를 다룬 고전 소설

〈영영전〉은 김생이라는 선비와 회산군 궁녀인 영영과의 사랑을 다룬 이야기이다. 〈운영전〉과 비슷하지만 해피엔딩으로 끝이 난다. 〈숙향전〉은 '이선과 숙향이 본래 천상의 선군과 선녀였다는 점에서 〈운영전〉과 비슷하다.

● 〈영영전〉

열다섯에 진사에 오른 김생은 취중에 회산군의 시녀 영영을 만나 상사병에 걸린다. 노파의 주선으로 둘이 만나지만 영영은 훗날을 약속한다. 약속한 날 김생은 궁궐의 무너진 담으로 들어가 영영과 정을 나눈다. 하지만 영영은 궁녀인 까닭에, 벼슬길에 오르라고 당부하고 이별한다. 김생은 3년이 지나 장원 급제를 하고, 회산군 댁 앞에서 취한 체하여 말에서 떨어진다. 영영은 찻잔을 들고 가 김생에게 편지를 전한다. 편지에는 그동안 그리워하고 입신을 기원했던 사연이 구구절절 적혀 있었다. 편지를 읽고 난 김생은 다시 상사병이 나고 만다. 회산군 부인의 조카인 친구 이정우가 김생의 사연을 회산군 부인에게 말하고, 부인은 영영을 김생의 집으로 보내 준다. 영영을 만난 김생은 기운을 차리고, 이로부터 공명을 사양하고 평생 영영과 함께 해로한다.

● 〈숙향전〉

천상의 월궁선녀와 태을성이 죄를 지어 숙향과 이선으로 인간 세상에 내려온다. 숙향이 세 살 때 도적의 난이 일어나 피난길에 부모를 잃어버린다.

숙향은 사슴의 도움으로 장 승상 집에 이르러 양녀가 된다. 시비 사향의 흉계로 도둑 누명을 쓰고 물에 빠져 죽으려 하나 용녀가 구해 준다. 숙향이 불에 타서 죽게 되었는데 화덕진군이 구해 준다. 배가 고파 죽게 되었을 때는 천태산 마고할미가 구해 주고 같이 살게 된다.

숙향은 꿈속에서 선녀가 되어 논 광경을 수로 놓아 시장에 판다. 수를 산 장사꾼은 이선에게 시를 써 달라고 부탁한다. 이선이 수를 보고 크게 놀라 마고할미를 찾아가 숙향과 인연을 맺는다. 이 상서가 이 사실을 알고 김전을 시켜 숙향을 가두게 한다. 김전이 딸인 줄도 모르고 숙향에게 여러 가지 방법으로 벌하려 하지만 마고할미가 신이한 술법으로 숙향을 구한다. 김전은 숙향이 잃어버린 딸과 비슷하다는 걸 알게 되어 차마 죽이지 못하니 이 상서가 김전을 전출시킨다. 이 상서의 숙모가 이 사실을 알고 이선에게 모든 사실을 알린다.

마고할미가 세상을 떠난 후 숙향은 불량배의 핍박을 겨우 피하고, 크게 울며 자살하려 한다. 이 상서 부부가 그 소리를 듣고 숙향을 데려왔는데, 숙향의 비범함을 알게 된다. 이선이 장원 급제한 후 이선과 숙향 두 사람은 화목하게 지낸다. 이선은 황태후를 위해 봉래산에서 선약을 구해 온 이후 초왕이 된다. 이선은 숙향과 여러 부인을 거느리고 부귀를 누리다가 마침내 선계로 돌아간다.

홍길동전

〈홍길동전〉의 줄거리

조선 세종 때 명문 귀족인 홍 판서는 어느 날 청룡이 달려드는 꿈을 꾸고, 귀한 자식을 얻을 태몽이라 생각한다. 그래서 본부인 유씨에게 잠자리를 청했으나 거절당하여, 여종 춘섬과 잠자리를 한다. 춘섬이 태기가 있어 길동을 낳았는데 영웅호걸의 기상을 지니고 있었다.

길동은 남달리 총명하였지만 서자였기에 차별받는 서러움을 안고 삽니다.

📖 "대장부가 세상에 나서 공자나 맹자를 본받지 못한다면 차라리 병법을 익히는 게 낫지 않겠는가. 대장인을 허리춤에 비껴 차고 동서를 정벌해 나라에 큰 공을 세우고 이름을 만대에 빛내는 것이 대장부의 통쾌한 일이리라. 이내 한 몸 어찌 이토록 쓸쓸한가. 아버지와 형님이 계시는데도 아버지를 아버지라 부르지 못하고, 형을 형이라 부르지 못하니 심장이 터질 지경이구나. 어찌 원통하지 않겠는가?"

한편, 초란은 홍 판서의 둘째 첩으로서 홍 판서가 길동을 특별히 사랑하는 것을 질투한다. 그래서 무녀와 상의하고 관상녀를 매수하여 홍 판서에게 "길동이 왕이나 제후가 될 기상을 갖추었으므로 장성하면 온 집안이 망해 없어지는 화를 당할 것"이라고 말하게 한다. 그러자 홍 판서는 길동을 산속 암자에 보낸다. 초란은 본부인 유씨와 그 아들 인형을 설득하여, 특재라는 자객을 사서 암자에 있는 길동을 죽이려 한다. 길동은 자객이 오는 것을 알고 신기한 도술을 써서 특재를 죽이고 관상녀도 함께 칼로 벤다. 초란마저 죽이려 했으나 아버지가 사랑하는 여자임을 떠올리고 칼을 던진다. 그날 밤 길동은 홍 판서를 찾아가 하직을 고한다.

📖 홍 판서가 불쌍한 마음이 들어 길동을 타이르며 말했다.
"네가 품은 한을 이제 짐작하겠구나. 오늘부터 아버지를 아버지라 부르고, 형을 형이라 부르거라."

길동은 어머니 춘섬과도 하직하고 집을 나선다. 홍 판서는 초란을 쫓아낸다.

길동은 정처 없이 떠돌다가 도적의 무리를 만난다. 그들은 우두머리를 찾는 중이었다. 길동은 천 근이나 되는 돌덩어리를 들어 보이면서 자신의 힘을 증명하여 그들의 우두머리가 된다. 길동은 그 후로 여러 사람에게 무예를 가르치고 제도를 바로잡아 수개월 만에 엄격한 군법을 만들었다.

그들은 먼저 해인사를 쳐서 재물을 빼앗기로 한다. 길동은 글공부를 하러 온 재상가 자제처럼 꾸며 절의 재물을 모두 가져간다.

📖 그 뒤로 길동은 자기 무리를 '활빈당'이라 부르며 조선 팔도를 다녔다. 각 읍 수령이 의롭지 못하게 모은 재물이 있으면 빼앗고, 매우 가난하고 의지할 데 없는 사람이 있으면 구제했다. 백성의 재물을 조금도 침범하지 않고, 나라의 재산은 추호도 손을 대지 않아 모든 부하가 그의 뜻을 따랐다.

길동은 함경 감사가 탐관오리라는 말을 듣고 함경 감사를 털고, 허수아비로 일곱 길동을 만들어 온 나라에 풀어놓는다.

📖 여덟 길동이 조선 팔도에 하나씩 흩어져서 각각 부하 수백 명씩을 거느리고 다니니, 그중 어디에 진짜 길동이 있는지 모를 지경이었다. 길동들은 전국을 다니며 바람과 비를 마음대로 불러오는 술법을 부렸다. 하룻밤 만에 각 읍 창고의 곡식을 종적도 없이 가져가기도 하고, 서울로 올려 보내는 봉물을 하나도 남김없이 빼앗기도 했다.

홍길동이 팔도에서 한날한시에 도적질을 하는 것을 보고 임금은 근심한다. 우포도대장 이흡은 홍길동을 잡으러 나온다. 홍길동은 이흡을 속여 망신을 주고, 이흡과 부하들을 가죽 부대에 넣어 버린다.

임금은 팔도에 공문을 내려 길동을 잡으라고 재촉하였지만, 길동은 무궁무진하게 재주를 부리며 잡히지 않는다. 길동이 병조 좌랑 홍인형의 동생임을 알고 홍 판서와 인형을 잡아 가둔다. 그리고 인형에게 경상 감사 직위를 내린 후 홍길동을 잡아 오도록 한다. 길동은 인형을 찾아가 스스로 잡히지만, 여덟 명의 길동이 나타나 서로 자신이 길동이라고 주장하다가 허수아비로 변해 넘어진다.

길동은 허수아비를 없애고는 '병조 판서 벼슬을 내리면 잡히겠다.'라고 방을 붙인다. 조정에서는 이를 무시하고 인형에게 어서 길동을 잡아들이라고 다그친다. 신하들은 병조 판서 벼슬을 내리는 척하고 길동을 잡아들이려고 한다.

📖 한편 길동은 대궐에 들어가 병조 판서를 제수받고 임금에게 절하며 아뢰었다.

"소신의 죄악이 더없이 무거운데, 도리어 전하의 은혜를 입어 평생의 한을 풀고 돌아가옵니다. 하지만 전하를 모실 길이 없어 이제 영원히 작별하오니, 엎드려 바라건대 부디 만수무강하소서."

말을 마친 길동은 몸을 공중에 솟구치더니 구름에 싸여 알 수 없는 곳으로 사라졌다. 임금이 이를 보고 감탄하며 말했다.

"길동의 신기한 재주는 고금에 드물 것이다. 스스로 조선을 떠난다고 했으니 다시는 폐를 끼칠 일이 없으리라."

길동의 재주에 감탄한 임금이 길동의 죄를 모두 용서한다는 공문을 내린다.

길동은 임금에게 하직 인사를 하고 도둑들과 함께 조선을 떠나 제도에 정착한다. 길동은 산에서 만난 괴물을 죽인 후 괴물에게 잡혀 온 여자 둘을 구출하여 그들과 결혼한다.

길동은 아버지의 시신을 제도로 모셔서 성대하게 제사 지내고, 어머니 춘섬을 모신다. 아버지의 삼년상을 마친 후 길동은 율도국을 정벌한다. 그러고 나서 조선의 왕에게 외교 문서를 써서 올린다. 임금은 인형에게 벼슬을 내려 율도국에 보낸다. 인형은 유씨 부인과 함께 율도국에 갔는데, 유씨 부인이 며칠 뒤 병을 얻어 죽자 홍 판서와 함께 합장한다. 또한 삼 년 후 생모 춘섬이 죽자 함께 제사를 지낸다.

길동은 율도국의 왕이 되어 두 부인에게서 아들 셋과 딸 둘을 얻었는데, 첫째 아들을 세자로 봉한다. 왕이 된 지 삼십 년 만에 죽고 세자가 왕으로 즉위하여 율도국을 잘 다스렸다.

47

홍길동은
어떤 인물일까요?

★ 비범한 재주

홍 판서는 천둥과 벼락이 치고 나서 청룡이 수염을 세우고 달려드는 꿈을 꾸고 길동을 얻습니다. 이는 길동의 비범성을 나타내는 것으로, 과연 길동은 재주가 뛰어났습니다. 여덟 살이 되자 하나를 들으면 열을 알 정도로 총명했지요. 하지만 초란의 모함으로 집을 떠나게 됩니다.

📖 길동은 급히 몸을 감추고 주문을 외웠다. 그러자 갑자기 한 줄기 음산한 바람이 일어나면서 집은 간데없이 사라지고 첩첩산중에 아름다운 풍경이 펼쳐지는 것이 아닌가.
특재가 길동의 신기한 조화를 보더니 크게 놀라서 비수를 감추고 피하려고 했다. 그런데 갑자기 길이 끊어지며 층암절벽이 앞을 가로막았다. 특재는 앞으로 나아갈 수도 뒤로 물러설 수도 없는 지경이 되어 길을 찾아 사방으로 방황했다.

길동은 초란이 사주한 전문 자객인 특재를 도술로 해치웁니다.

집을 나선 길동은 도적의 무리에 가서 자신의 힘을 보여 줍니다. 천 근이나 되는 큰 돌을 들어 올려 그들의 우두머리가 되고, 무예를 가르치고 군법을 세워 도적들을 다스리는 리더십을 보입니다. 또 중 차림을 하고 관군을 속여 다른 길로 유인하거나, 함경 감사를 습격하는 계책을 세우기도 합니다. 함경 감영의 돈과 곡식을 훔친 후 길에서 잡히지 않기 위해 둔갑술과 축지법을 써서 소굴로 돌아오는 것을 보면 판단력이 빠르고 머리도 좋습니다.

허수아비 일곱을 만들어 여덟 길동이 조선 팔도에 흩어지게 한 것은 다분히 상징적입니다. '여덟 명의 길동'은 '팔도'를 상징하고, 이는 홍길동이 팔도를 다스릴 만한 재주가 있다는 것을 나타냅니다. 우포도대장 이흡에게 망신을 주는 것을 보면 포도대장쯤은 손바닥 안에서 가지고 놀 수 있을 정도로 도량이 큽니다.

★ 출신과 꿈 사이의 갈등

길동은 비범한 능력과 뛰어난 재주를 가졌지만, 몸종에게서 태어났기 때문에 천대를 받아야 했습니다.

조선 사회는 길동의 재주를 받아 주지 않았습니다. 그래서 홍길동은 도적이 되어 해인사와 함경 감사를 공격하며, 허수아비를 만들어 전국을 소란스럽게 만듭니다. 이런 반항적인 행동은 자신의 비범성을 알리고, 자신을 받아들여 주지 않는 사회를 비판하기 위한 것입니다.

📖 소신 홍길동은 무슨 수를 쓴다 해도 절대 잡히지 않을 것이나, 다만 병조 판서 벼슬을 내린다면 순순히 잡히겠습니다.

홍길동은 결국 병조 판서를 제수받지만, 임금에게 하직 인사를 드리고 조선을 떠나겠다고 합니다. 개인의 능력은 인정받을 수 있지만, 사회 제도 자체는 개혁될 수 없음을 알았기 때문이지요.

조선을 떠난 길동은 율도국을 정벌하여 왕이 됩니다. 왕이 된 남자, 그는 조선 이외의 곳에서 그가 누릴 수 있는 최선의 입신양명을 한 것입니다.

★ 충신이며 효자

길동은 적서 차별에 반발하였을 뿐 충효 이념에는 매우 충실합니다.

우선 그는 부모님께 효도하고자 합니다. 특재와 관상녀는 바로 죽였지만, 초란은 아버지의 사랑을 받고 있는 여자라고 생각하여 죽이지 못합니다. 또 형 인형은 자신에게 특재를 보내 죽이도록 한 일에 가담했는데도, 형이 고난에 처하자 스스로 체포됩니다. 그리고 홍 판서의 묘지를 자신의 땅에 모실 뿐 아니라 아버지의 죽음 이후 삼년상을 마친 후에야 율도국을 정벌합니다.

또한 길동은 임금에게 직접 대항하지 않습니다. 활빈당 활동을 할 때에도 나라의 재물은 빼앗지 않습니다. 그리고 병조 판서를 제수받은 후에는 조용히 조선을 떠납니다. 또 율도국을 세운 후에는 조선에 외교 문서를 보내 외교적으로 우호적인 관계를 맺습니다.

48

홍길동은
어떤 능력이 있을까요?

홍길동은 출가하기 전부터 신이한 능력을 지니고 있었고, 이후 이러한 능력으로 온 나라를 떠들썩하게 합니다. 홍길동이 어떤 능력을 갖고 있는지 살펴볼까요.

★ 앞일을 예언

그는 자기를 죽이러 온 자객의 출현을 알아차립니다.

📖 길동은 팔괘를 잠깐 벌여 점을 쳐 보고는 크게 놀랐다. 그는 당장 서안을 밀치고 둔갑해서 몸을 숨긴 뒤 동정을 살폈다. 아니라 다를까 사경쯤 되자 한 사람이 비수를 들고 조용히 방문을 열고 들어왔다.

길동은 위기를 벗어나기 위해 방 안을 첩첩산중으로 만들어서 자객을 혼란에 빠트립니다.

★ 둔갑술

📖 말을 마치자 길동은 풀로 허수아비 일곱을 만들더니, 주문을 외우고 혼백을 불어넣었다. 그러자 일곱 명의 길동이 새로 생겨나서 한곳에 모이더니 한꺼번에 뽐내며 크게 소리를 치고 야단스럽게 지껄이는 것이 아닌가. 부하들이 아무리 살펴보아도 누가 진짜 길동인지 알수가 없었다.

홍길동은 둔갑술을 부릴 수 있습니다. 둔갑술은 마음대로 제 몸을 감추거나 다른 것으로 바꿀 수 있는 능력입니다. 홍길동은 허수아비를 가지고 자신의 모습과 똑같이 만들어서 사람처럼 움직이도록 하지요.

홍길동은 이런 재주를 가지고 전국 팔도에서 한날한시에 관가의 곡식을 빼앗았습니다. 그야말로 '신출귀몰'이네요.

★ 하늘을 날아다니는 능력

홍길동은 하늘을 날아다닙니다. 그렇기 때문에 관가에 잡혀가는 것을 두려워하지 않습니다. 오히려 스스로 잡혀가기도 합니다.

📖 여러 날 만에 서울에 다다라 대궐 문에 이르자 길동이 한 번 몸을 움직였다. 그러자 쇠사슬이 끊어지고 수레가 깨져 버렸다. 길동은 마치 매미가 허물을 벗듯 공중으로 올라가 가볍게 날듯이 구름에 묻

혀 사라졌다.

경상 감사로 있는 형인 인형을 위해서 홍길동은 스스로 잡히는 선택을 합니다. 하지만 호송 도중에 결박을 풀어 버리고 공중으로 날아올라가 가볍게 사라집니다. 호송하던 군사들과 장교는 닭 쫓던 개 지붕 쳐다보듯이 멍하니 바라볼 뿐입니다.

★ 공간 이동 능력

홍길동은 땅을 줄여서 먼 거리를 가깝게 하는 술법인 축지법을 마음대로 사용합니다. 여기 나타났다가 저기 나타났다가 할 뿐 아니라 다른 사람들이 있는 공간도 바꾸어 버리지요.

📖 이흡이 괴이해 하며 정신을 차려 살펴보니, 자기 몸이 가죽 부대 속에 들어 있는 것이 아닌가. 간신히 가죽 부대를 풀고 나와 보니 똑같이 생긴 가죽 부대 세 개가 나무에 걸려 있었다. 차례로 내려 끌러 보니, 처음 떠날 때에 데리고 왔던 부하들이 나왔다.
"이게 어찌 된 일인가? 우리가 헤어지며 문경에서 다시 모이자 했는데, 어찌해 이곳에 와 있는가?"
모두가 놀라 두루 살펴보니 그들이 서 있는 곳은 다름 아닌 서울의 북악산이었다.

포도대장인 이흡이 홍길동을 잡으러 왔다가 오히려 홍길동의 술책에 놀아납니다. 이흡이 정신을 차리고 보니, 문경에서 서울 북악산으로 와 있습니다.

작가는 왜 홍길동을 이렇게 도술에 능한 인물로 설정했을까요? 아무리 뛰어난 인물이라고 하더라도 현실적으로 관가에 대항하는 행동은 제약이 있을 수밖에 없습니다. 그렇기에 초현실적인 힘을 빌어서 사회에 반향을 일으키도록 한 것입니다.

49

주변 인물들은
어떤 사람들일까요?

★ **홍 판서**

홍 판서는 용꿈을 꾸고 서둘러 유씨 부인과 결합하고자 했으나 거절당하고, 노비인 춘섬과 합방하여 길동을 낳습니다. 그런데 마냥 기뻐할 수는 없습니다. 왜일까요?

첫째, 가문을 빛내려고 뛰어난 아들을 얻고 싶어 했지만, 길동이 천한 노비의 몸을 빌어 태어난다면 이름을 빛낼 수가 없습니다. 둘째, 봉건제 사회에서 영웅호걸을 배출하면 가문이 멸망하는 멸문지화를 당하게 될 수 있기 때문입니다.

길동이 반쪽짜리 양반이라고 울 적에 홍 판서는 재상가 천비소생이 너 하나뿐이 아니라며 야단을 칩니다. 그래도 속마음으로는 길동이 얼마나 안쓰러웠을까요. 길동의 고민이 깊어질수록 홍 판서도 갈등이 많았을 겁니다. 그는 결국 길동에게 호부호형을 허락함으로써 신분 제도의 문제에 소극적으로나마 동의하였습니다.

그가 길동을 사랑하는 마음은 아들에 대해 잘 알고 있는 점에서도 드러납니다. 허수아비 길동이 잡혀 왔을 때, 자기 아들은 혈점이 있다는 것을 정확히 알고 있습니다. 죽으면서도 인형에게 춘섬을 어머니 섬기듯 하라고 유언했지요.

★ 춘섬

춘섬은 홍 판서의 차를 나르다가 홍 판서의 아이를 갖게 됩니다.

춘섬은 길동의 어머니지만 소설 속에서 중요한 역할을 하지 못합니다. 어떤 성격의 인물인지 자세하게 나타나 있지 않습니다. 홍 판서가 춘섬을 특별히 애정의 대상으로 생각했는지, 춘섬도 홍 판서를 좋아했는지, 자신의 처지에 만족했는지 등이 분명치 않습니다. 춘섬이 길동을 낳아서 행복했는지, 남다른 재주를 지닌 아들을 보면서 두려운 마음이 들었는지, 길동의 괴로움에 공감해 주었는지 등도 나타나 있지 않습니다. 초란이 춘섬을 질투하지만 춘섬이 초란 때문에 얼마나 괴롭고 불안했는지에 대해서도 언급되지 않습니다.

길동이 호부호형을 하지 못하여 슬퍼할 때도 춘섬은 달래고 같이 슬퍼하기만 합니다. 어찌 보면 춘섬은 조선 시대 신분 제도의 가장 큰 피해자입니다. 차를 나르던 때나 첩이 되었을 때나 똑같이 그저 천한 노비일 뿐이니까요.

★ 초란

초란은 홍 판서의 첫째 첩입니다. 기생으로서 상공의 총애를 받아 첩이 되었는데, 천성적으로 질투심이 많습니다. 그런데 슬하에 자식이 없습니다. 첩으로서 자식이 없으니 집안에서의 위치가 상당히 불안합니다. 그런데 뒤늦게 첩이 된 춘섬이 낳은 길동이 홍 판서의 사랑을 받는 것을 보고 길동을 없애려고 합니다.

보통 고전 소설의 단골 메뉴가 처첩 간의 갈등인데, 여기서는 첩첩 갈등이 나타납니다. 그런데 이는 남성 중심적 사회에서 철저히 약자일 수밖에 없는 초란의 처지와 관계가 있다는 점에서, 신분 제도의 문제점과 관련된다고도 볼 수 있습니다.

★ 유씨 부인과 인형

유씨 부인과 인형은 길동을 특별히 싫어하는 것 같지는 않지만, 초란이 '멸문지화를 당하지 않으려면 길동을 죽여야 한다'고 했을 때 초란의 말에 동의합니다. 즉, 가문의 이익을 위해서는 남편의 자식, 자신의 동생마저도 죽일 수 있는 사람들입니다.

길동을 죽이려던 것이 실패하자 유씨 부인은 홍 판서에게 사실을 털어놓습니다. 홍 판서는 초란을 멀리 내쫓지만 정실부인에게는 죄를 묻지 않지요. 길동도 유씨 부인과 인형에게는 특별히 섭섭해 하지 않는 듯합니다. 유씨 부인이 죽자 홍 판서의 무덤 옆에 같이 묻지요. 엄연히 유씨 부인의 친아들인 인형이 있는데도요.

또 인형이 길동에게 자수를 권하자 길동은 그의 말을 따릅니다. 그런데 인형은 길동을 동생이라고 부르고는 있으나, 호부호형도 못 하던 길동의 신분적인 한에 대해서는 공감하는 것 같지 않습니다. 또 그는 길동에 대해 잘 알지 못합니다. 길동이 자수하겠다고 나타났을 때나 아버지가 죽고 나서 스님 복장을 하고 나타났을 때도 길동을 알아보지 못했지요. 아마 나이 차이도 나고 신분도 미천한 동생이라서 무관심했던 것 같습니다.

50

홍길동의 행동은
정당할까요?

홍길동은 적서 차별의 문제를 제기하고, 나라의 여러 문제를 지적하며, 이상국을 건설한다는 점에서 진보적으로 보입니다. 하지만 소설을 꼼꼼히 읽어 보면 몇 가지 의구심이 생기기도 합니다.

★ 개인의 한풀이

길동이 자신을 차별했던 가정과 국가에 끈질기게 구애하는 과정은 '이래도 나를 안 봐 줄래? 이래도 나를 인정 안 할래?' 하며 떼를 쓰고 있는 어린아이를 떠오르게 합니다. 그래서 홍길동의 모든 활동은 사회적 모순을 해결하기 위한 행동이 아니라 개인적 한풀이에 불과하다고 보는 사람도 있습니다. 길동은 인재 등용의 문제점을 제기하며 활빈당 활동을 하였지만 이후 지속적인 의지를 보이지는 않습니다. 홍길동의 관심은 사회 정의가 아니라 개인의 신분 상승에 있고, 자신의 재주를 임금에게 인정받으려는 것이 가장 중요한 욕구가 아닐까요?

병조 판서 벼슬을 제수받자 조선 사회의 문제와 상관없이 조선을 떠나겠다고 말한 점, 활빈당의 의사와 상관없이 혼자 판단하여 제도로 간 점, 별 이유 없이 율도국을 정벌한 점, 첫째 부인의 첫째 아들을 세자로 책봉해 적서 차별을 대물림한 점 등이 이를 뒷받침합니다.

★ 타인에 대한 적대감

길동은 조선 사회의 피해자입니다. 그런데 짚고 넘어가고 싶은 것은, 길동은 자신이 속한 사회 밖의 고통에 대해서는 무심하고 심지어는 적대감까지 갖고 있다는 사실입니다.

첫째, 율도국 백성의 입장에서 보면 길동은 침략자입니다. 율도국은 원래 무인도가 아니라 여러 백성이 이미 살고 있던 곳이었습니다. 자신이 왕이 되기 위해 평화로운 율도국을 정벌했다면 이는 타인을 고통에 빠뜨리는 행동입니다.

둘째, 인간 아닌 것, 추악한 외모를 가진 것에 대한 적대감이 드러납니다. 길동은 산에 들어갔다가 우연히 괴물을 만났을 때 조금의 망설임도 없이 바로 화살을 쏘아 죽입니다. 그리고 마침 그곳에 잡혀 온 두 여인을 구출하고 그들과 결혼합니다. 길동은 여성을 구출하기 위해 괴물과 싸운 것이 아니라, 우연히 괴물을 죽인 결과로 결혼 상대를 얻게 됩니다. 즉, 괴물이 악한 존재인지 아닌지 길동은 몰랐고, 괴물을 죽일 이유가 딱히 없는데 죽여 버린 것이지요.

51

〈홍길동전〉은
어떻게 짜였을까요?

고전 소설에는 영웅이 주인공으로 등장하는 영웅 소설이 많습니다. 이러한 영웅 소설은 대개 '영웅의 일대기 구조'로 이루어집니다. '고귀한 혈통을 지닌 주인공이 비정상적인 출생을 하고 비범한 능력을 보여 주는데, 위기를 맞아 구원자를 통해 고비에서 벗어나고, 다시 위기에 봉착하지만 위기를 극복한 후에 승리자가 되는 것'이 '영웅의 일대기 구조'의 일반적인 짜임이지요.

그럼 〈홍길동전〉의 경우를 살펴볼까요.

홍길동은 명문 귀족인 홍 판서의 아들로 태어났다는 점에서 '고귀한 혈통'을 타고 났습니다. 그리고 시비인 춘섬에게서 서자로 태어난다는 점에서 '비정상적인 출생'을 했다고 볼 수 있습니다.

홍길동은 서자로 태어나지만 어려서부터 총명하고 도술에도 능합니다. 이는 영웅의 특성에 해당하는 '비범한 능력'을 지닌 것입니다. 홍길동은 호부호형을 못 하여 괴로워하는 상황에서 초란이 보낸 자객에 의해 '죽을 위기'를 겪습니다.

일반적인 영웅 소설에서는 '구원자'가 등장하여 죽을 고비에서 구해내지만 〈홍길동전〉은 다릅니다. 길동은 자신의 도술로 자객을 죽이고 위기를 벗어납니다. 이후 길동은 가출을 하고 도적의 소굴로 갑니다. 그러곤 도적의 우두머리가 되어 활빈당을 조직하여 활동하지요.

홍길동이 해인사의 재물을 빼앗고 관아의 재물을 빼앗자 나라에서는 길동을 잡으려고 합니다. '더 큰 위기'를 맞게 되는 것입니다.

하지만 길동은 신이한 도술 능력을 발휘하여 위기를 벗어납니다. 임금은 길동에게 병조 판서를 제수해 줍니다. 이후 길동은 율도국의 왕이 됩니다. 마지막 위기를 극복하고 '승리자'가 된 것입니다.

이렇게 볼 때 〈홍길동전〉은 구원자가 등장하지 않을 뿐, 영웅의 일대기 구조를 모두 갖추고 있습니다.

52

홍길동은
실존 인물일까요?

홍길동이라는 이름은 이 소설에만 등장하는 것이 아닙니다. 역사적 기록에 홍길동이라는 이름을 가진 사람이 있었습니다.

★ 연산군 때 실존한 홍길동

역사 속 홍길동은 연산군 때 사람입니다. 소설 속의 홍길동처럼 도둑이었습니다.

강도 홍길동이 옥정자와 홍대 차림으로 첨지라 자칭하며 대낮에 떼를 지어 무기를 가지고 관부에 드나들면서 기탄없는 행동을 자행했다.
―《연산군일기》 연산군 6년 12월 29일

소설 속 홍길동은 실제 홍길동과 비슷한 점이 많습니다. 16세기에는 봉건제의 모순이 드러나면서 임꺽정, 순석 등이 이끄는 도적의 무리가 등장합니다. 민란이 잦았는데, 백성들이 가혹한 수탈에 저항한다는 점에서 단순한 도적질이라기보다 농민 저항에 가까웠습니다. 이때 등장한 역사 속 인물인 홍길동은 벼슬아치의 복장을 하고 떼를 지어 관가에 들어가서 재물을 빼앗았습니다. 이러한 모습은 〈홍길동전〉에 나오는 홍길동과 비슷합니다. 소설 속 홍길동이 도적 무리를 이끌고 관가에 침입한 것이나 암행어사로 변장하여 관가에 들어가 탐관오리를 벌주는 모습과 흡사하지요.

★ 소설 속 인물로서의 홍길동

역사 속 실존 인물인 홍길동을 모델로 하여 〈홍길동전〉을 지었다고 하더라도 소설 속 홍길동은 허구입니다. 재주가 뛰어날 뿐 아니라 도술까지 부린다는 점, 임금에게 큰 벼슬을 제수받은 점이 그렇지요.

작가는 실제 인물인 홍길동의 행적에 관심을 가지고, 소설 속에서 의적으로 등장시킨 것 같습니다. 실존 인물인 홍길동은 도적으로 기록되었지만, 소설 속에서는 가난한 백성을 살리는 의적으로 그려집니다. 그리고 역사 속 홍길동은 도적으로 잡혀 처형당하지만, 소설 속 홍길동은 조선을 떠나 율도국의 왕이 됩니다.

53

제도와 율도국은
어디일까요?

홍길동은 제도에서 살다가 율도국을 정벌해 왕이
됩니다. 율도국은 실제로 존재하는 곳일까요, 아니
면 가상의 공간일까요?

★ 제도

홍길동은 그의 무리와 함께 조선을 떠나서 먼저 '제도'라는 곳에 정
착합니다. 제도는 중국의 남경 땅에 있는 곳으로, '남쪽에 있는 땅'을
말하는 듯합니다.

홍길동은 제도에서 군사를 훈련시킨 뒤에 율도국으로 쳐들어갑니다.
제도는 정착하기 위한 땅이 아니라 율도국으로 가기 위한 전초 기지와
같은 곳이었지요. 홍길동이 아버지의 시신을 모셔 와서 장사를 지낸 곳

이기도 합니다.

★ 율도국

그럼 율도국은 어디일까요? 율도국은 제도의 남쪽에 있다고 했습니다. 제도는 중국 남경 땅에 있다고 했으니까 율도국은 남경에서 남쪽으로 가다 보면 만날 수 있는 곳이겠네요. 그런데 실제 이런 곳이 있습니다. 바로 오키나와입니다.

오키나와에 전해 오는 전설 가운데 〈홍길동전〉과 유사한 이야기가 있습니다. '홍 가와라'라는 사람이 봉건 제도에 저항하여 섬 주민을 위해 용감히 싸우다 패배하였다는 이야기입니다. 홍 가와라는 '홍씨 성을 가진 왕'이라는 뜻입니다. 어쩐지 홍길동과 관련이 있다는 생각이 들지요? 오키나와의 옛 왕국 이름은 '류구국'입니다. '율도국'과 비슷하네요. 신기하지 않습니까?

하지만 그렇다고 율도국이 오키나와라고 단정할 수는 없습니다. 조선에서 뱃길로 삼천 리나 떨어진 일본의 최남단 섬에 홍길동과 유사한 사람을 기리는 상징물이 있다는 것 때문에 생긴 추측이지요. 율도국은 구체적 장소를 뜻하기보다는 막연한 이상향일 가능성이 높습니다.

54

〈홍길동전〉의
주제는 무엇일까요?

 〈홍길동전〉의 주제는 홍길동이 활약했던 공간적 배경에 따라 '가정, 국가, 해외'로 나누어 파악해 볼 수 있습니다.

★ 가정을 중심으로-적서 차별 비판

〈홍길동전〉에서는 적서 차별의 문제가 가장 두드러집니다. 길동은 재주가 뛰어나지만 가정에서 천대 받고 사회에 진출하지도 못합니다. 게다가 뜻하지 않은 살인을 저질러 가정에 남아 있을 수도 없게 되지요.

이러한 현실의 장벽 때문에 길동은 뜻을 펴지 못하고 갈등하다가 결국 도적이 됩니다. 옳지 않은 선택이지만 길동에게는 그것이 탈출구가 되어 주었습니다.

★ 국가를 중심으로 - 탐관오리 응징

국가는 적서 차별 때문에 인재를 제대로 등용하지 못했을 뿐 아니라 백성을 고통스럽게 하는 탐관오리를 제대로 다스리지 못합니다. 해인사는 정당하지 않은 방법으로 재산을 모으고, 함경 감사는 백성의 재물을 강제로 빼앗습니다. 정치에 참여할 수 없는 길동은 '활빈당'이라는 이름으로 고통 받는 민중의 편에 섭니다.

하지만 길동은 개인의 힘만으로 조선 사회를 개혁할 수 없음을 알고 조선을 떠납니다.

★ 해외를 중심으로 - 이상향 추구

길동은 율도국에서 새로운 제도를 마련하여 백성이 잘사는 나라를 만들었습니다. 그가 바라는 세상을 이룬 것이지요. 그런데 왜 홍길동은 가상의 공간에 가서 왕이 되었을까요? 허균이 아무리 자유분방한 사상을 가졌다고는 해도 당대 사회의 의식을 통째로 뛰어넘을 수는 없었을 겁니다. 유학자이자 관리로서 조선을 전면 개혁한다는 발상을 표현하기는 어려웠을 테니까요.

당대의 현실을 고려해 볼 때, 율도국은 조선이 나아가야 할 방향을 제시한 곳이었습니다. 하지만 율도국이 조선과 별로 다른 점이 없는 또 하나의 봉건 국가일 뿐이라는 문제 제기도 있습니다.

〈홍길동전〉은 누가 지었을까?

〈홍길동전〉은 이본이 많지만 작자가 명시된 것은 없다. 작자가 있다 하더라도 밝히기가 쉽지 않았을 것이다. 왜냐하면 당시 지배층을 비판하는 내용이기 때문이다.

● 허균이 지었다

현재로서는 허균이 작자라는 설이 유력하다. 이식이라는 사람이 지은 《택당집》을 보면 "허균은 〈홍길동전〉을 지어 〈수호전〉에 비겼다."라는 내용이 나온다. 이 기록에 의해 오늘날 〈홍길동전〉의 작자를 허균으로 보는 것이다.

〈홍길동전〉의 작자가 허균이라는 설을 뒷받침하는 또 다른 근거는 다음과 같다.

먼저 홍길동은 서자 출신인데, 허균은 서얼들과 친하여 서얼들에게 호의적이었다. 둘째, 허균의 반항적 성격이 길동의 성격과 통한다. 셋째, 길동이 율도국의 왕이 된다는 것은 허균이 광해군 때 역모에 몰려 반역죄로 처형당했다는 사실과 연관된다. 마지막으로 허균이 지은 글인 〈호민론〉의 관점이 〈홍길동전〉과 매우 비슷하다.

고기를 팔고, 장사를 하는 등 눈에 띄지 않는 곳에 자취를 숨겨 놓고, 그 다른 마음을 뒤로 쌓아 하늘 아래 후미진 곳에서 머물며 때가 무르익으면 그 뜻하는 바를 실현하려는 욕망을 품고 있는 자는 바로 호민(豪民)이다. 대저 이 호민이야말로 크게 두려워해야 할 존재이다.

'호민'이란 사회 현실의 부조리를 알고 있으면서도 평소에는 불평불만을 늘어놓지 않다가 부정부패가 심각하다고 생각할 때는 분연히 일어나서 세상을 개혁하는 용기 있는 백성을 말한다. 이런 관점은 홍길동의 행동에 대한 정당성을 부여한다고 할 수 있다.

또 포도대장 '이흡'의 등장도 허균이 작자라는 설을 뒷받침한다. 이흡은 허균과 동시대에 실존했던 인물이다. 그는 허균과 반대 정파에 속한 사람으로서, 허균이 개인적으로 그에게 안 좋은 감정을 갖고 있었다고 한다. 허균의 형 허봉이 이이를 비판하다 유배를 가서 죽었는데, 허균 입장에서는 이이 등의 서인이 형 허봉을 죽게 했다고 생각할 법하다. 그런데 서인인 이흡이 당시 최영경이라는 선비를 억울하게 죽게 했다는 비판을 받았다. 그래서 허균은 일부러 이흡을 부실한 인물로 등장시켜 희화화하려 했다는 것이다.

현재로서는 다른 사람이 지었다는 증거가 없기 때문에 이 설이 가장 유력하다.

● 허균은 작자가 아니다

그럼에도 불구하고 여전히 작자 논란이 있는 것은 몇 가지 이유 때문이다. 허균이 작자라는 말은 이식의 《택당집》에만 언급될 뿐이다. 그런데 이식의 말을 그대로 믿기에는 이상한 점이 몇 가지 있다.

첫째, 허균은 살아생전 많은 책을 지었는데 어디에서도 〈홍길동전〉을 언급하지 않았다. 자기가 지은 것이라면 어딘가에는 그 기록을 남겨 두었을 텐데, 그렇지 않다는 것이 이상하다.

둘째, 허균이 반역죄로 처형을 당하기 전에 문초 받았던 기록에도 〈홍길동전〉에 관련된 단서가 없다. 〈홍길동전〉은 당시 사회에서는 매우 불온한 책이라는 점에서 반역죄와 연결시킬 만하다. 당연히 이 부분에 대해서도 심문했을 텐데, 그런 기록이 남지 않았다는 것은 허균이 〈홍길동전〉과 관련이 없기 때문이 아닐까.

셋째, 〈홍길동전〉에 장길산이 등장한다는 점이다. 길동이 집을 떠나려고 할 때 어머니에게 다음과 같은 말을 한다.

"옛날에 장충의 아들 장길산은 천한 태생이지만 열세 살에 어머니와 이별했습니다. 그리고 운봉산에 들어가 도를 닦은 뒤 아름다운 이름을 후세에 전했습니다."

〈홍길동전〉을 지은 허균은 16~17세기 광해군 때 사람인데 장길산은 17세기 숙종 때 실존했던 도적이다. 내용만으로 본다면 허균은 자신이 죽고 나서 한참 뒤의 인물을 소설 속에 등장시킨 셈이다.

하지만 이에 대한 반론도 있다. 고전 소설은 시대를 거쳐 오면서 수많은 이본이 생겨났다. 즉, 원래의 작품에는 있었지만 후대로 오면서 내용이 빠지기도 하고, 원래 없던 내용이 삽입되기도 한다는 말이다. 장길산은 홍길동의 행적과 유사한 점이 있기 때문에 후대에 끼어 들어간 것이라고 주장할 수 있다.

〈사씨남정기〉의 줄거리

중국 명나라 때 유희라는 소사가 있었는데, 태학사 엄숭과 뜻이 맞지 않아 벼슬에서 물러난다. 유 소사는 과부인 누이 두 부인과 우애가 돈독했다. 유 소사의 부인은 일찍 세상을 떠났지만, 잘생기고 글을 잘하는 아들 연수를 두었다.

연수가 과거에 급제하여 한림이라는 벼슬을 얻자, 청렴한 선비였으나 지금은 죽은 사 급사의 딸인 사 소저가 글재주가 뛰어난 것을 알고 며느리로 삼는다.

📖 유씨 가문에 들어간 사 소저는 시아버지를 효성을 다해 섬겼으며 종들을 은혜로운 마음으로 대했다. 제사를 정성으로 받들고 집안을 법도에 맞게 다스려, 집안은 물처럼 맑았으며 화창한 기운이 봄날처럼 가득했다.

삼사 년 뒤 유 소사가 병을 얻어 죽으면서, 유 한림에게 모든 일을 사씨와 의논하라고 유언을 남긴다. 유 한림은 관직에 나아가 자주 상소를 올리며 조정 일에 힘을 쏟지만, 엄 승상은 이를 달가워하지 않는다.

사씨는 결혼한 지 십 년 가까이 되어서까지 아이를 낳지 못하자, 한림에게 소실을 들이라고 권하면서 몰래 매파를 통해 첩을 구한다. 두 부인은 이를 달갑지 않게 여긴다. 첩으로 들어온 교씨는 용모와 재주가 뛰어날 뿐 아니라 총명하고 영리해 유 한림의 뜻을 잘 받들고 사씨를 잘 섬겼다. 이윽고 교씨는 아이를 갖게 되었으나, 아들을 낳지 못할까 봐 두려워한다. 교씨의 시비 납매가 추천한 이십랑이, 교씨가 임신한 아이가 딸인데 아들로 바꾸어 주겠다고 한다. 유 한림은 아들을 낳자 기뻐하며 '장주'라 부른다.

사씨는 어느 날 교씨가 거문고를 연주하는 것을 듣고, 망국의 노래이며 기생의 노래라고 하면서 부르지 못하게 한다. 교씨는 이에 크게 슬퍼하며 유 한림에게 사씨의 말을 일러바친다. 그러던 어느 날 사씨가 임신을 하자 교씨는 불안해져서 사씨에게 낙태하는 약을 먹이려 했지만 실패한다. 사씨는 '인아'라는 아들을 낳았고, 기개나 풍모가 남달라 유 한림의 사랑을 받는다. 교씨는 이에 대해 크게 고민한다.

📖 '내가 사씨보다 외모가 더 아름답지도 않을뿐더러 처와 첩의 차이도 크다. 나는 아들을 낳았고 사씨는 아이가 없었기에 좋은 대접을 받은 것이었지. 이제 사씨가 낳은 아이가 앞으로 이 집안의 주인이 되면 내 아이는 아무 쓸모가 없게 될 것이야. 사씨가 겉으로는 어진 척하지만 화원에서 나를 꾸짖었던 말은 분명히 시기하는 것이었어. 사씨

가 나를 헐뜯는다면 한림이 사씨를 믿고 있으니 어찌 내 신세를 염려하지 않겠는가?'

유 한림은 문서를 수발하는 사람으로 동청을 채용하여 일을 맡긴다. 사씨는 동청이 단정한 사람이 아니라고 반대하나 유 한림은 그를 신뢰한다. 교씨는 동청을 한 패로 만들려고 납매에게 동청과 은밀히 정을 통하게 하고 일을 꾸민다. 몇 달 뒤 장주가 병에 걸리자, 교씨는 이십랑이 알려 준 계교에 따라 동청에게 사씨의 필적으로 저주하는 글을 쓰도록 부탁한다. 납매가 사씨의 필체로 된 저주 글을 찾았다며 유 한림에게 바치자, 유 한림은 겉으로 드러내지는 않으면서도 사씨를 의심하기 시작한다.

사씨가 위독한 친정어머니를 보러 간 사이, 유 한림도 나라 일로 지방으로 간다. 이때를 틈타 교씨는 사씨의 시비인 설매에게 사씨의 옥반지를 훔쳐 내게 한다. 동청은 냉진이라는 인물을 이용해 유 한림이 사씨를 의심하도록 한다. 유 한림이 지방을 돌 때에 냉진이 우연처럼 유한림을 만나 옥반지를 보여 주며 사씨와 부적절한 관계인 듯 보이게 한것이다. 유 한림은 사씨를 점점 의심하게 된다.

교씨는 봉추라는 아들 하나를 더 낳았다. 그때, 늘 사씨의 편이 되어 주던 두 부인이 아들을 따라 장사로 떠나게 된다. 동청은 사씨를 곤경에 빠뜨리기 위해 교씨에게 장주를 죽이자고 제안하지만, 교씨가 거절하자 납매와 함께 장주를 죽인다. 교씨는 동청이 한 짓인 줄 알면서도 그 죄를 사씨에게 덮어씌운다. 사씨의 시비인 설매가 사씨가 장주를 죽이려 하였다고 고백하고, 유 한림은 사씨를 집에서 쫓아낸다.

사씨는 시부모의 묘지 근처에서 근근이 살아간다. 교씨는 사씨를 해치려고 두 부인이 보낸 것처럼 꾸민 편지를 보내 길을 떠나게 하려 한다. 그날 밤 사씨의 꿈에 시부모가 나타난다. 유 소사는 앞으로 칠 년 동안 운수가 사나우니 남쪽 오천 리 밖으로 가라고 권하며, 앞으로 육 년 뒤 사월 보름날 저녁에 백빈주에 배를 대고 있다가 한 사람을 구해 주라고 당부한다.

사씨는 두 부인이 있는 장사로 떠나는데, 도중에 임 낭자의 도움을 받기도 하고 어렵게 장사에 도착하지만, 두 부인은 이미 그곳을 떠나고 없었다. 사씨는 정자 기둥에 자신의 죽음을 알리는 문장을 쓰고 강물에 몸을 던져 죽으려 하다 의식을 잃는다. 꿈에서 순임금의 두 왕비인 아황과 여영, 그리고 여러 옛 여인들이 사씨를 위로한다.

이때 관세음보살의 계시를 받은 묘희 스님이 나타나 사씨를 자신의 암자로 데려가 함께 지낸다. 한편, 유 한림은 우연히 방에서 나무 인형을 발견하고 이상하게 여긴다.

📖 나무 인형을 태우고 난 뒤, 마치 가려져 있던 덮개를 걷어내듯, 몇 년 동안 홀려서 정신없던 상태에서 벗어나 정신과 기운이 다시 맑고 밝게 되살아났다. 한림은 고개를 숙이고 앉아 사오 년 동안의 일들을 곰곰이 생각해 보았다. 후회하는 마음이 점점 일어나는 것이 마치 꿈에서 깨어나는 것만 같았다.

한편, 동청은 엄 승상에게 유 한림을 모함하여 유 한림이 멀리 귀양을 떠나게 한다. 그리고 엄 승상을 통해 벼슬을 얻어 교씨와 함께 유연수의 집을 떠난다. 교씨는 시비 설매에게 인아를 강물에 버리라고 했지만, 설매는 차마 그러지 못하고 아이를 강가에 뉘어 놓는다.

유 한림은 유배지에서 사씨가 옳았음을 깨닫는다. 병이 걸린 유 한림에게 관세음보살이 나타나 우물을 점지해 주었는데, 그 물을 마신 사람마다 풍토병이 낫게 된다. 사면이 되어 유배에서 풀려난 유 한림은 집으로 가다가 동청의 행차와 마주친다. 그리고 설매를 우연히 만나 그간의 사정을 모두 알게 된다. 유 한림은 사씨를 찾아갔다 강물에 몸을 던진다는 글을 보고 후회하며 슬퍼한다.

교씨와 동청은 유 한림이 그간의 사정을 알고 보복할까 두려워 유 한림을 죽이려고 한다. 때마침 사씨가 배를 보내 유연수를 구한다. 유 한림은 묘희 스님의 암자에서 사씨와 만나 오해를 풀고 용서를 빈다. 그때 냉진이 동청을 찾아가는데, 냉진은 교씨와 정을 통한다.

📖 동청은 할 일이 많았으며 때때로 영내의 고을을 돌아다니기도 했다. 냉진은 오랫동안 동청의 절친한 손님으로 있으면서 틈을 타 교씨와 정을 통했다. 동청이 한림 집에 있을 때처럼······.

마침 천자가 엄 승상의 간사함을 깨달아 쫓아 보냈다는 것을 안 냉진은 더 이상 동청의 뒤를 봐줄 사람이 없다고 생각하고, 나라에 동청의 죄를 고발해 동청을 죽게 한다. 그 후 냉진과 교씨는 재물을 챙겨 길을 떠났다가 몽땅 도둑을 맞는다.

한편, 황제는 유연수를 다시 불러들여 시랑 벼슬을 내린다. 사씨는 시랑과 함께 옛 집에 돌아가 사당에 예를 올린다. 사씨는 나이 마흔이 되어, 예전에 만났던 임 낭자를 유연수의 첩으로 들인다. 그런데 임 낭자가 데려온 동생이 바로 잃어버린 아들 인아임을 알게 된다.

우연히 옛날의 옥반지를 보게 된 유 한림은 조용히 냉진과 교씨 일을 조사한다. 냉진은 도둑질을 하다 죽고, 교씨는 조칠랑이라는 이름의 기생이 되었다는 것을 알고, 유 시랑은 교씨를 불러들여 죽인다. 임씨의 세 아들은 높은 벼슬에 올랐고, 사씨는 《여훈》과 《속열녀전》을 지어 며느리를 가르친다.

55

사씨는
어떤 인물일까요?

 사씨는 이상적인 여성상입니다. 며느리로서도 아내로서도 집안을 이끌어 가는 데 전혀 부족함이 없습니다. 살아 있는 유교 윤리 교과서라고 할 만합니다.

★ 재색을 겸비한 여인

사씨는 결혼하기 전부터 미모와 재주로 이름이 났습니다. 그야말로 재색을 겸비하고 있는 인물이지요.

📖 성격이 어질고 너그러웠습니다. 미모를 말할 것 같으면 진실로 하늘에서 내려온 것 같았으니, 이 세상에 그 처자만 한 사람은 없사옵니

다. 부녀자가 해야 하는 일에도 능숙하지 않은 것이 없습니다. 경전과 역사를 두루 공부했으니 글 짓는 재주는 남자 못지않을 것입니다.

유씨 집안에서 며느리를 얻기 위해서 매파에게 들은 이야기입니다. 사 소저는 성격이 어질 뿐만 아니라 미모도 뛰어납니다. 그리고 부녀자의 일뿐만 아니라 공부와 글재주도 뛰어납니다. 이 재주를 시험하기 위해서 관세음보살 그림에 시를 짓게 했는데 훌륭하게 해냅니다. 유 한림의 배필로 손색이 없었습니다.

하지만 사씨 스스로는 미모를 중시하지 않습니다. 이는 유씨 집안에서 사씨에게 청혼할 때 매파가 자신의 미모만 거론하고 자신의 덕과 가문 및 선친의 덕을 언급하지 않았다 하여 청혼을 거절하는 것에서 알 수 있지요.

교씨를 들일 때에도, 여성의 아름다움이란 장부의 마음을 지나치게 멀리하게 하지 않는 정도면 족하다고 생각합니다. 그래서 교씨의 미모가 자신을 위협할 수 있다는 생각을 하지 않습니다.

하지만 남편 마음이 자신과 같지는 않다는 걸 나중에야 확인하게 되지요. 교과서같이 모범적이고 단정한 사씨. 그리고 남편의 마음을 얻기 위해 미모를 가꾸고, 아름다운 음악을 연주하며, 듣기 좋은 말을 해 주는 교씨. 여러분이 유연수라면 누구를 선택했을까요?

★ 덕을 강조하는 정숙한 아내

사씨는 당시 여성들이 본받을 만한 성품을 지녔습니다. 우선 사씨는 '드러내지 않는 것'이 여자의 도리라고 생각합니다.

📖 "스님이 멀리서 오셔서 네가 쓴 글을 얻고자 하시는구나. 쓸 수 있겠느냐?"

"스님께서 시문을 구하고자 하시나, 구하는 사람에게나 응하는 사람에게나 다 무익하옵니다. 게다가 시문을 짓는 것은 여자가 경계해야 할 일이니 스님의 청을 따를 수 없습니다."

사씨는 글을 잘 쓰면서도, 여자가 글을 쓰는 것을 경계해야 한다고 말합니다. 재주가 뛰어나더라도 드러내지 않는 것이 여성의 미덕이라고 생각하지요. 또한 시아버지인 유 소사가 아내의 도리에 대해 묻자 다음과 같이 대답합니다.

📖 "아들은 아비에게 바른말을 하고, 신하는 임금에게 바른말을 하며, 형제는 서로 옳은 것을 권면하고, 친구는 서로 착한 것을 권유해야 한다고 하옵니다. 부부의 경우라 해서 어찌 유독 그렇지 않겠습니까? 그러나 예로부터 장부가 부인의 말을 들으면 이로움은 적고 해로움이 많았습니다."

사씨는 암탉이 새벽에 울면 안 되며, 세상일에 밝은 여자는 나라를 기울게 한다고 생각합니다. 또 침묵이 여자의 미덕이라 믿습니다.

사씨는 밤낮없이 삼가고 두려워하며 조심스레 살았습니다. 그런데도 유연수는 사씨의 정절을 의심합니다. 이때 사씨는 침묵할 뿐이죠. 남편이 판단을 잘못해도 변명하지 않으며, 나아가 그러한 의심을 샀기 때문에 자신의 행실이 문제라고 말합니다. 그리하여 소복을 입고 스스로를 죄인이라 합니다.

사씨는 모함을 당하면서도 모든 것을 자신의 잘못으로 여기고 오로지 남편의 처분에 따르겠다고 합니다. 거짓으로 헐뜯는 사람이 있다고 말하면서도 그것을 자신이 직접 밝히지는 않습니다. 남편이 자신을 의심하는 상황인데도 사태를 능동적으로 밝히려는 노력은 하지 않지요. 총명한 사씨가 자신을 변론하는 것을 스스로 포기한 까닭은 그것이 여성의 미덕이라고 보기 때문입니다.

★ 가문을 지키는 며느리

사씨는 유연수의 아내라기보다는 시아버지인 유 소사의 며느리로 먼저 받아들여집니다. 혼례도 시아버지와 시고모가 결정했고, 그 과정에서 시아버지에게 먼저 인정을 받습니다. 이 소설에서 결혼이란 남녀의 만남이기에 앞서 가문의 선택입니다.

가문을 지키려는 사씨의 노력은 우선 스스로 첩을 들이는 것으로 나타납니다. 사씨는 결혼한 지 십 년 가까이 될 때까지 자식을 얻지 못하자 유 한림에게 첩을 두라고 권합니다. 남편이 원하지도 않았는데 사씨 스스로 첩을 구합니다. 이에 대해서 유 한림의 고모인 두 부인이 반대를 하지만 사씨는 두 부인을 설득합니다.

📖 "가만히 근래의 부녀자들을 살펴보니, 인륜을 멸시하고 성인을 모욕하며, 시부모에게 순종하지도 않고, 남편을 공경하지도 않습니다. 오직 질투만을 일삼아 가문을 어지럽히고 대를 끊어 조상의 제사를 받들지 못하게 하니, 저는 진실로 이를 분하고 부끄럽게 여기고 있었

사옵니다."

자신은 절대로 질투를 하지 않을 자신이 있으며, 조상의 제사를 받들지 못하는 것이 분하고 부끄러운 일이라고 생각한다고 말합니다. 이에 대해 두 부인은 다르게 생각합니다. 두 부인은 첩에 대해 질투를 하지 않는 것은 옛날의 덕에 해당할 뿐이며 현재와는 다르다고 주장합니다. 그리고 옛날의 덕을 본받으려고 하면 헛된 명분만 좇을 수 있을 뿐 아니라 실제로는 화를 입을 것이라고 경계합니다. 하지만 사씨는 끝내 교씨를 첩으로 들입니다. 본처로서 전혀 질투를 하지 않고, 교씨가 아들을 낳았을 때도 축하해 주었으며, 누구의 자식인지 알 수 없을 정도로 사랑했습니다.

또한 사씨는 유씨 가문의 범위를 절대로 벗어나지 않습니다. 집에서 내쫓겼으면서도 본가로 가지 않고 시부모의 묘를 지키며 지냅니다.

📖 "한번 본가로 돌아가면 유씨 가문과의 인연은 완전히 끊어져 버리네. 내가 본래 죄를 지은 것이 없고 한림도 본래 현명하고 군자다운 사람이니, 한때 참소한 말을 믿었다고 하나 어찌 뒤에 후회하지 않겠는가? 한림이 끝내 나를 버린다 해도 나는 시아버님께 죄를 지은 적이 없으니, 시아버님 묘소 아래에서 늙어 죽기를 원하네."

만에 하나 유 한림이 자기를 버린다고 하더라도 자신은 시집에서 늙어 죽기를 바라며, 오로지 본처로서 자신의 본분을 지키겠다는 생각을 가지고 있습니다. 이후 행적을 보아도 유씨 가문의 며느리라는 의식이 매우 분명합니다.

그런데 사씨는 친정과는 다소 소원합니다. 친정어머니가 돌아가신 장면은 자세히 언급되지 않았고, 하나밖에 없는 남동생조차 누이 소식을 모를 정도로 소식을 끊고 지냅니다. 사씨를 위험으로부터 구해 주는 사람이 친정어머니가 아니라 시부모라는 점은 의미심장합니다. 꿈에 나타난 시어머니는, 교씨가 올린 제물을 먹지 않았다고 말하면서 철저하게 사씨의 편에 섭니다. 사씨가 가문과 가장을 수호하는 입장에 서기 때문이지요.

이후 사씨는 다시 한 번 첩을 들입니다. 유 한림은 첩을 들이고 싶어 하지 않는데 스스로 판단해서 임 낭자를 첩으로 들이지요. 다른 일에는 신중한 사씨가 첩을 들이는 일에는 왜 이렇게 적극적일까요? 사씨는 후손을 이어서 조상께 제사를 드리는 일이 자신의 역할이라고 생각하기 때문입니다. 사씨는 임씨가 교씨와는 다르다고 주장합니다. 이는 축첩 제도 자체가 잘못된 것이 아니고 악한 첩이 문제일 뿐이라는 뜻입니다. 사씨는 선한 첩은 처의 자리를 넘보지 않고, 분수에 넘는 욕망을 좇지 않는다고 생각합니다. 그리하여 여성들의 선한 의지로 가문의 번영을 이어 나갈 수 있다고 믿습니다.

★ 예법을 중시하는 사람

사씨는 결혼식 당일부터 행동 하나하나가 예법에 조금도 어긋나지 않아 모두 큰소리로 칭찬을 합니다.

📖 그때 친척과 손님들은 모두들 사 소저를 줄곧 지켜보았다. 그들

은 향기로운 난초가 봄바람에 흔들거리고 하얀 연꽃이 고요하고 맑은 가을 물에 비치는 광경만을 볼 수 있을 뿐이었다.

이렇게 예법을 중시하는 모습은 전혀 흐트러지지 않아서 사씨가 거의 칠 년 만에 유연수와 만났을 때도 역시 그러합니다. 유연수는 사씨에게 지나간 일을 덮어 두고 자신과 함께 가자고 제안합니다. 그러나 사씨는 이를 거절합니다. 예법에 맞추어 자신을 맞아들이는 절차를 갖추어 달라는 것입니다.

📖 "상공을 따르겠으나 처음에 제가 집을 떠날 때 친척들을 모아 놓고 사당에 고하였으니 지금도 적절한 절차가 있어야 하옵니다. 제가 감히 지난 일을 다시 생각하자는 것은 아니옵니다. 여자가 남을 따르는 것은 본래 중대한 일이옵니다. 집을 나갔다가 다시 들어가는 것 또한 예법을 지켜야 하는 것이니 어찌 그냥 넘어갈 수 있겠습니까?"

사씨는 유연수에게 숨어서 형세를 지켜보면서 안전을 도모하라고 충고하는데, 그 기간 동안은 따로 지냅니다. 이후 유연수가 다시 집으로 불러들인 이후에야 사씨는 칠 년 동안 입었던 소복을 갈아입고 사당에 예를 올립니다. 가부장적인 유교 예법을 남편보다 더 잘 알고 실천하는 모습을 보여 줍니다. 이후 사씨는 《내훈》과 《속열녀전》을 지었고, 며느리들을 잘 가르쳐 아름다운 언행을 잘 계승하도록 만듭니다.

56

교씨는
어떤 인물일까요?

교씨는 악인의 상징이라 할 수 있습니다. 온갖 술수를 다 부리고, 사람 죽이는 것을 아무렇지도 않게 생각합니다. 그런데 교씨가 처음부터 악인이었을까요?

★ 가난에서 벗어나고 싶었던 처녀

📖 "나이는 열여섯인데, 그녀 스스로 가문이 쇠퇴했으니 가난한 선비의 처가 되기보다는 차라리 재상의 첩이 되는 것이 낫겠다고 말하니, 첩으로서는 얻기 어려운 조건의 사람이옵니다. 그 여자는 하간 지방에서 유명한 미인이며 길쌈에 능할 뿐만 아니라 책을 읽어 옛사람의 행실을 본받았사옵니다. 이 댁에서 반드시 좋은 사람을 구하려 한

다면 그보다 더 나은 사람은 없을 것이옵니다."

이것은 매파가 교씨를 소개하는 장면입니다. 가난한 선비의 처가 되기보다 재상의 첩이 되겠다는 생각을 가지고 있는 것을 보면 욕망이 있는 사람이라는 것을 알 수 있습니다. 그렇지만 옛사람의 행실을 본받은 좋은 사람이라는 평을 받습니다. 유 한림의 집에 들어왔을 때도 사 부인을 잘 섬기고 모두에게 칭찬을 받았습니다.

★ 첩이라는 이름의 약자

교씨는 처음 첩으로 들어와서는 사씨와 사이좋게 잘 지냅니다. 원하는 아들을 얻고 나서는 그녀의 위치도 안정되지요. 하지만 이런 상황은 오래가지 못합니다.

오래도록 아이를 못 낳았던 사씨가 아들을 낳게 되었기 때문입니다. 사씨가 아들을 낳은 이상 교씨는 첩으로서의 지위를 벗어나지 못하고, 그 아들인 장주도 서자가 될 수밖에 없습니다.

유 한림이 사씨의 아들인 인아를 사랑스럽게 여기고 장주를 못 본 체했다는 유모의 말을 듣고 교씨는 고민에 빠집니다. 교씨는 가정 내 약자인 첩으로서 위기에 처했다는 생각을 하게 된 것입니다.

★ 욕망의 화신

교씨가 유연수의 집에 들어온 것은 유연수를 사랑해서가 아니라 유연수의 가문이 보장해 주는 조건 때문이었습니다. 그런 만큼 교씨는 도덕적 윤리보다는 욕망을 훨씬 더 강하게 추구합니다.

📖 교씨는 사씨가 동청을 좋게 보지 않지만 한림이 그를 신임하고 있다는 것을 알고 있었다. 그래서 동청을 한패로 만들어 도움을 받으려고 납매를 시켜 은밀히 동청과 정을 통하게 하고는 그와 자주 일을 꾸몄다.

교씨는 동청을 자기편으로 만들기 위해 자기의 시비인 납매와 정을 통하게 합니다. 그리고 나서는 동청의 재주를 이용하기 위해 동청과 스스로 정을 통하기도 합니다. 교씨는 자신의 욕망을 추구하기 위해서 절개를 버리는 일도 서슴지 않습니다. 그래서 둘째 아들인 봉추는 누구의 자식인지 분명치 않습니다. 나중에 유연수는 봉추를 잡종이라고 말합니다. 이는 봉추가 동청의 자식일 거라는 추측 때문이지요. 이는 유씨 가문이 동청의 자손으로 대체될 수도 있다는 뜻입니다. 당시 사대부의 인식으로는 절대로 있을 수 없는 일이었지요.

📖 별일 없이 지루한 나날을 보내던 중에 납매가 아이를 가지자 교씨는 납매를 시기하여 동청이 나간 틈을 타 납매를 흙구덩이에 빠뜨려 죽여 버렸다.

납매는 교씨를 도와 온갖 술수를 부리는 일을 도맡아 한 인물입니다. 그래도 납매가 동청의 아이를 뱄다는 사실을 알면 시기할 수는 있겠지요. 그런데 교씨는 시기하는 마음에서 그치지 않고 납매를 흙구덩이에 빠트려 죽여 버립니다. 오랫동안 수족처럼 부리던 사람을요. 이는 이미 교씨가 욕망의 소용돌이에 빠져 버렸음을 말해 줍니다.

그런데 교씨의 욕망은 과연 무엇일까요? 혹시 사랑일까요? 그건 아닌 것 같습니다. 유연수를 배신한 것처럼 동청도 냉진도 파멸시키고 있으니까요. 혹시 신분 상승일까요? 그렇다면 사씨를 몰아내는 것으로 그쳤어야 합니다. 유연수의 정실부인이라면 누구나 부러워할 만한 자리였으니까요. 게다가 납매를 죽인 이유도 동청에 대한 사랑과 질투의 감정이라기보다는 더 현실적인 것이었을 겁니다. 교씨는 동청이 몰락하자 냉진을 따라 나서는데, 냉진이 재물을 도둑맞자 교씨의 마음이 냉진에게서 멀어집니다. 그렇다면 교씨의 욕망은 재물인 것 같습니다.

★ 여러 남자를 거느린 요부

교씨는 자태가 화려하고 행동이 민첩하여 칭찬을 받습니다. 빼어난 미모에 노래도 잘 부르고 거문고도 잘 탑니다. 하지만 사씨는 교씨의 음악적 행위를 비판합니다.

📖 "양귀비는 세상 사람에게 조롱을 당했으며 마침내 마외라는 곳에서 죽임을 당해 후대 사람들의 비웃음을 샀지요. 이러한 망국의 노래는 연주할 만한 것이 아닙니다. 또한 낭자는 손놀림이 가벼워 소리가 지나치게 슬프고 원망하는 듯하니, 사람의 마음을 움직일 수는 있어도 사람의 기운을 온화하게 하기에는 부족함이 있지요. 이는 옛날 곡조이기 때문에 그런 것은 아니에요. 또한 낭자가 부른 노래는 앵앵과 설도가 지은 시인데, 앵앵은 절개를 잃은 여자이고 설도는 창녀였소."

이것은 교씨가 〈예상우의곡〉을 연주한 것에 대해서 사씨가 평한 내용입니다. 이 말 속에는 교씨의 운명에 대한 복선이 깔려 있습니다. 교씨는 결국 외간 남자와 정을 통하고 마지막에는 기생이 되니까요. 앵앵이 절개를 잃고 설도가 기생이 되는 것과 같습니다. 그녀의 노래 속에 자신의 운명이 담겨 있었네요.

또한 동청이 장주를 죽일 때, 측천황제가 자신의 딸을 죽이고 황제가 되었음을 예로 들었던 것도 교씨의 운명에 대한 복선입니다. 측천황제는 스스로 황제에 올라 수천의 남첩을 거느렸습니다. 교씨도 여러 명의 남자와 관계함을 미리 짐작하게 합니다.

★ 가문을 파멸시키는 사람

유연수는 열두 가지 죄를 교씨에게 묻습니다. 이에 대해 교씨는 그 모든 죄를 자신이 지은 것은 아니라고 합니다. 사실 동청이 지은 죄도 결코 적지 않습니다.

그런데 다른 악인들은 이미 허망하게 다 죽어 버렸습니다. 동청은 냉진이 죽였고, 냉진은 곤장을 맞아 죽었고, 납매는 교씨가 죽였고, 설매는 자살했습니다. 하지만 교씨만은 끝까지 살아서 최후의 심판을 받습니다. 이는 교씨가 이 모든 죄의 책임을 져야 한다는 뜻입니다.

유연수는 교씨의 심장을 가르고 간을 꺼내라고 합니다. 그토록 우유부단하고 온화했던 유연수가 교씨를 단죄하는 데는 매우 단호합니다. 이에 대해 사씨는, 상공을 모셨으니 죽이되 몸만은 온전하게 해야 한다고 '너그러움'을 보이네요. 그 말에 따라 유연수는 교씨를 목을 매어 죽게 하고 시체를 변두리에 버려 날짐승의 밥이 되게 합니다.

그런데 이는 소설 속 인물들이 유 한림에 대해서는 매우 너그럽다는 사실과 대비됩니다. 가부장제 사회에서는 가장이 중심이 됩니다. 가정의 파탄에는 가장이 책임을 져야 합니다. 그러나 유 한림은 비난 받지 않으며 어떠한 처벌도 받지 않습니다. 사씨는 모진 칠 년의 세월을 겪어 내고도 유 한림에게 한마디 원망도 하지 않습니다. 사씨의 동생 사추관은 누구나 허물은 있으니 허물은 고치면 없어지는 것이라고 합니다. 두 부인도 유 한림의 행동을 문제 삼지 않습니다. 동청을 고용하고, 냉진에게 속고, 춘방을 때려죽이고, 두 부인과 상의 없이 사씨를 내친 것에 대해서 그저 '다 지난 과오'라고 할 뿐입니다.

57

유 한림은
어떤 인물일까요?

유 한림은 매우 뛰어난 자질을 갖고 있지만, 아쉬움을 남기는 인물이기도 합니다. 사씨가 꿈속에서 만난 아황과 여영이라는 옛 여인들은, "유 한림은 군자다운 사람이나 아직 천하의 사리를 두루 알지는 못하기에 하늘이 그를 크게 깨우치려 하기 때문에 사씨도 함께 고통을 받는 것"이라고 했습니다.

★ 재주 있고 신중한 귀공자

유 한림은 뼈대 있는 가문에서 태어나서 귀공자로 자랐습니다. 잘생겼을 뿐만 아니라 열다섯 살에 이미 훌륭하게 글을 지을 수 있을 정도로 재주가 있었습니다. 그리고 신중하기까지 합니다.

📖 유연수는 한림 편수가 되었는데, 명성이 자자해 같은 또래들은 감히 바라보지도 못했다. 하지만 유연수는 스스로 상소를 올려 천자에게 청했다.

"저는 아직 나이도 어리고 배움도 부족하옵니다. 청컨대 관직을 떠나 십 년 동안 독서를 더 할까 하옵니다."

천자는 그 뜻을 가상하게 여겨 조서를 내려 칭찬했다.

"특별히 한림 편수의 직책을 유지한 채 오 년 동안의 말미를 갖도록 해 주겠노라. 성현의 글을 더 많이 읽고 임금을 보필하는 방법을 익히다가 스무 살이 되면 다시 조정에 들어오도록 해라."

유연수는 이미 한림의 벼슬을 받았는데도 독서를 더 하겠다고 천자에게 청합니다. 자신이 부족하기 때문에 실력을 더 갖추겠다는 것이지요. 보통 사람 같으면 자신의 뛰어난 재주를 자랑했을 텐데 유 한림은 그러지 않았습니다. 그만큼 신중하고 겸손한 사람입니다.

★ 사람 보는 눈이 부족함

유 한림은 덕성과 지혜를 갖추었지만 사람들을 지나치게 잘 믿었습니다. 동청은 잘생긴 용모에 말재주가 뛰어났으나 불미스러운 일을 퍼뜨리는 사람입니다. 원래 동청을 고용했던 사람은 동청의 죄를 드러내고 싶지 않아 유 한림에게 추천합니다.

유 한림이 동청을 고용하자 사씨는 그를 경계했지만, 유 한림은 그는 자신의 친구가 아니라 일을 하는 사람일 뿐이라고 하면서 사씨의 충고를 받아들이지 않습니다. 유 한림도 동청에 대해 안 좋은 소문을 들기는 했지만, 글을 잘 쓰면 될 뿐 다른 것은 문제되지 않는다고 생각합니다. 이런 판단이 큰 재앙을 불러일으키지요. 교씨가 사용하는 모든 나쁜 술수는 동청의 머리로부터 나오니까요.

유 한림은 처음 보는 사람에게도 잘 속아 넘어갑니다. 동청이 사씨의 글씨를 흉내 내서 사씨를 모함하지만 유 한림이 쉽게 넘어가지 않자 냉진이라는 인물을 등장시켜 또 다른 술수를 마련합니다. 유 한림은 주막집에서 냉진을 만났는데, 유 한림은 아무런 의심 없이 그를 훌륭한 사람이라고 생각합니다. 냉진은 사씨 부인의 옥반지를 옷고름에 매고 유 한림에게 은근히 보여 줍니다. 이는 사씨가 다른 남자와 정을 통한다는 의심을 불러일으킵니다. 유 한림은 결국 동청과 냉진이 쳐 놓은 덫에 걸리고 맙니다.

★ 뒤늦게 진실을 깨달음

유 한림은 사씨 부인이 쫓겨난 지 한참이 지난 뒤에야 교씨의 행동에 대해 의심하기 시작합니다. 특히 방 안에서 사람의 정신을 혼미하게 하는 나무 인형이 수없이 나오는 것을 보고 정신이 듭니다. 그러면서 사씨에 대해서 곰곰이 생각합니다.

📖 '사씨의 죄는 모두 세 가지였어. 첫째는 흉한 물건을 묻었다는 것인데, 의심스러운 점이 있어. 둘째는 옥반지 일인데, 사씨는 사람됨이 본래 방탕하지 않으며 나이 또한 적지 않아. 옥반지는 비록 내 눈으로 직접 본 것이지만 시비의 음란한 행실 때문에 일어난 일인지 어떻게 알 수 있지? 셋째는 장주가 죽은 일이야. 춘방은 죽을 때까지 죄를 자

백하지 않았어. 무슨 다른 사정이 있지 않았을까?'

유 한림이 의심을 하기 시작하는 내용입니다. 아무리 겉으로 명백하게 보이는 사건이라도 하나하나 따져보면 모순되는 점과 분명하게 확인할 수 없는 점을 발견할 수 있습니다. 나무 인형을 태우고 난 뒤 유 한림은 정신과 기운이 다시 맑고 밝게 되살아납니다. 유 한림은 지난 사오 년 동안의 일들을 생각하며 후회합니다. 마치 꿈에서 깨어나는 것만 같습니다. 사건이 터질 대로 터진 뒤에야 진실을 깨닫게 되었네요.

사씨는 왜 위험에 처할 때마다 꿈을 꿀까요?

★ **위험을 경고**

교씨와 동청은 끊임없이 사씨를 모함에 빠트리고, 사씨가 쫓겨난 뒤에도 냉진을 이용하여 사씨를 파멸시키려 합니다. 이때 꿈속에서 사씨의 시부모가 나타납니다.

📖 "지금 자네를 불러 만난 것은 다른 일 때문이 아니네. 오늘 편지는 진짜가 아니라네. 편지에 가짜라는 단서가 있으니 잘 살펴보면 자연히 알 수 있을 것이네."

사씨는 시부모의 무덤을 지키고 있다가 두 부인의 편지를 받고 가려고 합니다. 하지만 그 편지는 사씨를 위험에 빠뜨리려는 동청의 계략이었습니다. 유 소사가 꿈에 나타나지 않았다면 사씨는 돌이킬 수 없는 불행을 맞았을 겁니다.

★ 앞일을 예언

꿈은 주인공에게 일어날 일을 미리 알려 주는 역할을 합니다. 동시에 주인공은 꿈을 통해 앞날의 행동을 결정하게 됩니다.

📖 "앞으로 칠 년 동안 운수가 사나울 것이니 남쪽 오천 리 밖으로 가서 이를 피하도록 하게. 염려하지 말고 멀리 가려고 노력하게."

여기에서 이 작품의 제목인 '사씨남정기'의 의미가 드러납니다. 바로 '사씨가 남쪽으로 간다'는 뜻입니다. 사씨가 어떻게 해야 화를 당하지 않을지 알려 주고 있네요.

📖 "천기를 미리 누설할 수는 없지만 자네에게 한마디 부탁은 해야겠네. 지금부터 육 년 뒤 사월 보름날 저녁에 반드시 백빈주 아래쪽에 배를 대고 있다가 한 사람을 구해 주도록 하게. 지금 이곳은 저승의 문턱이라 자네가 오래 머물 수 있는 곳이 아니네. 빨리 돌아가게나."

심지어 미래의 일에 대해 날짜와 시간까지 정해서 알려 줍니다. 그곳에서 구해 주게 될 인물은 바로 유 한림입니다. 시아버지는 사씨가 유 한림과 재회하여 행복하게 살 수 있도록 도와준 것입니다.

사씨는 꿈속에서 계시를 받습니다. 계시는 사람의 지혜로서 알 수 없는 진리를 신이 가르쳐 알게 하는 것입니다. 사씨는 굴원이 몸을 던진 회사정에 와서 죽으려고 하다가 의식을 잃고 꿈을 꿉니다.

📖 "부인은 훗날 자연히 이곳으로 와서 조대가와 맹덕요 같은 훌륭한 사람들과 어깨를 나란히 하게 될 것이오. 지금은 머무르기를 원한다 하더라도 그렇게 할 수 없다오. 남해 도인은 그대와 오래 묵은 인연이 있소. 잠시 찾아가 몸을 의탁하도록 하시오. 이 또한 하늘의 뜻이라오."

현부와 열녀의 표상인 아황과 여영에게서 계시를 받는 내용입니다. 지금은 죽을 때가 아니라고 하네요. 남해 도인은 묘희를 말합니다. 사씨가 시집가기 전에 관세음보살 그림에 시를 쓰게 한 스님이지요.

이와 같이 고전 소설에서는 꿈을 통해 이야기가 전개되는 경우가 많습니다. 왜일까요? 착한 주인공은 약하고, 악인은 강하기 때문입니다. 사람들은 착한 사람의 편에 서고 싶어 합니다. 그래서 현실은 그렇지 않다 하더라도, 꿈을 통해 착한 사람을 돕고 문제를 해결하고자 하는 것이랍니다.

59

왜 첩은
늘 악역일까요?

 〈사씨남정기〉는 '가정 소설'에 속합니다. 가정 소설이란 가정 내에서 가족 구성원들끼리 겪는 갈등을 다루는 소설입니다. 처첩 간의 갈등을 다루는 '쟁총형'과 계모와 전처 자식 간의 갈등을 다루는 '학대형'으로 크게 나뉩니다. 선을 권하고 악을 징벌하는 '권선징악', 모든 일은 반드시 바른 방향으로 해결되는 '사필귀정'이라는 교훈적인 주제를 드러냅니다.

조선 시대의 가정 소설은 주로 사대부 계층의 여성들이 읽었고, 그러다 보니 가족 구성원으로서 각자가 지켜야 할 유교적인 윤리들이 강조되었습니다.

★ 쟁총형 가정 소설의 인물 유형

남편

대체로 뛰어난 인물이지만, 처와 첩 사이에서 흔들립니다. 한때 잘못된 판단을 내려 처를 내쫓으면서 가정을 파탄에 빠지게 하지만, 이후 첩의 죄를 알아차리고 처벌합니다. 이전의 잘못된 행동에 대해서 비난받지 않으며, 다시 불러들인 처와 금슬 좋게 지냅니다.

처

가장과 대등한 지위를 가졌고, 유교 윤리를 충실히 따르며, 규범을 잘 지킵니다. 그런데 불행히도 아들을 낳지 못하기에 첩을 들이게 됩니다. 처는 첩에 의해 시련을 겪고 가정에서 쫓겨나 죽을 고비를 맞습니다. 이때 도움을 주는 사람이 있어 죽지 않고 은신처에 몸을 맡깁니다. 시간이 흐르면 남편은 자신의 잘못을 깨닫게 되고, 첩을 처벌한 다음 처를 다시 맞아들입니다. 이후 가정은 다시 화목해집니다.

첩

처보다 지위가 못하지만, 처가 낳지 못한 아들을 낳습니다. 유교 윤리에 충실한 처가 제공하지 못하는 성적 쾌락을 제공하면서 남편의 총애를 얻습니다. 그러면서 처가 가진 위치와 권한을 원하고, 갖은 계교를 써서 처를 몰아냅니다. 이후 가정은 파탄을 맞고, 남편은 첩을 처벌합니다.

처를 돕는 사람(세계)

착하고 힘없는 처를 도와서 위기를 넘기도록 도와주고 피난처를 제공합니다. 또는 가장을 돕기도 하는데, 가장이 시련에 처할 때 위기를 넘길 수 있게 합니다. 가정 소설을 읽는 사람들 또는 쓴 사람은 하늘이 선한 자를 돕는다고 믿었습니다. 〈사씨남정기〉에서는 관세음보살, 여영과 아황, 죽은 시부모, 묘희 스님 등이 처를 돕는 사람입니다.

첩을 돕는 사람

이들은 처를 몰아낼 꾀를 알려 주거나 첩의 지시를 따릅니다. 대체로 첩의 몸종, 유모, 무당 등이 이런 역할을 합니다. 또 조정에서 남편이나 처를 위기로 몰아가는 간신도 해당됩니다. 이들은 상황이 반전되면 첩과 같이 처벌을 받습니다. 〈사씨남정기〉에서는 동청, 냉진, 납매, 설매, 엄 승상 등이 해당됩니다.

가족 갈등을 살피고 억제하는 사람

주로 집안의 어른입니다. 처의 편이지만, 이들이 자리를 비우거나 죽으면서 가정의 분란이 심각해지게 됩니다. 이런 어른을 대신하여 임무를 수행하는 사람이 등장하는데, 이들조차도 자리를 비우는 때가 첩의 계교가 먹혀 들어가는 순간입니다. 〈사씨남정기〉에서는 유 소사와 두 부인이 해당됩니다.

임금

때로는 임금이 가정 소설과 관계가 있을 때도 있습니다. 이 경우 가정의 위기는 조정과 맞물리는데, 충신인 남편은 간신의 모함에 의해 임금에게 버림을 받습니다. 하지만 시간이 흐르면서 임금은 간신의 죄를 깨닫고 충신을 불러들이며, 가정 사건의 전말에 대해 벼슬이나 표창으로 보상합니다.

★ 순기능과 역기능

이러한 가정 소설은 조선 시대의 여성을 위로하는 구실을 했습니다. 남성 중심의 사회에서 각종 도리와 법도를 지키며 살아가야 했던 여성들은 어려움이 많았습니다. 그들은 자신들의 힘든 삶을 위로받고 싶었을 겁니다. 사씨가 고난을 당하면 당할수록, 억울하면 억울할수록 그들은 마치 자기가 사씨가 된 것처럼 눈물을 흘렸을 겁니다. 마침내 사씨가 모든 고난을 이겨 내고 행복한 결말을 맞는 것을 보며, 자신의 삶도 그럴 수 있을 거라는 희망을 품었겠지요.

그런데 가정 소설을 읽다 보면 마음을 불편하게 하는 의문이 생기기도 합니다.

'왜 처와 첩의 갈등에서 첩은 꼭 악역만을 맡게 될까? 남편의 사랑을 얻으려는 행동이 나쁜 것일까? 싸움은 꼭 처의 승리로 끝나야 할까? 첩이 처를 모함하기보다는 처가 첩을 질투하고 학대하는 상황이 더 많지 않았을까? 상대적으로 강자인 처가 약자인 첩을 희생양으로 삼은 것은 아닐까? 가정 소설에 반영된 편견이 가뜩이나 살기 어려운 첩을 더 힘들게 한 것은 아닐까?'

60

고전 소설은
왜 권선징악으로 끝날까요?

고전 소설은 대부분 권선징악을 행복한 결말을 맺습니다. 현대적인 관점에서 보면 리얼리티가 떨어지지요. 하지만 이렇게 된 데에는 나름의 논리가 있습니다.

★ 착한 사람들이 시련을 겪는 세상

우리가 살아가는 세상에서는 착한 사람들이 시련을 겪는 경우가 많습니다. 〈사씨남정기〉에서도 아무런 잘못이 없는 사씨가 악인의 전형인 교씨와 동청의 음모에 휘말려 속수무책으로 집에서 쫓겨납니다. 사씨는 장사 땅에서 절망하여 강물에 몸을 던지려 합니다. 그날 꿈속에서 아황과 여영을 만나 죽으려는 이유를 말합니다.

📖 "저는 참으로 어리석게도 '하늘의 도는 사사로움이 없으니 오직 착한 사람을 돕는다.'라고만 생각하고 있었습니다. 그런데 요즈음에 다시 보니 그렇지 않은 바가 많았습니다. …… 저는 인간 세상을 멀리 떠났으나 소상강에서 길이 막혀 하늘을 향해 호소했지만 아무런 응답도 듣지 못했습니다. 땅을 파고 들어갈 수도 없었습니다. 그래서 천 길 물가에 서서 실낱같은 목숨을 버리려고 했습니다."

사씨같이 정직하고 도리에 맞게 사는 사람이 위험에 처했으니 당연히 하늘의 이치를 의심할 수밖에 없습니다. 하늘이 착한 사람을 돕는다는 말을 믿을 수 없다고 그동안 참고 참아 왔던 절규를 합니다. 사씨의 처지를 자신과 동일시하여 글을 읽어 가던 옛 여인들은 아마 이 지점에서 눈물을 쏟지 않았을까요?

★ 착한 사람을 지켜야 한다는 하늘의 이치

아무런 음모를 꾸밀 줄 모르고 자신을 지킬 방법이 없는 선인에게는 다행히 도움을 주는 존재가 있습니다. 현실과는 달리 소설에서는 이들이 나타나 선인을 살려 냅니다. 꿈에서 도움을 주기도 하고, 신인과 같은 존재가 나타나서 도움을 주기도 합니다.

사씨의 절규를 듣고 아황과 여영은 다음과 같이 답합니다.

📖 "사람이 선을 행하지 않을지언정 하늘이 어찌 선량한 사람을 저버리겠소? …… 그러나 한림은 불행하게도 너무 일찍 벼슬하여 아직 천하의 사리를 두루 알지는 못한다오. 그래서 하늘이 잠시 재앙을 내

려 그를 크게 깨우치려 하기 때문에 부인도 함께 고통을 겪고 있는 것이지요. 한림이 허물을 고칠 때까지 기다렸다가 다시 부인으로 하여금 돕도록 하려는 것이에요. 이렇게 하늘이 유 한림을 돕는 것은 결코 우연이 아닙니다."

그들은 사씨가 겪은 고난이 이유가 있으며, 앞으로 고난이 끝나고 행복하게 될 것이라는 약속을 합니다. 이 약속은 그대로 실현되어, 사씨는 잃은 아들을 찾고 집안은 평안해집니다. 그에 반해 교씨는 두 번째와 세 번째 남자를 잃고, 남은 아들 봉추도 죽고 신세가 비참해졌다가 결국 옛 남편에 의해 죽게 됩니다. 소설에서는 사씨와 교씨의 관계와 비슷하게, 간신 엄 승상이 천자의 마음을 사 천하를 호령하지만 비참하게 죽고, 충신 유 한림은 고난을 겪다가 귀하게 쓰인다는 이야기가 같이 나오네요.

옛사람들은 이러한 결말을 보며 힘든 현실을 위로받고, 앞으로도 선하게 살아야겠다는 다짐을 했을 것 같습니다.

61

〈사씨남정기〉의 주제는 무엇일까요?

★ 아녀자가 갖추어야 할 덕

〈사씨남정기〉는 사씨를 통해 부녀자가 갖추어야 할 덕을 드러내고, 교씨와 같은 모습을 경계하고자 했습니다.

사씨와 교씨는 상반된 인물입니다. 사씨는 유교 사상을 체화한 인물입니다. 재주가 뛰어나지만 여자로서 남 앞에서 자기 글솜씨를 자랑하지 않으며, 남편을 따르는 것을 최우선의 지침으로 하되 남편이 나쁜 길로 빠지면 충고하겠지만 여자가 나서는 것을 경계하겠다고 말합니다.

이런 사람이기에 시아버지를 극진히 섬기고 종들을 은혜로운 마음으로 다스리며, 제사를 정성으로 받들고 집안일을 법도에 맞게 다스립니다. 또한 스스로 첩을 들이며 질투하지 않고, 장부가 그릇되게 여색에 빠진다면 힘써 간하여 아녀자의 도리를 지키려고 합니다. 용모와 재주보다는 자식을 낳아 대를 잇는 것이 가장 중요하다고 생각합니다. 지혜가 있는 사람이지만 교씨의 모함에 수동적으로 대처하고, 남편의 의심에 대해서도 적극적으로 해명하기보다는 그저 도리를 다하며 훗날을 기약할 뿐입니다.

그에 반해 교씨는 절대로 따르지 말아야 할 여성상입니다. 가난한 선비의 처보다 재상의 첩을 택할 정도로 재물이나 권력을 중시합니다. 또 첩으로서 자신의 위치가 불안정하다는 것에 대해 매우 불안해 합니다. 자신의 이익을 추구하기 위해 다른 사람들을 해치는 것도 마다하지 않고, 야심을 위해 친아들의 죽음까지도 이용하지요. 교씨 자신은 욕망에 충실한 인물로서 여러 남자를 거느리며 살지만, 동청이 여러 여자와 함께하는 것은 용서하지 못합니다. 동청과의 관계를 질투하여 자신에게 충성을 다한 납매를 흙구덩이에 빠뜨려 죽여 버리지요.

그런데 선한 처와 악한 첩이라는 대립 구도는 보수적인 설정입니다. 첩이 처가 되고자 하는 것은 악이고, 첩에 대해 경쟁심 없이 기존 질서에 순종하는 처의 덕을 강조하고 있다는 점에서 그렇습니다.

조선 시대 남성들은 이 소설을 여성들에게 적극적으로 권하며, 여성으로서의 덕을 쌓기를 바랐습니다.

★ 사대부의 몸가짐

조선 시대 보수적인 사대부들은 다른 소설과는 달리 〈사씨남정기〉는 높게 평가하였습니다. 점잖고 품격 있을 뿐 아니라, 유 한림을 통해 사대부들이 지녀야 할 몸가짐에 대해 가르친다고 생각해서였지요. 그런

몸가짐은 크게 두 가지입니다.

첫째는 덕의 세계를 가까이하고 색의 세계를 경계하는 것입니다. 유한림은 재주가 뛰어나고 몸가짐이 바른 사람이었지만, 교씨를 첩으로 들이고 나서 흐트러지기 시작합니다. 유 한림은 교씨가 자신을 유혹하는 것을 좋아했고, 색의 세계에 빠져들게 되지요.

둘째는 선한 사람들과 교제하고 악한 사람들과 관계하지 말라는 것입니다. 유 한림은 사씨의 반대에도 불구하고 동청을 집으로 끌어들였습니다. 또한 유 소사의 유언을 무시하고 두 부인과 상의 없이 사씨를 내쫓았습니다.

📖 한림은 길을 가면서 생각에 잠겼다.

'내가 어리석었어. 사악한 말에 빠져 올바른 사람을 멀리해 몸은 위험에 처했고 집안은 망했으며 위로는 조상의 제사도 받들지 못하고 아래로는 처자식도 지키지 못했구나. 내 한 몸도 이리저리 떠돌며 돌아갈 곳이 없으니 천하의 죄인이 되었도다.'

이후 유 한림은 이러한 잘못을 반성하고 사씨와 더불어 바른 생활을 함으로써 다시 평탄한 세계를 유지할 수 있었습니다. 그런 면에서 보면, 이 소설은 사대부 남성의 성장 소설이라 할 수도 있겠습니다.

소설 창작의 동기

조선 시대 보수적인 양반들은 소설에 대한 시선이 곱지 않았는데, 김만중의 후손인 김춘택은 일반 서민 부녀자들이 보고 느낀 점을 외워 말할 수 있도록 돕는다는 면에서 소설의 교육적 가치를 평가하였다. 김만중이 이 소설을 쓴 이유로는 두 가지 설이 있다.

● 어머니를 위로하기 위해

김만중은 어머니 유씨 부인을 위해 한글로 소설을 썼다고 한다. 모친 유씨가 소설을 즐겨 읽었기 때문이다.

김만중은 아버지 없이 어머니 밑에서 자랐다. 김만중의 아버지는 병자호란 때 강화도가 함락되자 스스로 자결했다. 그때 김만중은 어머니 배 속에 있었다. 어머니 유씨 부인은 베틀을 짜고 가죽을 팔면서 생계를 꾸려 갔지만, 아들의 교육에는 매우 엄하고 적극적이었다. 이렇게 자란 김만중은 효자로서 평생 어머니께 효도하였다.

김만중의 집안은 훌륭한 인물을 많이 배출했다. 그러나 김만중은 유배를 두 번이나 가서 말년이 평탄하지 못하였다. 유씨 부인은 김만중이 남해로 유배를 간 지 8개월 만에 아들을 걱정하다가 세상을 뜬다.

● 임금을 깨우치기 위해

장희빈에 빠져 인현왕후를 폐위했던 숙종의 마음을 돌이키기 위해 〈사씨 남정기〉를 지었다는 설도 있다. 이에 따르면 〈사씨남정기〉는 중국을 배경으로 설정하였지만, 실제로는 조선 궁중의 이야기를 풍자하고 있는 것이다. 인현왕후 민비가 아이를 낳지 못하고 장희빈이 아들을 낳자, 숙종은 장희빈의 아들(후에 경종이 됨)을 세자로 만들기 위해 인현왕후를 옹호하는 서인들을 모두 유배 보낸다. 이 사건으로 김만중도 섬으로 유배를 가게 되는데, 〈사씨남정기〉가 이때 쓰였다. 그러므로 김만중이 인현왕후를 옹호하고 장희빈을 비판했던 것은 단지 두 여인의 성품 때문이 아니라, 자신이 몸담은 서인의 입장이라는 정치적 색깔이 반영된 것이다.

사씨와 교씨의 관계는 인현왕후와 장희빈의 관계와 유사하다. 실제로 숙종이 〈사씨남정기〉를 읽고 장희빈을 내치고 인현왕후를 맞았다고도 한다. 일설에 의하면, 이 소설을 읽어 준 궁녀에게 숙종이 "죄 없는 사씨를 내쫓은 유 한림은 천하의 부도덕한 놈"이라고 소리를 질렀고, 이후 양심의 가책을 받아 뉘우쳤다고 한다.

이를 통해 조선 시대에 양반 사대부 집안의 여성들뿐만 아니라 왕을 포함한 사대부 남성들도 소설을 읽었다는 것을 알 수 있다.

박
씨
전

〈박씨전〉의 줄거리

조선 인조 때 이득춘이라는 재상에게 시백이라는 영리하고 총명한 아들이 있었다. 어느 날 금강산에 살고 있는 박 처사가 찾아와 상공과 함께 바둑과 퉁소를 즐긴다. 박 처사는 자신의 딸과 시백이 인연을 맺기를 청한다. 상공은 박 처사의 재주를 믿고 청혼을 받아들인다. 이득춘의 부인과 친척들은 이 혼례에 대해 모두 의아해 한다. 그러나 상공은 혼사를 강행한다.

혼례식 날 신랑 일행은 금강산의 박 처사 집으로 가서 그의 딸 박씨를 데리고 집으로 온다. 그런데 오는 길에 박씨의 얼굴을 보니 너무 흉측하여 고개가 저절로 돌아갈 지경이었다. 상공은 박 처사의 됨됨이를 믿었기에 박씨도 재주가 있을 것이라 생각하고 소중히 여기겠다고 다짐했지만, 아들 시백은 기가 막혀 한다.

모든 친척과 손님이 박씨의 외모에 놀라 수군댔고, 박씨는 결혼식이 끝난 뒤에도 남편의 냉대와 집안사람들의 구박을 받으며 하루하루를

300

외로움과 시름 속에서 지내야 했다. 상공은 시백을 달래 박씨의 방에 들여보내지만, 시백은 아내의 얼굴을 보면 더욱 미워한다. 상공의 부인은 박씨에게 밥도 적게 주면서 앞장서서 박씨를 구박한다.

📖 "집안의 운수가 불행하여 많고 많은 사람 중에 저런 것을 며느리라고 맞이했구나. 게으르게 잠만 자면서 밥만 배불리 먹고 있을 뿐 도무지 쓸데가 없다. 게다가 여자로서 마땅히 해야 할 일조차 못하고 있으니 이후부터는 밥을 적게 주도록 해라."

박씨는 후원에 작은 초가집을 지어 '피화당'이라 이름 짓고 몸종 계화와 함께 지낸다. 하루는 상공이 급히 궁궐에 들어갈 일이 있어 입고 갈 조복이 필요했다. 이때 박씨가 시아버지의 조복을 짓겠다고 나선다. 박씨가 지은 조복을 본 임금은 박씨의 비범함을 알아보고, 박씨가 외롭고 굶주림에 처한 상황을 알아차린다. 그래서 날마다 쌀 세 말을 주어 박씨를 굶주리지 않게 한다.

임금까지 박씨의 재주를 인정했지만, 이시백은 여전히 박씨를 돌아보지 않는다. 박씨는 시장에서 삼백 냥을 주고 비루먹은 말을 사 오게 한다. 박씨는 보리와 콩을 주어 그 말을 길렀는데, 이윽고 삼 년이 지나 잘 자란 말을 중국에서 온 사신이 알아보고 삼만 냥을 주고 사 간다. 시백이 과거를 보는 날, 박씨는 백옥연적 꿈을 꾸고 그 연적을 시백에게 준다. 시백은 이 연적으로 글을 써서 장원 급제를 한다. 온 집안이 잔치를 하지만 얼굴이 못생긴 박씨는 손님 앞에 나타나지 못한다. 이때 계화가 박씨를 위로하며 집안 식구들을 원망하자 박씨는 담담히 이렇게 말한다.

📖 "사람의 길흉화복은 하늘에 달린 것이라 인력으로는 어찌할 수
없다. 그러기에 탕왕은 하걸에게 갇힘을 당하고 문왕도 유리옥에 갇
혔으며, 공자 같은 성인도 진채에게 욕을 보신 것이 아니겠느냐? 하물
며 아녀자가 되어 어찌 남편의 사랑만 기다리고 있겠느냐? 그저 분수
를 지키며 하늘의 뜻을 기다리는 것이 옳을 터이니, 다시는 그런 말을
하지 말아라. 혹 바깥 사람들이 들으면 나의 행실을 천하다 할 것이
다."

하루는 박씨가 친정에 다녀온 후 박 처사가 백학을 타고 오색구름
속에서 내려온다. 박 처사는 박씨에게 액운이 끝났으니 누추한 허물을
벗으라고 말한 뒤 사라진다.

그날 밤 박씨는 미녀로 변신한다. 시백은 아름다워진 박씨를 보고
지난날 박절하게 대한 것을 부끄러워하면서 박씨에게 다가간다. 박씨는
마음을 열지 않고 오히려 시백을 위엄 있게 꾸짖지만, 꾸짖기를 마친
후에는 마음을 푼다. 그날 밤 부부는 회포를 풀고 정을 쌓는다. 박씨가
허물을 벗고 꽃같이 변신했다는 소문에 장안의 재상집 부인들이 박씨
보기를 청하였다. 박씨는 불에 타지 않는 치마와 젖지도 타지도 않는
저고리 등을 보여 준다.

시백은 평안 감사가 되어 박씨와 함께 길을 가고자 하지만 박씨는 시
부모를 모셔야 한다며 거절한다. 나라에서는 고을을 잘 다스린 공으로
시백에게 병조 판서 벼슬을 내린다. 이시백이 임경업과 함께 명나라를

방문했을 때, 청나라가 '가달의 난'을 만나 위급하여 명나라에 구원병을 요청한다. 명나라는 조선 사신 이시백과 임경업을 보내 싸우게 한다.

시간이 흘러 상공은 병이 들어 죽는다. 청나라는 날이 갈수록 세력이 커져 가면서 조선을 침범하려 했지만 조선의 임경업 장군을 두려워한다. 오랑캐 왕의 부인이 조선에 신기한 사람이 있는데 먼저 그를 잡아야 한다면서 기홍대라는 여자 검객을 추천한다. 박씨는 기홍대가 찾아올 것을 알고 기다렸다가 기홍대를 크게 꾸짖어 청나라로 돌려보낸다. 박씨는 청이 조선을 침공할 것이라고 예고하지만 간신 김자점이 반대하여 대비할 수 없었다.

📖 "슬프다. 오래지 않아 오랑캐가 도성을 침범할 터인데, 간신이 권세를 잡아 나라를 위태롭게 하는구나. 이 어찌 분한 일이 아니겠는가. 이제라도 급히 임경업을 불러 도적이 들어오는 길에 매복했다가 냅다 치면 오랑캐 물리치기는 어렵지 않을 것이다. 하지만 이제는 어쩔 수 없이 손을 묶고 오랑캐를 맞이할 수밖에 없구나. 나라의 운세가 불행해 이런 것이니 이를 어찌하리요."

청은 용골대와 한유를 대장으로 삼고, 임경업을 피해 동대문을 깨고 들어와 조선을 침입한다. 전쟁이 나자 임금은 남한산성으로 대피한다. 박씨는 일가친척을 피화당에 모아 화를 피하게 한다. 용골대의 동생 용울대는 미녀와 재물을 찾아 피화당으로 침입하려 하지만, 박씨의 몸종 계화에게 죽임을 당한다. 오랑캐가 쳐들어오자 남한산성에 있던 임금은 항복을 한다.

용골대는 용울대의 복수를 하려고 피화당을 찾아갔으나, 감히 피화당 안으로 들어가지 못한다.

📖 오색구름이 자욱한 가운데 나무들이 무수한 군사로 변하더니 북소리, 고함 소리가 천지를 진동시켰다. 수많은 용과 호랑이는 서로 머리를 맞대고 바람과 구름을 크게 일으키며 오랑캐 군사들을 겹겹이 에워쌌다. 천지가 아득한 가운데 나뭇가지와 잎은 깃발과 창칼로 변했다. 하늘에서는 신장들이 긴 창과 큰 칼을 들고 내려와 적군을 몰아쳤다. 사면에 울음소리가 낭자하여 산천이 무너지는 듯했다. 오랑캐 군사들은 신장의 호령 소리에 넋을 잃고 허둥거리다 밟혀 죽는 자가 그 수를 알 수 없을 정도였다.

박씨는 용골대를 꾸짖고 많은 군사를 죽인다. 용골대는 결국 싸움을 포기하고 왕비와 세자, 대군, 장안의 재물과 미녀를 거두어 돌아갈 채비를 꾸린다. 박씨는 조선의 운수가 사나워 청나라에 패배를 당했지만 왕비는 데려가지 말라며 왕비를 구출한다. 잡혀가는 부인들이 서럽게 울자, 때를 기다리자면서 위로한다. 그리고 청나라 군대에게 임경업을 보고 가라고 하는데, 임경업은 방심했던 청나라 군대를 마구 무찌른다. 하지만 임경업도 임금이 이미 항복했다는 사실을 알고 나서는 청나라 군대를 돌려보낼 수밖에 없었다.

조정으로 돌아온 임금은 박씨를 정렬부인에 봉하고 많은 상을 내린다. 박씨는 집안을 잘 다스렸으며 가문이 번성하였다.

62

박씨는
어떤 인물일까요?

박씨는 일반적인 조선 시대 여성들과 다른 점이 많습니다. 하지만 그 시대 여성들의 보편적인 특성을 지니고 있기도 합니다. 여성 영웅으로서 여성의식, 정치의식이 어떠한지도 같이 살펴볼 필요가 있습니다.

★ 조선 시대 일반 여성들과 다른 점

조선 시대 여성의 미덕은 바지런하게 살림을 챙기는 것이었으나, 박씨는 밥을 한 말씩 먹고 잠을 많이 자면서도 여자로서 해야 할 일을 하지 않습니다. 가뜩이나 박씨가 예쁠 리 없는 시어머니가 보기에는 게으르고 쓸데없는 며느리인 셈이지요.

그리고 가정의 일을 외부, 특히 임금에게 알립니다. 시아버지의 조복을 만들면서, 굶주린 청학과 외로운 봉황을 수놓아서 결과적으로 임금이 박씨의 사정을 알게 합니다. 시아버지의 입장에서는 임금 앞에서 부끄러웠을 수도 있습니다.

또한 남편의 잘못을 당당히 꾸짖습니다. 다른 고전 소설을 보면, 여성은 억울한 일을 당했다 하더라도 남편이 잘못을 뉘우치면 따지지 않습니다. 하지만 박씨는 몇 날 며칠을 버티고 나서 남편에게 '낭군 같은 남자들은 부럽지 않다'고 꾸짖은 후에야 남편과 정을 나눕니다.

한편, 장안의 여인들 앞에서 자신의 재주를 자랑합니다. 겸손을 미덕으로 삼던 조선 시대에 여인들은 재주가 있더라도 글이나 그림이나 자신의 작품을 자랑하지 않는 것이 미덕이었습니다. 그런데 박씨는 홍화단, 빙월단을 자랑하느라 일부러 술을 흘리고, 술잔을 내리쳐 아직 술이 담겨 있는 것을 보여 줍니다.

★ 일반적 여성의식에서 벗어나지 않는 점

그럼에도 불구하고 일반적인 여성의식에서 크게 벗어나지 않는 점도 있습니다.

첫째, 조선 시대 여성의 덕이라고 칭송받을 만한 인내심과 평정심을 강조합니다. 못생긴 얼굴 때문에 박대를 받을 때에도 분수를 지키겠다며 참습니다. 또한 자신이 준 연적으로 시백이 장원 급제를 했는데도 온 집안에서 하는 잔치에 스스로 부끄러워 나타나지 않습니다. 그리고 자신을 박대하는 남편에게, 벼슬을 하거든 새장가를 들어 아름다운 아내를 보라고 합니다. 때가 되어 액운이 풀리기를 기다리며 참고 또 참습니다.

둘째, 남성보다 뛰어난 능력을 갖고 있지만 남성들의 세계에 직접 뛰어들지 않습니다. 남자들이 나라를 망치는데도 한탄할 뿐 적극적으로 바로잡지는 않습니다. 나랏일에 적극적으로 나서기보다는 주로 피화당에서 한정적으로 활동합니다. 전쟁이 끝나고 난 뒤에도 나라의 일보다는 가문의 일로 이야기가 한정됩니다.

셋째, 일반 여성들이 끌려가며 통곡할 때에 좋은 때를 기다리라며 위로합니다. 어떤 사람은 박씨가 다른 여성들을 바라보는 시선이 동정적이고 호의적이라는 점을 언급하며 남성 소설에서는 볼 수 없었던 여성적 관점을 읽어 내기도 합니다. 그러나 그들 대부분이 청나라에 끌려가 정조를 잃고, 이후 '환향녀'라고 불리며 사회적 문제로까지 확산되는데, 그에 대해서는 더 이상의 언급이 없다는 점이 아쉽습니다.

★ 박씨의 정치의식

정치의식 면에서 박씨에게 아쉬운 점이 몇 가지 있습니다.

첫째, 전쟁 패배에 대해 한 개인에게 책임을 전가합니다. 전쟁은 사회적 문제에서 비롯되었음에도 불구하고 병자호란 패패의 원인을 간신 김자점에게만 돌리고 있습니다.

둘째, 당시 조정의 무능함에 대해서는 언급이 없습니다. 이 소설에서 임금은 재상의 집안일까지 살필 줄 알고 영웅의 기상을 알아보는 사람입니다. 하지만 김자점을 견제하지 못했고, 무능하며, 항복할 때 기절하고 통곡만 한다는 면에서 모순된 면모를 보입니다.

이러한 점에 대해서 박씨를 변호하자면 다음과 같습니다. 첫째, 작자가 국내외 정세에 대해 판단하기 힘들었을 수 있습니다. 애초에 이 소설을 쓴 사람이 누구인지는 밝혀지지 않았습니다. 정보력이 부족하여 신하들 사이에 이루어진 척화파, 주화파 간의 갈등에 대해서 알지 못했거나, 정치가가 아니어서 국제 정세나 국내 정세에 대한 이해가 부족했을 수도 있습니다. 그래서 조정의 문제점을 말하지 못하고 전쟁의 실패 책임을 한 개인에게서 찾았던 것 같습니다.

둘째, 소설은 당시의 시대의식을 뛰어넘기가 힘듭니다. 유교 윤리가 강조되던 사회에서는 임금이나 조정을 비판하기 어려웠을 것입니다.

63

박씨는
어떤 능력을 지녔을까요?

 박씨는 시집을 왔지만 못생겼다는 이유 때문에 이시백과 함께하지 못하고 시비 계화와 함께 지냅니다. 하지만 박씨에게는 놀라운 능력이 있었습니다.

★ 하룻밤에 조복을 만들어 내는 솜씨

상공이 우의정 벼슬을 제수받으면서 입을 조복이 없어 쩔쩔맬 때 박씨가 능력을 발휘합니다.

📖 박씨가 몇 사람의 도움을 받으며 등불을 밝히고 옷을 짓는데, 열 사람이 할 일을 혼자서 하고, 이삼 일 걸려 만들 것을 하룻밤 사이에 다 만들어 냈다. 수놓는 솜씨는 마치 팔괘를 펼쳐 놓은 듯했으며, 바

느질 솜씨는 월궁항아라도 따르지 못할 정도였다. 박씨가 수를 놓아 옷을 마무리하니, 앞에는 봉황이 춤추고 뒤에는 청학이 날아드는 모습이었다.

박씨는 몇 사람의 도움을 받아 하룻밤 사이에 시아버지의 조복을 훌륭하게 만들어 냅니다. 이 일로 시아버지에게 더욱 사랑을 받지요. 또한 임금은 조복에 수놓인 그림을 보고, 굶주리고 외로운 기색이 있다고 말합니다. 상공은 내당의 일이라 모른다고 하면서도 집에 돌아와 이 시백을 몹시 꾸짖습니다. 박씨는 임금이 내려 준 쌀을 가지고 끼니마다 한 말씩의 밥을 먹습니다. 그 후로 집안사람들도 감히 박씨를 함부로 대하지 못하게 됩니다.

★ 명마를 알아보는 눈

박씨는 시집의 재산이 넉넉하지 않다고 생각하고 말을 사 오라고 합니다. 그런데 그 말은 피부가 헐고 털이 빠지는 병에 걸려 비쩍 말랐습니다. 박씨는 그 말을 삼 년 동안 훌륭하게 길러 중국 사신에게 삼만 냥을 받고 팝니다. 삼백 냥에 사서 삼만 냥에 판 것입니다. 박씨는 이미 그 말이 그 정도의 가치가 있다는 것을 알고 있었던 것이지요.

  📖 "그 말은 천 리를 달리는 말입니다. 하지만 우리나라는 작은 나라라 알아볼 사람이 없을뿐더러 쓸 곳도 없습니다. 중국은 땅이 넓고 오래지 않아 쓸 곳이 있을 것이기 때문에 그 사신은 삼만 냥을 아끼지 않고 사 간 것입니다."

아무리 천리마라고 하더라도 알아보는 사람이 없으면 소금 수레나 끌 수밖에 없습니다. 어쩌면 겉모습만 보고 자기를 좋아하지 않는 이시백과 사람들을 빗대어서 비판하기 위한 말인지도 모르겠네요.

★ 미래를 내다보는 능력

박씨는 하늘의 기운을 살펴 미래를 예언하는 능력이 있습니다. 청나라는 조선을 점령하기 위해 먼저 기홍대를 보냅니다. 임경업 장군과 박씨를 두려워했기 때문이지요. 박씨는 이런 사실을 알고 대비를 합니다. 그리고 미리 준비해 두었던 독한 술을 기홍대에게 먹여 제압합니다. 기홍대의 목숨을 살려 주면서, 조선 땅을 침범할 생각을 갖지 말라고 오랑캐 왕에게 전하라고 하지요.

📖 충렬부인 박씨는 어느 날, 피화당에서 하늘의 기운을 살피다가 깜짝 놀라 시백을 불렀다.
"북방 오랑캐가 조선 땅으로 침범해 들어오고 있습니다. 급히 의주 부윤 임경업을 불러 동으로 오는 오랑캐를 막게 하십시오."
부인의 갑작스러운 말에 시백 역시 크게 놀랐다.

박씨는 또 오랑캐가 쳐들어올 것을 예언합니다. 이시백에게 북쪽 의주를 지키는 임경업을 불러서 동쪽을 지키게 하라고 말합니다. 오랑캐들이 임경업 장군을 두려워하여 동쪽으로 침범할 것임을 예언한 것이지요. 하지만 이 말은 받아들여지지 않아, 결국 오랑캐에게 침략을 당하게 됩니다.

★ 도술을 부리는 능력

박씨는 신통한 도술을 부립니다. 장안의 부인들이 모인 곳에서 박씨는 홍화단 치마와 빙월단 저고리를 보여 줍니다. 또한 부인들에게 받은 술잔을 내리쳐서 술잔을 반으로 가르는데, 술이 쏟아지지 않고 잔에 그대로 담겨 있지요.

박씨의 신통력은 오랑캐를 제압할 때 더욱 빛을 발합니다. 용골대는 피화당을 에워싸고 화약과 염초를 묻은 뒤에 불을 지르고 화약을 터뜨렸습니다. 하지만 박씨가 나타나서 부채를 부쳐 오히려 오랑캐 무리를 불꽃 속에 가둬 죽게 만들었습니다. 박씨는 부채를 흔들기만 해도 상대방을 제압할 수 있습니다. 자신의 능력을 다 사용하지 않고 시비인 계화가 나서기만 해도 오랑캐와 대적할 수 있을 정도입니다.

박씨는 왜 처음에
못생긴 여자로 나올까요?

〈박씨전〉의 전반부는 박씨의 변신, 후반부는 나라
를 구한 박씨의 활약이 중심이 됩니다. 박씨의 변
신은 일종의 성인식이며 새로운 사회에 발을 들여
놓는 것이라고 해석되기도 합니다.

★ 굶주림과 외로움을 견딤

> "경의 조복을 보니 뒤에 새긴 청학은 신선의 세계를 떠나 푸른 바
> 다 위를 왕래하며 굶주린 기색이 뚜렷하고, 앞에 붙인 봉황은 짝을
> 잃고 우는 모습이 분명하구려. 내 그를 보고 짐작했소."

이것은 임금이 상공이 입은 조복을 보고 한 말입니다. 조복에 새겨진 그림을 보고 박씨가 겪고 있는 고난을 읽은 것이지요.

📖 "그간 서방님은 한 번도 부인께 정을 주지 않으셨고, 대부인의 박 대마저 심해 이렇게 밤낮으로 홀로 지내고 계십니다. 집안의 대소사에 참여하지 못할 뿐 아니라 오늘같이 기쁜 날에도 독수공방만 하고 계 시니, 곁에서 지켜보는 소인조차도 슬픔을 이길 수 없을 듯합니다."

계화는 박씨가 이시백의 장원 급제 잔치에 참여하지 못하여 섭섭해 합니다. 이 말에서도 박씨가 이시백 집안의 일원으로 대접받지 못함을 확인할 수 있습니다. 하지만 박씨는 분수를 지키며 하늘의 뜻을 기다 리는 것이 옳다고 타이릅니다.

★ 독수공방의 외로움을 견딤
박씨는 추한 외모로 시집을 왔습니다. 그래서 이시백은 박씨를 돌아 보지 않았지요.

📖 아무리 마음을 독하게 먹고자 한들 그러한 괴물을 보고 어찌 함 께 잠자리를 들 수 있겠는가? 여러 날을 그렇게 하니, 이제는 박씨가 거처하는 곳 가까이에 가고 싶은 마음조차 없어져 버렸다. 자연히 부 부의 정은 점점 멀어질 수밖에 없었다.

박씨는 왜 괴물 같은 추녀가 되었을까요? 소설에서는 전생에 지은 죄 때문이라고 했지만, 어떤 죄인지는 나오지 않습니다.

박씨는 시집 올 당시 열여섯 살이었습니다. 이 나이는 아이에서 어른으로 바뀌는 시기입니다. 피화당에서 홀로 삼 년을 지내는 것은 성인이 되기 위한 통과 의례 같은 것일까요?

★ 허물을 벗고 미녀로 변신

삼 년 동안의 시련 끝에 드디어 박씨는 허물을 벗고 변신합니다.

📖 하루는 처사가 후원으로 들어가 딸을 불러 앉혔다.
"너의 액운이 다 끝났으니 누추한 허물을 벗어라."
처사는 허물을 벗고 변화하는 술법을 딸에게 가르친 뒤에 말했다.
"허물을 벗거든 버리지 말고 시아버지에게 옥으로 된 함을 짜 달라고 해서 그 속에 넣어 두어라."

박 처사는 딸에게 변신하는 도술을 알려 줍니다. 박씨는 허물을 벗고 세상에 둘도 없는 미인이 됩니다. 남편인 이시백은 아름다워진 부인 앞에서 쩔쩔매며 마음을 얻으려 애씁니다. 또한 장안의 재상집 부인들은 박씨를 초대하고, 그들 공동체의 구성원으로 대접합니다.

📖 박씨를 보려고 애타게 기다리던 부인들은 마주 앉은 박씨를 자세히 살펴보았다. 옥 같은 얼굴에 구름 같은 머리카락은 동산에 솟는 달과 같고, 옷차림은 꽃이 그 얼굴을 가릴 정도였다. 여러 부인의 고운 태도가 박씨 부인 때문에 오히려 빛을 잃을 지경이니, 보는 사람 모두 탄복을 했다.

(65)

박씨는 왜
용골대를 놓아주었을까요?

박씨는 왜 청나라 군사를 그냥 돌려보냈을까요?
그리고 왜 특정 인물만 구출하고 나머지는 청나라
에 끌려가게 놔두었을까요?

★ 용울대는 죽이고 용골대는 살려 줌

박씨의 시비인 계화는 도술을 부려 혼자서 용울대를 대적합니다. 용
울대가 피화당 안에 달려들자 하늘이 어두워지고 구름이 자욱해지며
무수한 나무가 한꺼번에 갑옷 입은 군사가 됩니다. 용울대가 어리둥절
해 하고 있을 때 계화는 단칼에 그의 목을 베어 버립니다. 용울대는 칼
을 빗겨 들고 계화를 치려 했지만, 계화가 신통력을 부려 칼 든 손에서
맥이 빠져 버리게 합니다.

316

계화가 이 정도인데 박씨는 어떻겠습니까?

📖 용골대가 군사를 명령하여 일시에 불을 지르니, 화약 터지는 소리가 산천을 무너뜨릴 것 같았다. 사면에서 불이 일어나 불빛이 하늘을 가득 메웠다. 이때 박씨가 옥으로 된 발을 걷고 나와 손에 옥화선을 쥐고 불을 향해 부쳤다. 그러자 갑자기 큰 바람이 불면서 불기운이 오히려 오랑캐 진영을 덮쳤다.

아우의 복수를 하기 위해 쳐들어온 용골대가 나름 전략을 짜서 화약에 불을 지르지만 자기편이 오히려 피해를 당합니다. 용골대는 감히 박씨 부인에게 범접하거나 대적할 수 없음을 알고 물러나지요.

그런데 박씨는 용골대를 그냥 놓아줍니다. 용울대는 계화 혼자서도 죽였는데 용골대는 왜 살려 주었을까요? 그것은 용울대는 허구적 인물이고 용골대는 실제 인물이기 때문입니다. 허구적 인물은 죽일 수 있지만, 실제로 살아 돌아간 용골대를 죽이기는 힘듭니다. 아무리 소설이라고 하더라도 역사적 사실을 바꿀 수는 없으니까요.

★ 왕비는 구하고 세자와 대군은 구하지 않음

용골대는 조선의 왕비와 세자, 대군을 데리고 장안의 재물과 미녀를 거두어 돌아가려고 합니다. 이때 박씨가 계화를 시켜 소리치게 합니다.

📖 "무지한 오랑캐 놈들아! 내 말을 들어라. 조선의 운수가 사나워 은혜도 모르는 너희들에게 패배를 당했지만, 왕비는 데려가지 못할

것이다. 만일 그런 뜻을 둔다면 내 너희들을 몰살시킬 것이니 당장 왕
비를 모셔 오너라."

이미 항복을 했기 때문에 세자와 대군과 다른 사람들은 데리고 가더
라도 왕비는 데리고 갈 수 없다고 합니다. 만약 왕비까지 데리고 가려
고 하면 몰살시키겠다고 협박을 하지요. 계화는 오랑캐 군사들을 얼려
버리는 재주를 부립니다. 용골대는 갑옷을 벗고 창칼을 버린 뒤에 무
릎을 꿇고 돌아가게 해 달라고 애걸합니다.

그런데 박씨는 왜 다른 사람들은 끌려가도록 놓아둘까요? 박씨는 세
자와 대군을 모셔 가는 것은 하늘의 뜻이기 때문에 거역하지 못한다고
말하는데, '하늘의 뜻'이란 역사적 사실을 말합니다. 실제로 병자호란
때 조선은 청나라에 항복하고 소현세자와 봉림대군이 청나라에 볼모
로 잡혀갔습니다. 하지만 왕비는 잡혀가지 않았지요.

그러면 왜 굳이 왕비를 구출하는 내용을 넣었을까요? 두 가지 이유
가 있습니다. 하나는 박씨의 뛰어난 업적을 드러내기 위함입니다. 또 하
나는 조선의 왕자들과 백성들이 잡혀간 원통함을 보상받고자 함입니
다. 지위가 더 높은 왕비를 잡아가지 못하게 막았다는 것으로 위안을
삼은 것이지요.

★ 잡혀가는 백성들을 그냥 보냄

📖 잡혀가는 부인들은 하늘을 우러러 통곡하며 울부짖었다.

"박씨는 무슨 재주로 화를 면하고 고국에 안전하게 있으며, 우리는 무
슨 죄로 만리타국에 잡혀가는가? 이제 가면 삶과 죽음을 기약할 수

없을 것인데, 어느 때 고국산천을 다시 볼 수 있으리오?"

부인들은 박씨가 왕비만 구하고 자기들은 잡혀가도록 내버려 둔다고
원망합니다. 박씨뿐 아니라 지배층을 향한 원망이라고 해야겠지요.

📖 박씨는 땅바닥을 치며 통곡하는 부인들을 달랬다.
"여러 부인은 슬픔을 진정하고 내 말을 들으십시오. 세상사는 곧 고진
감래요 흥진비래라 합니다. 너무 서러워하지 마시고 평안히 가 계시면
삼 년 후에 우리 세자와 대군, 그리고 그대들을 데려올 사람들이 있
을 것입니다. 아무쪼록 너무 슬퍼하지 말고 몸성히 지내다가 삼 년 뒤
무사히 돌아오도록 하십시오."

박씨는 통곡하는 부인들을 달랠 뿐 구출하지 않습니다. 세자와 대군
도 볼모로 잡혀갔지만, 그들은 어느 정도 대접을 받으면서 지낸 데 비
해 아녀자들은 온갖 능욕을 당했습니다. 살아서 돌아왔다 하더라도
'환향녀'라는 이름으로 감당하기 어려운 수모를 당했습니다.
박씨는 잡혀가는 아녀자들의 고충을 알고 있으면서 왜 내버려 두었
을까요? 역시 병자호란 때 수많은 사람이 청에 잡혀갔다는 사실을 부
정할 수 없기 때문입니다. 그러니 삼 년 뒤에 돌아올 수 있다고 말하는
것으로 그들을 위로할 수밖에 없습니다. 하지만 박씨의 위로와는 달리
현실은 훨씬 복잡하고 어려웠습니다. 실제로 소현세자와 봉림대군이 조
선으로 돌아온 것은 잡혀간 지 십 년이 지난 뒤였으니까요.

★ 청나라 군대를 놓아준 임경업 장군

임경업 장군이 용골대의 군사를 맞아 적진의 장졸들을 무수히 죽이고 용골대를 치려 합니다. 하지만 용골대가 조선 왕의 항서를 보여 주자 임경업은 칼을 땅에 던지고 대성통곡합니다. 임경업은 분함을 이기지 못하여 다시 칼을 들고 적진으로 달려들어 꾸짖습니다.

📖 "네 나라가 지금까지 지탱한 것이 모두 나의 힘인 줄 어찌 모르느냐? 이 오랑캐들아! 너희가 하늘의 뜻을 어기고 우리나라에 들어와 이같이 악행을 저지르니, 마땅히 씨도 남기지 말고 없애 버려야 할 것이다. 하지만 우리나라의 운수가 불행하여 그렇게 된 일이고, 또 왕의 명령을 거역할 수 없으니 부득이 살려 보낼 수밖에 없구나. 부디 세자와 대군을 평안히 모시고 돌아가도록 하라."

임경업은 청나라가 은혜를 모르는 것에 대해서 상기시킵니다. 그러면서도 불운과 임금의 명령을 들어 살려 보냅니다. 그리고 세자와 대군을 모셔 가는 것도 허락합니다. 우리나라의 인재와 능력으로 충분히 청나라를 상대할 수 있고, 용골대 군사를 격퇴할 수 있는데도 불구하고 놓아줍니다. 이것은 조선이 운이 없었을 뿐 능력이 부족하지는 않다는 것을 은근히 내세우기 위한 것임을 알 수 있습니다. 현실적으로는 패배를 했지만, 마음속으로는 그렇지 않다는 것으로 위안을 삼은 것입니다.

66

어디까지 허구이고,
어디까지 사실일까요?

〈박씨전〉은 허구입니다. 그런데 조선 시대에 실제 일어났던 병자호란을 배경으로 하였으며, 남자 주인공 이시백을 비롯한 인조대왕, 임경업, 용골대 등의 실존 인물이 등장하지요. 이 인물들에 대한 정보 중 필요한 부분을 가져오면서 주인공의 업적을 살리는 내용을 첨가하기도 합니다. 역사적 사실을 활용하면 독자에게 신뢰감을 주기 때문이지요. 그러나 소설 속 내용이 실제와 일치하지는 않습니다.

★ 이시백의 인품과 벼슬

이시백은 실존 인물입니다. 실제 이시백은 어린 시절 가난하게 자랐고, 이후 고위 관료로 청렴한 생활을 했습니다. 병조 판서를 네 번이나 역임하였으며, 병자호란 때 용맹하게 전투에 참여하여 백성들에게 신임을 얻었습니다. 이러한 충성심과 청렴함을 높이 사서 소설에서 박씨와 임금을 중개하는 역할을 하게 한 듯합니다.

소설에서 이시백은 박씨를 외모로 판단하는 사람이지만 아버지의 뜻을 감히 거역하지는 못합니다. 또 박씨가 미녀로 변신한 후에는 매사 아내의 의견을 따르지요. 오랑캐 자객 기홍대는 이시백을 보고, 그저 어질 뿐이고 특별한 재주는 없는 듯하다고 생각합니다. 이는 이시백의 실제 인간상을 반영한 것으로 보입니다.

소설 속 이시백은 평안 감사를 제수받고, 병조 판서와 우의정에까지 오르게 됩니다. 실제 이시백은 수원 부사, 양주 목사, 강화부 유수, 병조 참판, 병조 판서, 우의정, 좌의정, 영의정을 거칩니다.

허구와 실제가 일치하는 부분은 병조 판서와 우의정을 지냈다는 점입니다. 그런데 실제 이시백은 평안 감사를 한 적은 없습니다. 이렇게 허구의 벼슬을 추가한 것은 소설 속 이시백의 재주를 부각하기 위해서입니다.

★ 명나라와 청나라의 장군이 된 임경업

소설 속 이시백은 임경업과 함께 명나라에 사신으로 갑니다. 그러나 실제 이시백은 명나라에 간 일이 없습니다. 당연히 사신 역할을 한 적도 없었지요. 이 내용은 온전한 허구입니다.

📖 ····· 천자가 시백과 경업 두 사람을 청병장에 앉히고 가달국에 들어가 싸우게 했다. 두 사람은 백 번을 싸우면 백 번을 이겨 결국 가

달국을 물리쳤다. 산천이 떠나가도록 승전고를 울리며 남경으로 들어가니, 천자가 크게 칭찬하고 상을 후하게 주었다.

소설에서는 이시백과 임경업이 명나라에 사신으로 갔을 때 청나라가 명나라에게 구원병을 요청했다고 합니다. 청병장을 구하지 못한 천자가 시백과 경업을 장군으로 앉히고 가달국을 물리치게 합니다. 하지만 이것은 모두 허구로서, 청나라가 은혜를 모른다는 비난을 하기 위한 복선입니다. 병자호란이 명분 없는 침략임을 강조하기 위해 끼워 넣은 내용이지요.

그런데 실제 임경업 장군은 청나라의 장군이 되기도 하고, 명나라의 장군이 되기도 했습니다. 명나라의 공유덕이 반란을 일으켜 청에 귀순하려 할 때, 임경업 장군은 명군과 함께 토벌군에 참가합니다. 이 일로 임경업은 명나라 왕으로부터 '총병'이라는 벼슬을 받습니다. 하지만 병자호란에서 조선이 청나라에 항복한 뒤에, 청나라에서는 임경업 장군을 내세워 명나라를 치게 합니다. 명나라와 친하고 청나라를 배척한 친명배청파였던 임경업은 청나라 장수의 지휘에 따라 진퇴를 같이 했을 뿐, 한 번도 명군과 직접 싸우지는 않습니다.

★ 조선 침략의 과정

다음은 한유와 용골대를 대장으로 하여 조선을 침략하게 할 때 청나라의 왕비가 당부한 내용입니다.

📖 "대왕의 말씀을 어기지 말고, 반드시 동으로 조선에 들어가도록

하라. 그리고 조선 땅에 들어가거든 바로 힘 있는 군사를 뽑아 의주와 한양 중간에 매복시켜 의주 부윤 임경업이 도성과 서로 통하지 못하게 해야 한다."

소설 속에서 청나라는 임경업 장군의 기개를 알고 두려워합니다. 박씨도 이를 알기에 동쪽으로 침략하려는 오랑캐를 막으려면 의주에 있는 임경업을 서울 쪽으로 오게 해야 한다고 주장하지요. 하지만 김자점의 방해로 뜻을 이루지는 못합니다.

이것은 역사적 사실과 어느 정도 맞습니다. 실제로 청군은 임경업이 지키는 백마산성을 피해서 서울 동쪽으로 진격했으니까요.

★ 오랑캐를 물리친 임경업 장군

소설에서 박씨는 용골대를 크게 혼내고 나서는, 목숨을 살려 주겠으니 의주로 가서 임경업 장군을 뵈라고 합니다. 용골대는 군사를 이끌고 의주로 갔다가 임경업 장군에게 크게 혼이 납니다.

📖 이들이 오랑캐임을 한눈에 알아본 경업이 비호와 같이 달려들어 선봉 장수의 머리를 한칼에 베어 들고 거침없이 적군을 무찔렀다. 방심하고 있던 적군이 허둥거리며 흩어지니, 적군의 머리가 가을바람에 낙엽 지듯 떨어졌다. 한유와 용골대는 그제야 박씨의 계책에 빠져든 것을 알고 급히 군사를 뒤로 물렸다.

실제로 임경업 장군은 병자호란 때 청나라 군사와 싸워 승리한 적이 있습니다. 청 태종의 조카인 요퇴가 300기의 정예 기병을 이끌고 본국으로 돌아갈 때, 임경업 장군은 압록강에서 이들을 무찌르고 잡혀가던 조선 사람 120여 명과 말 60여 필을 빼앗는 전과를 올립니다. 이것이 소설에서는 용골대의 군사를 무찌르는 것으로 바뀌었습니다.

67

어떤 아름다움이
더 중요할까요?

내면적인 아름다움과 외면적인 아름다움 가운데
어느 것이 더 중요하다고 생각하나요? 재주와 덕
이 더 중요할까요, 아니면 아름다운 외모가 더 중
요할까요?

★ 이득춘이 중시한 것 - 재주와 덕

이득춘은 박 처사의 딸이 재주와 덕을 갖추었기 때문에 혼인시키려
고 합니다. 외모나 신분보다는 재주와 덕을 중요하게 생각하지요.

이득춘은 박씨를 보았을 때 너무나 추한 모습이어서 두 눈이 절로
감기기도 했지만, 이내 정신을 차리고 마음을 고쳐먹습니다. 그는 박
처사의 됨됨이가 예사롭지 않았던 것처럼, 박씨도 재주와 덕을 가졌을

것이라 생각했지요. 그러곤 집안에 복이 될 것이라고 믿습니다. 그래서 그는 자식의 일생을 그르치게 되었다고 원망하는 부인을 다음과 같이 설득합니다.

📖 "양귀비는 그 얼굴이 빼어나게 아름다웠지만 오히려 나라를 망쳤소. 아무리 아름다운 여자를 구해 며느리를 삼는다 해도 여자로서 행실을 잘못하면 사람 도리에 어긋나게 되고, 아울러 집안을 보전치 못하게 될 것이오. 하지만 못난 인물이라 하더라도 덕이 있으면 집안에 복을 가져올 것인데, 부인은 무슨 말씀을 그렇게 하시오? 우리 며느리의 모습이 비록 추하지만, 임사(중국 주나라 때 어진 덕을 널리 베풀었다고 전해지는 태임과 태사)의 덕행이 있을 거라 생각하오. 하늘이 도와 저렇듯 어진 사람을 얻은 것이니, 천지간에 이런 즐거움이 어디 있겠소?"

또 혼인 후 박씨를 냉대하는 아들을 불러 이렇게 타이릅니다.

📖 "사람이 덕을 버리고 아름다움만 취하면 그것이 바로 집안을 망치는 근본이다. 아내가 박색이라고 멀리한다니, 그러고서야 어찌 집안을 제대로 다스릴 수 있겠느냐? 옛날 제갈공명의 아내 황씨는 인물이 추했지만 재주와 덕이 있어 남편을 삼국에서 으뜸가는 인물로 만들고 그 이름을 후세에 길이 전하도록 하였다. 만약 그 인물이 추하다 하여 내쫓았다면 제갈공명은 바람과 구름을 부리는 재주를 누구에게서 배워 영웅호걸이 될 수 있었겠느냐? 너의 아내도 비록 인물은 못났지

만 남을 뛰어넘는 비범한 재주가 있을 것이니, 부디 가볍게 대하지 말아라."

★ 이시백과 세상 사람들이 중시한 것 - 외모

📖 시백이 부친의 명을 거역하지 못해 없는 정도 있는 척하며 싫은 마음 억누르고 내당으로 들어갔다. 하지만 아내의 얼굴을 보는 순간 부친의 가르침은 찬물 한 그릇에 지나지 않게 되고, 아내를 미워하는 마음은 전보다 더 심해졌다. 부채로 얼굴을 가린 채 등잔 뒤에서 억지로 밤을 지낸 뒤 밖으로 나와 상공께 문안 인사를 드리곤 했다.

📖 시백이 물러나와 다시는 그러지 않으리라 마음을 먹고 박씨에게로 갔다. 그러나 이번에도 역시 방에 들어가자마자 눈이 절로 감겼다. 가까스로 눈을 뜨고 얼굴을 보니 기절할 지경이었다. 아무리 마음을 독하게 먹고자 한들 그러한 괴물을 보고 어찌 함께 잠자리에 들 수 있겠는가?

이시백에게 박씨는 그저 '괴물'일 뿐입니다. 이는 시어머니에게도 마찬가지입니다. 박씨가 시아버지의 조복을 짓겠다고 하는 장면을 보면, 외모로 재능까지 짐작하고 단정하는 태도도 드러납니다.

📖 "그 얼굴에 무슨 재주가 있겠습니까?"
부인이 이렇게 비웃자 집안사람들 역시 부인을 편들었다.
"옷감만 버릴 것이니 들여보내지 마십시오."

그런데 박씨가 추녀에서 미녀로 변신하면서 상황은 달라집니다. 외모만 달라졌을 뿐인데, 집안의 모든 사람이 박씨를 달리 대접합니다. 박씨를 냉대하던 이시백이 이제는 박씨를 연모하기 시작합니다.

📖 시백이 감히 말을 하지 못하고 묵묵히 앉았다가 밖으로 나와 해가 지기만을 기다렸다. 그럭저럭 날이 저물어 밥 먹는 것도 잊고 피화당으로 갔다. 박씨는 촛불을 밝히고 위엄 있는 모습으로 앉아 있었다. 시백이 방문을 열고 들어가려 했지만, 걸음이 자꾸만 뒤로 걸려 안으로 들어갈 수가 없었다. 미칠 듯한 정을 걷잡지 못해 문밖으로 배회하다가 '못 들어갈 것도 없겠지.' 하고 마음을 다잡고는 방으로 들어가려 했다. 하지만 자연 얼굴이 붉어지며 말이 꼬질꼬질, 가슴이 답답하여 숨도 제대로 쉬지 못할 지경이었다. 겨우 한 발만 방에 들여놓고 한참을 생각하다 살짝 들어앉았다.

이시백은 외모로 박씨를 박대했음을 인정하고 사죄합니다.

그러나 박씨가 계속 추한 외모였다면 어땠을까요? 박씨는 피화당에서 계화와 쓸쓸히 늙어 갔을 것이고, 집안에서든 나라에서든 인정을 받지 못했을 것입니다. 박씨가 아름다워지고 나서 인정을 받게 된다는 것은, 여성이 가진 재주와 덕이 중요하지만 외적인 아름다움도 못지않게 중요함을 인정하는 것이 아닐까요?

〈박씨전〉을 쓴 의도는
무엇일까요?

★ 현실적 패배에 대한 위안

〈박씨전〉은 병자호란을 배경으로 합니다. 병자호란은 어떤 전쟁이었으며, 이 소설에 어떻게 영향을 끼쳤을까요?

평소 오랑캐라 업신여기던 후금이 국호를 '청'이라 고치고 조선에 군신의 예를 요구했으나 조선은 존명배청(명나라를 높이고 청나라를 배척함)의 이념에 따라 청의 요구를 거절합니다. 이에 청나라는 1636년 13만 명의 병력을 거느리고 조선을 침략하였습니다.

　　곧이어 오랑캐들이 동대문을 깨뜨리고 장안을 몰아쳤다. 오랑캐 군사의 깃발과 창검에 햇빛이 빛을 잃을 지경이었으며, 사람 죽이는 살벌한 소리가 성 안에 가득했다. 뜻밖의 변을 만난 사람들이 어지럽게 흩어졌다. …… 사납게 몰아치는 도적의 창칼에 백성들이 가을바람에 낙엽 지듯 쓰러져, 그 시체가 산을 이루고 흐르는 피가 시내를 이루었다. 살아남은 백성들도 하늘을 우러러 통곡하고 땅을 두드리며 고함치니, 살기를 바라는 소리가 장안 천지를 뒤흔들었다.

청나라는 압록강을 건넌 지 10여 일 만에 서울로 진격했습니다. 인조는 남한산성으로 피란을 갔다가 46일 만에 항복하였는데, 청 태종에게 세 번 무릎을 꿇고 아홉 번 머리를 조아리는 치욕적인 항복 의식을 해야 했습니다. 임금이 당한 굴욕보다 더 큰 문제는 전쟁 포로였습니다. 왕세자를 포함하여 수만 명의 백성이 포로로 끌려갔습니다. 청은 포로들에 대해 높은 몸값을 요구했고, 몸값을 치르지 못한 사람들은 낯선 땅에서 치욕스럽게 살아야 했습니다.

병자호란이라는 배경 속에서 나온 〈박씨전〉은 청나라에 대한 적개심과 복수심을 보입니다. 우리는 청나라에 졌지만 진 게 아니고, 부분적으로는 이겼다는 점을 내세웁니다. 역사적으로 치욕스러운 사건에 허구를 입혀 우리 민족의 자존심을 세우고자 한 것이지요. 또한 가장 큰 피해자인 여성이 복수를 하도록 하여 심리적으로 위안을 주었습니다.

★ 남성 중심의 사회에 대한 비판

〈박씨전〉에서 시선을 끄는 점은 여성인 박씨가 남성인 이시백보다 뛰어난 능력을 가졌다는 겁니다. 박씨는 백옥연적을 주어 시백을 장원 급제시키며, 조정의 일에 개입하고 충고합니다. 시백은 자기 같은 사람을 평안 감사로 앉으니 감당치 못할 듯하다며 박씨에게 함께 부임지로 가자고 부탁하지요.

박씨의 몸종 계화도 용울대를 가볍게 처단할 정도로 능력이 뛰어납니다. 용골대는 장안을 지키던 군사에게서 용울대가 여자의 손에 죽었다는 말을 듣고 어떤 계집이 감히 장부를 희롱하느냐고 화를 냅니다. 그러나 계화와 박씨는 용골대도 가볍게 혼내 줍니다.

여성의 힘은 오랑캐 나라에서도 나타납니다.

📖 오랑캐 왕의 부인은 여자이지만 견줄 데 없는 영웅이었다. 위로는 하늘의 이치에 통달하고 아래는 땅의 이치를 꿰뚫어, 앉아서 천 리 밖의 일을 헤아리고 서서 만 리 밖의 일을 아는 재주를 가지고 있었다.

그래서 오랑캐 왕후는 나라 일을 결정하는 데 적극적으로 관여합니다. 이는 여성도 남성 못지않게 우수한 능력을 갖추어 큰일을 해낼 수 있음을 보여 주는 것입니다.

하지만 여성의 뛰어난 능력은 일부에게만 한정될 뿐 여성을 낮잡아 보는 태도는 여전합니다. 병자호란을 예언하는 박씨의 말에, 간신 김자점은 요망한 계집의 말을 들을 수 없다고 하지요. 임금도 김자점의 말에 동의합니다. 이는 당시 여성에 대한 시선을 알 수 있는 대목입니다.

〈박씨전〉은 여성에 대한 진보적인 인식과 보수적인 인식이 공존합니다. 그렇다 하더라도 우리는 이 소설에서 조선 후기 남성 중심의 질서를 흔드는 변화를 엿볼 수 있습니다.

또 다른 '여성 영웅 소설'

영웅 소설의 주인공은 대체로 남자지만, 여성이 남자보다 뛰어난 능력으로 나라를 구하기도 한다. 〈박씨전〉과 마찬가지로 여성이 뛰어난 능력을 보이는 여성 영웅 소설로는 〈홍계월전〉과 〈정수정전〉 등이 있다.

● 〈홍계월전〉

명나라 때 홍 시랑의 외동딸 계월은 어려서부터 남장을 하였다. 다섯 살에 장 시랑과 양주 목사가 일으킨 난 때문에 피란 중에 어머니와 헤어지는데, 여공이라는 사람에게 구조를 받는다. 여공은 계월의 이름을 '평국'이라 하고 그의 아들 보국과 함께 키웠다. 여공은 평국과 보국을 곽 도사에게 배우게 한다. 한편, 홍 시랑은 벽파도로 귀양을 가고, 그곳에서 아내와 다시 만난다.

평국과 보국은 과거에 응시하여 평국은 장원으로 보국은 부장원으로 급제한다. 평국은 곽 도사에게 봉투 하나를 받고 대원수로, 보국은 중군장으로 전쟁에 참여한다. 그러나 보국이 평국의 말을 듣지 않고 싸우다가 크게 패한다. 평국은 보국을 크게 꾸짖는다. 평국은 홀로 싸우다가 불의 공격을 받아 위험에 처하지만 곽 도사의 봉투를 열어 위기를 모면한다.

평국은 전쟁 중에 벽파도로 갔다가 헤어졌던 부모를 만난다. 평국이 전쟁에서 돌아와 병으로 누웠을 때, 천자가 병세를 알아보기 위해 의사를 보내는데, 이때 평국이 여자이고 원래 계월이라는 것이 알려진다. 천자는 계월을 보국과 혼인하게 한다. 계월은 보국과 결혼하기 전에 마지막으로 보국의 상사로서 군례를 받는다. 또한 보국의 애첩인 영춘을 죽이는데, 이 일로 부부의 갈등이 깊어진다. 다시 오랑캐가 침범하여 둘은 전쟁에 나가고 계월은 천자와 보국의 목숨을 구한다. 두 차례나 국가의 위기를 구한 계월은 벼슬을 누리고 부부간의 정도 회복된다.

- 〈정수정전〉

송나라 태종 황제 때 정 국공은 수정이라는 딸이 있었다. 정 국공은 장 상서의 집에 갔다가 그의 아들 장연을 보고 청혼을 한다. 간신 진공이 모해하여 정 국공은 귀양 가서 죽고, 부인 양씨와 장 상서도 잇따라 죽는다. 의지할 곳 없는 정수정은 남복을 하고 무예를 닦아 과거에 응시해 급제한다. 임금은 이후 진공의 간교함을 깨닫고 강서로 귀양 보낸다. 정수정은 한림학사가 된 장연을 만나지만 그와 혼약한 사람은 죽은 자기 누이라고 말한다. 그리고 장연은 위 승상의 딸과 혼인한다.

북방 오랑캐가 침범하자 정수정은 대원수로, 장연은 부원수로 출정한다. 정수정은 기주에서 호왕 마웅을 쳐부수고 대승한다. 황제가 기뻐하며 정수정과 장연을 부마로 삼으려고 한다. 정수정이 자신이 여자임을 밝히자 장연을 정수정과 혼인시킨다. 아울러 장연을 자신의 딸인 공주와도 혼인시킨다. 정수정은 장연의 첩 영춘이 방자하다는 이유로 죽인다. 시어머니가 대로하고 장연도 수정에게 냉랭하게 대한다.

정수정은 청주로 돌아가 군사를 훈련시키고, 철통골이 다시 침략해 오자 대원수가 되어 쳐부순다. 군량 수송을 맡았던 장연이 제때에 오지 못하자 정수정은 결장 열 대로 장연을 다스린다. 정수정은 황성으로 회군하던 도중 진공의 목을 베어 부모의 원수를 갚는다. 정수정이 돌아오니 임금이 친히 마중을 나오고 시어머니는 시녀를 보내 화해를 청한다. 정수정과 장연은 화목하게 자손을 낳고 75세까지 살다가 동시에 승천한다.

〈박씨전〉에서 박씨는 이시백에게 적극적으로 충고도 하고, 주로 피화당에서 외적과 직접 맞서기도 한다. 하지만 정치 전면에 나서지는 않고, 외부로도 나가지 않으며, 가정 내에서 변화를 꾀하고 있다.

이에 비해 〈홍계월전〉과 〈정수정전〉은 더 적극적이다. 홍계월과 정수정은 남장을 하고 장군이 되어 적과 맞서 싸워 국가의 위기를 여러 번 구하는 영웅적 면모를 보인다. 남편보다 지위가 더 높고, 제 할 일을 하지 못한 남편을 꾸짖거나 매로 다스리기까지 한다. 남편의 첩을 죽여서 부부간에 갈등이 생기기도 하지만, 이후 남편과 화해를 할 정도로 대등한 위치에서 처신한다.

최척전

〈최척전〉의 줄거리

남원에 사는 최척은 어려서 어머니를 여의고 아버지 최숙과 함께 살았다. 아버지는 어려서부터 놀기를 좋아하는 최척을 걱정하여 친구인 정 진사에게 보내 공부를 하게 한다.

어느 날 최척에게 시가 적힌 작은 쪽지가 전달되는데, 편지를 보낸 사람은 이옥영이었다. 옥영은 아버지를 일찍 여의고 어머니 심씨와 함께 친척인 정 진사 집에서 살고 있다. 최척은 옥영에게 사랑을 약속하는 편지를 쓰고, 옥영은 기뻐하며 답장을 한다. 정식으로 청혼해 달라는 옥영의 부탁에, 최척은 아버지에게 중매쟁이를 보내 달라고 한다. 아버지는 신분 차이를 걱정하지만, 아들이 간청하여 정 진사를 찾아가 청혼한다. 정 진사는 심씨에게 이 사실을 전하지만 심씨는 가난한 집에 딸을 시집보내기 싫다고 거절한다. 그날 옥영은 어머니를 설득한다.

📖 "사실 제가 그동안 최척이라는 분이 날마다 아저씨께 와서 공부

하는 것을 몰래 엿보았거든요. 보면 볼수록 심지가 곧고 성품도 온화하고 건실한 사람이었지요. 결코 가벼이 행동하고 허황한 생각을 하는 분이 아니었어요. 그분을 제 배필로 삼는다면 죽어도 한이 없을 것 같아요."

최척과 옥영은 결혼 날짜를 잡았지만 최척이 식을 올리기도 전에 의병으로 나가게 된다. 한편, 옥영의 이웃에 사는 양씨는 큰 부자였는데, 옥영을 아내로 맞아들이고자 정 진사를 꾀었다. 정 진사 부부는 뇌물에 눈이 어두워지고, 마침내 옥영의 어머니는 옥영을 양씨에게 시집보내려 한다. 옥영은 어머니에게 사정하다가 어머니가 뜻을 받아 주지 않자 자살을 시도한다. 이후 집안에서는 옥영의 뜻을 따를 수밖에 없었다. 최척은 전쟁터에서 병을 얻었는데, 아버지 최숙의 편지를 통해 옥영의 이야기를 알게 되고, 의병장의 귀가 명령을 받아 옥영과 혼례를 치른다.

아내를 얻은 후 최척은 모든 일이 잘 풀렸지만, 자식이 없었다. 어느 날 꿈에 부처님이 나타나 아들을 낳을 것이라는 계시를 한다. 아들 몽석을 낳았는데 과연 부처님 말씀대로 등에 사마귀가 있었다. 어느 봄 밤, 최척은 피리를 불고 옥영은 시를 읊는데, 옥영의 뛰어난 시 솜씨에 놀라며 최척도 시로 답한다. 옥영은 즐거움이 다하면 슬픈 일이 생기지는 않을지 생각하며 슬퍼하고 최척은 옥영을 위로한다. 그러던 어느 날 정유재란이 일어난다.

📖 1597년 8월. 왜구가 남쪽으로 쳐들어왔다. 조정에서 군사를 내어

막았지만, 이들의 힘을 당해 낼 수가 없었다. 마침내 왜구는 남원 땅까지 들어왔다. 남원성이 적의 손에 넘어가자 남원 고을 백성 모두 산속으로 피란을 갔다. 최척도 가족을 데리고 지리산 연곡으로 몸을 피했다.

최척이 잠시 식량을 구하러 간 사이 왜구가 침략하여 마을은 쑥대밭이 되고, 가족은 생사를 알 수 없었다. 최척은 절망하여 자살하려다가 명나라 장군 여유문을 따라 중국으로 건너간다. 한편, 최척의 아버지 최숙과 장모 심씨는 왜구에게 끌려갔다 도망을 치고, 지리산 연곡사에서 우연히 몽석을 발견하여 남원으로 돌아온다.

옥영은 남장을 하고 달아나다 왜구인 주급돈우의 포로가 된다. 옥영은 스스로 목숨을 버리려고 시도했다가 꿈에 만복사의 부처가 나타나 훗날 좋은 일이 있다고 해서 희망을 갖고 살아간다. 옥영은 여자라는 사실을 숨기고 주급돈우의 살림을 거든다.

최척은 명나라에서 여유문과 함께 일하며 지내는데, 여유문은 최척의 인품과 성실성에 감복하여 자신의 누이동생과 결혼시키려 하지만 최척은 거절한다. 그 뒤 여유문은 세상을 뜨고, 최척은 항주의 친구 주우와 함께 장삿배를 타고 안남(베트남)으로 간다. 안남의 한 항구에 닻을 내린 날 밤, 최척이 퉁소를 불면서 쓸쓸한 마음을 달래는데 그 옆 일본 배에서 누군가가 조선말로 시를 낭송하였다. 바로 아내 옥영이었다. 둘은 기쁨에 차 재회를 하고, 항주로 돌아와 살림을 차린다.

📖 항주의 집으로 돌아온 주우는 방 하나를 깨끗이 청소하고 최척

부부가 편안하게 살도록 돌봐 주었다. 영원히 헤어진 줄 알았던 아내를 다시 만난 최척은 비로소 사는 즐거움을 맛볼 수 있었다. 그러나 늙은 아버지와 어린 아들 생각에 마음 한쪽은 항상 먹먹했다.

최척과 옥영은 둘째 아들을 낳아 이름을 '몽선'이라고 짓는다. 몽선이 장성하자 며느릿감을 찾는다. 홍도는 조선으로 출정을 간 진위경의 딸인데, 조선 땅을 밟고 싶다며 조선 사람과 결혼하기를 원한다. 그리하여 이모에게 스스로 중매를 부탁하여 몽선과 백년가약을 맺는다.

이듬해 금나라가 명나라 요양에 쳐들어온다. 최척은 명나라 군사로 출전하게 된다. 옥영은 몹시 걱정되어 차라리 죽는 게 낫다며 자살하려 하지만, 최척은 아내를 다독여 말린다.

요양에는 명나라 군대와 조선 군사들이 함께 주둔했는데, 후금의 군사가 쳐들어와 쫓겨난다. 포로로 잡힌 명나라 군사들은 모두 목숨을 잃는다. 조선의 병사를 지휘한 강홍립은 후금에게 조선의 입장을 설명하고 항복하여 목숨을 건진다. 최척은 조선 병사 틈에 숨어들어 조선 병사 행사를 한다. 자신을 감시하던 조선 청년과 속이야기를 나누던 중 그가 아들 몽석임을 확인하게 된다. 조선인으로서 포로들을 관리하던 늙은 병사가 이 사실을 알고 둘을 몰래 놓아준다.

최척은 몽석과 함께 조선 땅으로 가다가 종기가 났는데, 명나라 사람을 만나 치료를 받고, 목숨의 은인인 그가 갈 곳이 없다는 사실을 알고 고향으로 같이 이동한다. 고향집에서 최숙과 심씨를 만나고 재회의 기쁨을 누리다가, 함께 온 명나라 사람이 홍도의 아버지인 진위경이라는 사실까지 알게 된다.

한편, 옥영은 명나라 군사가 오랑캐와의 싸움에서 져 모두 죽었다는 소식을 듣고 절망한다. 그러나 꿈속에서 부처가 나타나 참고 견디면 훗날 좋은 일이 생길 것이라고 말한다. 옥영은 오랑캐 군사들이 조선 병사를 풀어 주었으니 최척이 살았다면 조선 땅으로 돌아갔을 것이라고 생각하여 조선으로 가기로 결심한다. 몽선이 옥영을 말리지만 홍도는 옥영의 결심을 지지한다. 배와 먹을 것, 조선과 왜국의 옷을 준비하고 홍도에게 조선과 왜국 말을 가르치고, 돛대와 노, 지남석 등을 준비하여 길을 떠난다.

명나라 배를 만나면 명나라 사람이라고 하고, 왜국 배를 만나면 왜국 사람이라고 하면서 험난한 여정을 넘겨 왔지만, 해적선을 만나 배를 빼앗긴다. 절망한 옥영은 죽으려다 몽선과 홍도의 만류로 죽지 못하고, 다시 한 번 꿈에서 부처를 만난다.

이틀 뒤 조선 배를 만나 뱃사람들의 도움으로 고향 집에 도착한다. 온 가족이 해후하여 단란한 삶을 누리면서 행복하게 살게 된다.

이 이야기는 최척이 들려준 이야기를 조위한이 기록한 것이다.

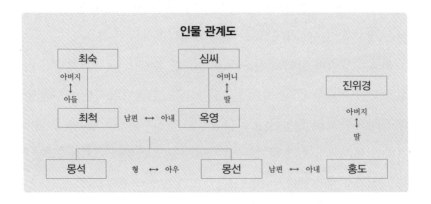

69

최척은
어떤 인물일까요?

최척은 집안이 변변치 않으며, 전쟁을 겪으면서 사랑하는 가족과 헤어져 고통을 겪는 평범한 사람입니다.

★ 기개 있고 풍류를 아는 사람

최척은 어려서 모범적인 아들은 아니었던 듯합니다. 친구들과 어울리기를 좋아했고, 사소한 예의에 얽매이지 않는 사람이었습니다. 하지만 아버지에게 야단을 맞은 다음부터는 정 진사의 집에서 매우 열심히 공부했습니다.

📖 최척은 문장이 나날이 발전했고, 공부를 한 지 몇 달 만에 실력

이 마치 물이 강에 넘치듯 풍부해졌다. 마을 사람 모두 최척의 총명함에 감탄할 정도였다.

옥영은 최척의 따스한 말과 호탕한 기운에 반하여 백년가약을 함께 나눌 지아비라고 생각합니다.

그런데 최척은 반듯하고 총명하기만 한 사람이 아니라 풍류를 알고 즐기는 사람입니다. 가난한 신혼 시절에도 피리를 불며 아내와의 시간을 즐깁니다.

📖 최척은 평소에 피리를 잘 불었는데, 달이 뜨는 저녁이나 꽃 피는 아침이면 눈을 지그시 감고 연주했다. 그날도 꽃향기에 빠진 최척이 항아리 속의 술을 걸러 아내와 나누어 마신 뒤 피리를 꺼내 들었다. 최척은 술상에 기대앉아 세 곡을 연달아 불었다. 피리의 곡조는 버들가지처럼 하늘하늘 이어졌다.

★ 가족을 사랑하는 사람

최척은 평생 옥영을 사랑했습니다. 정 진사 댁에서 공부를 하면서도 늘 옥영을 생각했고, 의병으로 참여하면서 옥영과 혼례를 치르지 못해서 마음의 병을 얻었습니다. 결혼 이후에는 서로를 마음 깊이 이해하며 하루라도 떨어져 지내는 일이 없었습니다. 왜구가 쳐들어와 난리 끝에 가족과 헤어지자 절망하여 자살을 결심했다가도, 아내와 아이가 죽었다고 단정할 수 없다는 사람들의 충고 때문에 마음을 돌렸지요.

이후 중국에 갔을 때에 여유문이 자기의 누이동생과 결혼하라고 권하지만, 옥영을 생각하며 이를 거절합니다.

> 📖 "마음은 고맙지만 그렇게 할 수는 없습니다. 형님도 아시잖습니까? 저희 집안이 왜국에 짓밟혀 엉망이 됐다는 것을요. 저는 지금 늙은 아버지와 사랑하는 아내의 생사조차 모릅니다. 만약 세상을 떠나셨다 해도 장례조차 치르지 못했습니다. 이런 처지에 어찌 속 편하게 새로 아내를 얻을 수 있겠습니까?"

안남에서, 일본인의 배에서 들려온 옥영의 시 낭송을 듣고 그는 그리움이 사무쳐 선실로 들어가지 못하고 그 자리에서 앉은 채 밤을 꼬박 새웠습니다. 이후 옥영을 만나 통곡하며 재회의 즐거움을 누리지요.

전쟁터에 나가서 친해진 청년에게 아들의 이야기를 하면서 아들에 대한 그리움에 눈물이 맺혔고, 그 청년이 몽석이라는 것을 알게 되자 울음을 터뜨리며 부둥켜안고 통곡하였습니다.

자기 가족에 대한 사랑은 자칫 배타적으로 흐르기 쉽습니다. 그러나 최척은 자신의 직계 가족뿐만 아니라 아내 옥영의 어머니인 심씨, 둘째 며느리 홍도의 아버지인 중국인 진위경까지 받아들입니다.

★ 따뜻하고 낙관적인 사람

옥영이 우울하거나 힘들 때 최척은 옥영을 따뜻하게 위로합니다.

> 📖 옥영은 이야기 끝에 눈물을 주르르 흘렸다. 최척이 얼른 소맷자락으로 옥영의 눈물을 닦아 주며 다독였다.

"굽고 펴는 것, 차고 기우는 것 모두 하늘의 이치라오. 좋거나 나쁘거나 후회하거나 인색한 것도 일생에서 누구나 겪는 일이라오. 살아가다가 가끔 불행을 겪는다고 해서 허망하게 슬픔에 빠져 헤어 나오지 못해선 안 된다오. 그러니 너무 근심하거나 괴로워하지 마시오. '좋은 말만 하고 나쁜 말은 하지 않는 법'이라는 옛말도 있지 않소? 쓸데없는 고민으로 마음을 어지럽혀 좋은 기분을 망칠 필요는 없지 않소?"

행복과 불행은 하늘의 이치를 따르는 것이니 가끔 불행하다 해도 너무 슬픔에 빠질 필요가 없다고 위로합니다. 슬픔에 빠지는 옥영을 잘 다독여 주는 따뜻한 마음을 지닌 인물입니다. 이렇게 최척과 옥영의 사랑도 더욱 깊어지고 있군요.

📖 "…… 이번에 군대를 따라 전쟁터에 가는 것은 그저 시간을 좀 허비하는 것일 뿐이고, 손톱만큼 수고하는 일일 뿐이오. 괜히 걱정하거나 슬퍼지지 말고 내가 공을 세우고 돌아오는 날, 술잔을 들고 축하해 줄 생각만 하면 된다오. 더구나 우리 아이가 건장하게 잘 자라 제 역할을 다하고 있으니, 당신 한 몸 의지하기에 충분하지 않겠소? 밥 굶을 걱정을 크게 하지 않아도 될 만큼 집안 살림이 일어났으니, 먼 길 떠나는 내게 쓸데없는 근심을 주려 하지 말고 부디 옥체를 보존하시오."

최척은 아내를 다독인 뒤 짐을 꾸려 전쟁터로 나갔다.

최척은 옥영과 재회하여 중국의 항주에서 살다가 전쟁이 나서 전쟁터로 나가게 되었습니다. 이때 옥영은 최척이 살아 돌아올 수 없을지도 모른다는 생각에 몹시 괴로워합니다. 옥영이 그 괴로움 때문에 목숨을 끊으려 하자 최척은 별일 아니니 걱정하지 말고 건강히 지내고 있으라며 위로합니다.

옥영이 똑똑하고 당차면서도 다소 우울해지기 쉬운 기질이라면, 최척은 따뜻하고 낙관적인 성격으로 보입니다. 힘든 상황에서도 옥영을 다독이며 희망을 갖고 살아갈 힘을 주는 남자입니다.

전란을 겪으면서도 풍류를 잃지 않고, 따뜻한 마음으로 가족을 사랑하며, 주변에 희망을 선물하는 남자. 이 사람이야말로 진정한 영웅이 아닐까요?

70

옥영은
어떤 인물일까요?

옥영은 강인한 의지와 슬기로 전쟁의 고난을 극복하고 운명을 개척해 나가는 여인입니다. 당시 여성들에게 강조되던 순종의 미덕이나 수동적 태도와는 거리가 멉니다. 똑똑하고 당차고 적극적인 여성으로서 마침내 온 가족이 만나는 데 크게 기여한다는 점에서, 옥영은 최척보다 존재감이 커 보입니다.

★ 스스로 사랑을 선택하고 지킴

옥영은 스스로 배우자를 선택하고 자신의 선택을 끝까지 관철시킵니다. 옥영은 정 진사 집에서 최척을 지켜보고 먼저 사랑을 고백합니다.

📖 "그동안 가까운 거리에서 그대를 지켜보았습니다. 그때마다 당신의 말은 따스하기 그지없고, 얼굴에는 호탕한 기운이 가득했습니다. 제가 그대 말고 어디서 어진 남편감을 구할 수 있겠습니까?"

어머니 심씨가 최척이 가난하다는 이유로 거절하자 옥영은 어머니를 설득합니다. 심씨는 옥영의 결심이 굳은 줄 알고 결혼을 허락하지만, 최척이 의병으로 나가서 결혼을 약속한 날에도 나타나지 못하자 이웃 마을 큰 부자인 양씨에게 시집보내려고 합니다. 이에 옥영은 어머니에게 항의합니다.

📖 "그분을 기다려 보지도 않고 무조건 저의 결혼을 깨뜨리는 것은 옳지 못해요. 만약 어머니께서 제 뜻을 꺾으려고 하신다면 저는 죽을 수밖에 없어요. 목숨을 버리는 한이 있어도 다른 집으로는 시집가지 않겠어요."

옥영은 거부 의사를 분명히 하지만 어머니는 뜻을 굽히지 않습니다. 옥영은 말로는 통하지 않자 행동으로 보여 줍니다. 자살을 시도한 것이지요. 이후 어머니가 다시는 양씨 이야기를 꺼내지도 않게 됩니다. 이렇게 자신의 의지로 사랑을 지켜 냈습니다.

★ 최척에 대한 깊은 사랑

어렵사리 혼례를 치르게 된 옥영은 최척과 더불어 손을 잡고 뛸 듯이 기뻐하며 어쩔 줄을 모릅니다. 행복한 신혼 시절을 보내며 두 사람은 서로를 깊이 사랑했지요. 그러다가 전쟁이 나고 피란 중에 최척을 비롯한 가족과 헤어져 일본으로 끌려갑니다. 옥영을 데려간 주급돈우는 옥영이 눈썰미가 좋고 재치가 있다고 생각하여 늘 옆에 두고 아꼈지만 옥영은 늘 마음속으로 괴로워합니다.

📖 그러나 옥영의 마음은 늘 두고 온 가족과 남편에게 가 있었다. 생사를 알 수 없는 가족에 대한 그리움으로 옥영은 몇 번인가 배에서 뛰어내려 목숨을 버리려 했다.

꿈속에서 부처님을 뵙고 하루하루를 근근이 견뎌 가다, 뜻밖에도 안남에서 최척을 만나게 됩니다. 옥영은 꿈에도 그리던 최척을 만나 행복하게 지냅니다.

하지만 시련은 또 있습니다. 최척이 다시 전쟁터에 나가게 되자 옥영은 하늘이 무너지는 듯 슬퍼합니다.

📖 "제게 베풀어 주신 당신의 사랑을 생각하면, 차라리 제가 먼저 죽어 당신이 나를 잊고 지낼 수 있도록 하는 게 낫겠어요. 당신을 떠나보내고 혼자 남아 밤낮으로 괴로워할 고통도 그렇게 하면 사라지겠지요. 부디 건강하시고, 저는 잊어 주세요."

말을 마친 옥영이 갑자기 품에서 칼을 꺼내 제 목을 찌르려 했다.

놀란 최척이 옥영을 달래어 아내의 자살 시도를 막습니다. 옥영은 남편이 없는 고통 때문에 밤낮으로 괴로워할 정도로 최척을 깊이 사랑합

니다. 이후 전쟁터에서 최척이 죽었다고 생각한 옥영은 또 몹시 괴로워
합니다.

📖 항주에 있던 옥영은 인편을 통해 오랑캐를 정벌하러 떠난 명나라
군사들이 싸움에 져 모두 죽었다는 소식을 들었다. 남편도 당연히 세
상을 떠났을 거라고 짐작한 옥영은 밤낮으로 통곡했다. 그 울음소리
가 얼마나 구슬픈지, 이웃 사람들조차 눈물을 흘릴 정도였다. 옥영은
그날 이후로 어떤 음식도 먹지 않았다. 마치 남편을 따라 죽으려고 각
오한 것 같았다.

옥영은 최척이 없는 세상은 살 의미가 없다고 생각한 듯합니다. 음식
을 끊고 죽으려고 합니다. 하지만 꿈에 부처를 만나고 나서 최척을 찾
아 조선으로 가기로 결심합니다. 살아 있다면 찾아야 하고, 죽었다면
제사라도 지내야 한다고 생각했지요. 최척에 대한 사랑이 얼마나 깊은
지 알 수 있습니다.

★ 바지런하고 똑똑한 여자

옥영은 최척과 결혼한 후 곱게 자란 여자답지 않게 억척스럽게 살림
을 꾸려 갑니다.

📖 시댁에 온 옥영은 이튿날부터 소매를 걷어붙이고 직접 물을 길었
고 절구질도 직접 했다. 또 정성을 다해 시아버지를 모시고 남편을 섬
겼다. 윗어른께는 공손했고 아랫사람에게는 다정했으며, 예의범절을

지켜 이웃을 대할 줄 알았다. 얼마 지나지 않아 사람들은 옥영을 가리켜 세상에서 제일가는 효부라고 칭찬했다.

옥영은 시집을 가서도 여자로 할 일을 정성껏 합니다. 옥영이 시집온 뒤에 최척의 집안은 부자가 되지요. 이렇게 억척스럽고 야무진 일솜씨는 주급돈우도 알아봅니다. 옥영은 자신은 여자 같은 남자이기에 살림을 맡겨 달라고 하며 일을 똑 부러지게 해냅니다. 안남에서 최척을 만난 자리에서 주급돈우는 옥영이 단정하고 성품이 훌륭하여 마치 친자식같이 생각했다고 말하지요.

놀라운 것은 자식 부부를 데리고 스스로 조선으로 가는 장면입니다. 최척을 찾기 위해 죽음을 무릅쓰고 항해를 해서 조선에 갑니다. 둘째 아들 몽선은 어머니가 물고기 밥이 될 수도 있다며 만류하지만, 옥영은 단호하게 말합니다.

📖 "고래만 한 파도가 출렁거려도 조수의 흐름만 잘 살피면 얼마든지 배를 타고 갈 수가 있어. 아무리 거센 바람이 불고 모진 파도가 쳐도, 가는 길의 험난함과 평탄함을 내가 다 맡아 알아서 할 것이다. 위험이 닥친다고 해도 그때그때 맞춰 벗어날 길이 있을 것이니 걱정 말고 떠날 준비를 해라."

어머니의 단호하고 굳은 결심에 몽선도 어쩔 수 없이 길 떠날 준비를 시작했다. 몽선이 배와 먹을 것을 마련하는 동안, 옥영은 조선과 왜국의 옷을 인원수만큼 지었다. 홍도에게는 조선말과 왜국말도 가르쳤다. 혹시 표류하면서 벌어질 수 있는 상황을 미리 준비한 것이다.

십수 년 전에 4년 동안 일본인 밑에서 장삿배를 탔던 경험을 기억하고 활용하는 능력, 바닷길이 험하지만 다 헤쳐 나갈 수 있다는 자신감, 그리고 여행을 위해 준비하는 용의주도한 자세가 돋보입니다. 또 일본말을 일본인처럼 하고, 중국말을 명나라 사람처럼 하고, 며느리에게는 조선말을 가르치는 등 언어 능력이 뛰어나고, 어떤 상황에서라도 잘 대처합니다. 중년의 조선 여성으로서 보기 드문 적극적인 인물상입니다.

71

계속된 만남은
우연일까요, 필연일까요?

 고전 소설에는 일반적으로 우연적인 요소가 많이 나오는데, 특히 〈최척전〉에는 우연한 만남이 네 번이나 나타납니다.

★ 최숙과 심씨가 지리산 연곡사에서 손자 몽석을 만남

전쟁이 일어나면 피란을 가는 사람이 많고, 그 과정에서 흩어져 이산가족이 되기도 합니다.

📖 최숙의 귀에도 손자의 울음소리와 비슷하게 들렸다. 이상하게 여긴 최숙이 아이 얼굴이라도 한번 보아야겠다며 울음소리가 나는 방으로 찾아갔다. 문을 열고 아이를 보자마자 최숙은 깜짝 놀랐다. 꿈

에도 그리던 몽석이가 거기 있었기 때문이다. 뒤를 따라온 심씨는 신발도 벗는 둥 마는 둥 방 안으로 뛰어 들어가 몽석을 품에 안았다.

정유재란이 일어났을 때 최척은 지리산 연곡으로 피란을 갔다가 가족과 헤어집니다. 그런데 왜구에게서 도망친 최숙과 옥영의 어머니 심씨는 우연히 연곡사에서 잃어버린 손자 몽석을 만나게 됩니다.

★ 최척과 옥영이 안남의 항구에서 만남

이러한 만남이 국내에서뿐 아니라 외국에서도 이루어집니다. 최척은 명나라 장수인 여유문을 따라 그의 고향인 중국 소흥에 가서 살다가 주우를 만나 장사를 하러 다닙니다. 옥영은 왜구인 주급돈우를 따라 역시 장사를 하러 다닙니다.

📖 일본 배에서 시를 읊은 사람은 다름 아닌 옥영이었다. 남장을 한 채 주급돈우를 따라 안남까지 장사를 왔다가 어젯밤 퉁소 소리를 듣고, 옛날 남편의 연주가 생각나 울적한 마음에 그 시를 읊었던 것이다. 백사장에서 외치는 목소리를 듣고 옥영은 남편 최척임이 분명하다고 생각했다. 하지만 남편이 어떻게 이역만리 안남 땅까지 와 있단 말인가? 옥영은 믿기지 않았지만 마음속으로는 남편임을 점점 확신했다.

최척과 옥영은 안남에서 우연히 만나게 됩니다. 그 먼 나라에서 두 사람이 만날 확률이 얼마나 될까요? 그들의 만남은 또 얼마나 극적인가요? 최척은 일본 배에서 들리는 염불 소리를 듣고 심회가 일어 퉁소를 붑니다. 이 퉁소 소리를 들은 옥영은 시를 읊습니다. 이 시는 둘이 평화롭게 살던 때 지었던 것입니다. 서로 마음이 통한 것이지요.

★ 최척과 아들 몽석이 호국에서 만남

📖 "등에 어린아이 손바닥만큼 큰 붉은 사마귀가 있었지."

그 말을 들은 청년은 넋이 나간 것처럼 털썩 주저앉아 멍하니 있더니, 갑자기 벌떡 일어나 윗옷을 벗기 시작했다. 청년의 눈은 벌겋게 충혈되어 부풀어 올랐다. 청년이 난데없이 옷을 벗자 최척은 당황해 어쩔 줄 몰랐다. 옷을 벗은 청년이 울먹이며 등을 보여 주고는 말했다.

"제가 바로 몽석입니다. 아버지."

최척은 명나라 군사로 징발되어 전쟁에 나가고, 청년 몽석은 명나라 구원군으로 전쟁에 나갔다가 둘 다 금나라의 포로가 됩니다. 포로수용소에서 몽석은 최척의 사연을 듣다 말고 최척이 자신의 아버지임을 알게 됩니다. 둘은 너무 오랫동안 떨어져 있었기 때문에 서로를 몰라보았지만, 등에 있는 사마귀가 증거가 되어 줍니다.

★ 최척과 사돈 진위경이 조선에서 만남

기이한 만남과 인연은 사돈 간에도 이루어집니다. 최척과 아들 몽석은 갖은 고생을 하면서 조선으로 도망쳐 옵니다. 그 과정에서 최척이 병이 들었는데, 어떤 의원을 만나 병을 고칩니다.

📖 멀뚱히 바라보는 의원의 손을 더 세게 흔들며 최척이 흥분해 목

소리를 높였다.

"정말 기이한 일입니다. 제가 항주에서 댁의 바로 이웃에 살았습니다. 부인께서는 신해년 9월에 병으로 돌아가셨다고 들었습니다. 혼자 남은 딸은 이모부인 오봉림이라는 사람 집에서 살았는데, 바로 우리 둘째 녀석과 혼인을 했답니다. 그러니 의원님과 나는 사돈인 셈입니다. 참으로 기이한 인연이군요."

최척을 살려 준 은인이 몽선의 장인어른이라네요. 몽선의 아내인 홍도는 어렸을 때 아버지를 잃었는데, 그 아버지는 조선으로 파병을 나가서 돌아오지 않았습니다. 홍도는 아버지를 만나고 싶은 소망으로 조선 사람과 결혼을 했습니다. 홍도의 간절함이 하늘에 통한 듯하네요.

★ 그럼에도 불구하고 필연적인 만남

이들의 만남이 반드시 우연적이기만 한 걸까요? 어떤 계기와 징표들이 이들의 만남을 필연으로 보이게도 합니다. 먼저, 최척과 옥영은 서로 사랑을 할 때 시를 짓고 퉁소를 불었습니다. 이것은 후일 두 사람이 헤어졌다가 안남에서 만나는 계기가 됩니다. 둘만이 알 수 있는 징표가 되었지요.

최척이 전쟁터에서 잃어버린 아들을 만나게 된 것도 우연만은 아니었습니다. 당시에는 조선을 사이에 두고 명나라와 후금이 싸우고 있는 상황이었기 때문에 어쩔 수 없이 조선군도 출정을 하게 되었지요. 그리고 몽석의 등에 난 사마귀는 부자가 상봉할 때 아들임을 나타내는 증거가 됩니다.

최척과 중국 사돈인 진위경의 만남이 우연만으로 이루어진 걸까요? 최척의 며느리인 홍도는 조선에 가면 아버지를 만날 수 있을 거라 생각하며 조선 사람과 결혼을 합니다. 어쩌면 최척이 말했듯이, 홍도가 그토록 아버지를 만나고 싶어 했던 정성이 작용했던 것은 아닐까요?

옥영은 죽음을 무릅쓰고 배를 타고 조선으로 갑니다. 그런데 옥영이 일본인 주급돈우를 따라다녔던 경험이 이런 모험을 가능하게 해 주었습니다.

함께 했던 경험, 정성과 사랑, 눈물겨운 노력들이 모여 온 가족이 다시 만날 수 있었습니다. 이들의 엄청난 행운에는 우연과 필연이 함께 작용한 것입니다.

72

고난을 극복한
원동력은 무엇일까요?

〈최척전〉은 전쟁 때문에 만남과 헤어짐을 반복하는 최척과 옥영의 운명을 그린 소설입니다. 최척과 옥영은 끊임없이 만났다가 헤어지면서 온갖 고난을 이겨 내고 결국 사랑을 이루게 됩니다.

★ 지극한 사랑

최척과 옥영의 만남은 어려움이 많았습니다. 최척은 옥영에게 마음이 흔들리지만 신분의 차이 때문에 고민을 합니다. 그런데 옥영이 먼저 편지를 보내 구애를 하지요. 그러나 집안이 가난하여 결혼 과정에 어려움을 겪습니다. 하지만 옥영이 끝까지 최척이 아니면 안 된다고 주장하여 결혼 날짜를 잡게 됩니다.

그런데 혼례를 치르기도 전에 최척이 의병으로 나갑니다. 그러자 옥영의 어머니는 옥영을 부잣집에 시집보내려고 합니다. 하지만 옥영은 죽음으로 맞섭니다. 최척은 병 때문에 고향으로 돌아오고, 둘은 결혼을 하여 자식도 낳고 행복하게 살게 됩니다.

행복한 결혼 생활도 잠시, 왜구가 쳐들어와 온 가족이 뿔뿔이 흩어집니다. 최척은 명나라로 가고, 옥영은 일본으로 가지요. 둘은 각각 중국과 일본을 떠돕니다. 어느 날 지금의 베트남인 안남이라는 먼 나라 땅에서 재회합니다. 그러곤 중국의 항주로 가서 몽선이라는 아들을 낳고 살아갑니다.

오랑캐가 쳐들어와 최척은 명나라 군사로 징발되어 또 헤어지게 됩니다. 최척은 금나라의 포로가 되었다가 조선으로 도망을 갑니다. 옥영은 아들인 몽선과 며느리를 데리고 조선으로 갑니다. 해적을 만나 배를 빼앗기지만 결국에는 온갖 고생을 이겨 내고 조선에 들어와서 최척을 만나 행복한 여생을 보냅니다.

이것은 둘이 간절히 만나기를 바라고 사랑했기에 가능한 일이었습니다. 지극한 사랑이 둘의 만남을 이루어 냈지요. 사랑은 운명을 이겨 내고 고난을 극복합니다.

★ 적극적인 여성상

죽음을 무릅쓰고 사랑을 이루어 내는 옥영의 모습은 독자의 마음속에 진한 인상을 남깁니다. 옥영은 스스로 최척을 선택했고, 최척을 찾아 머나먼 중국 땅에서 조선으로 옵니다. 온갖 고생을 무릅쓰고 항해를 지휘해서 가족을 만납니다. 이렇게 적극적인 자세는 어떤 고난과 어려움 속에서도 사랑을 쟁취하고 지켜 가게 하는 원동력이 됩니다.

📖 옥영 일행이 고향 집 문 앞에 이르렀다. 마침 최척은 수양버들 늘어진 다리 아래에 나와 손님을 기다리고 있었다. 옥영은 남편인 줄도 모르고 가까이 가서 하룻밤 묵을 수 있을지 부탁하려고 했다. 그런데 자세히 얼굴을 보니 바로 남편 최척이 아닌가? 깜짝 놀란 옥영이 말문을 미처 열지 못하고 더듬거렸다.

〈최척전〉은 원하지 않는 전쟁의 상황 속에서도 능동적으로 사랑을 이루어 내는 여성상을 보여 줍니다. 옥영은 주어진 상황을 운명으로 받아들이지 않고 적극적으로 개척해 나가고 있습니다. 이런 정신과 행동에 의해 사랑을 완성한 것이지요.

73

왜 이렇게
자살 시도를 많이 할까요?

〈최척전〉에서는 여섯 번의 자살 시도가 나옵니다. 한 번은 최척이 하고, 다섯 번은 옥영이 합니다. 불합리한 현실 상황에 대한 절망 또는 저항의 표현으로 볼 수 있습니다.

★ 현실에 대한 거부

최척이 의병에 나간 뒤에 옥영의 어머니는 부잣집에 옥영을 시집보내려고 합니다.

📖 심씨는 꿈결에 '끅끅' 하는 소리를 듣고 잠에서 깼다. 그러고는 어둠 속에서 곁에 자던 딸을 더듬어 보았다. 그러나 옥영은 손에 잡히지

않았다. 깜짝 놀라 일어나 불을 켜 보니, 옥영이 비단 수건을 목에 감은 채 창문 아래에 매달려 있었다.

"아이고 애야, 이게 무슨 일이냐?"

심씨는 얼른 옥영의 목에 걸린 수건을 풀었다. 이미 옥영의 몸은 차갑게 식어 가고 있었다.

옥영의 첫 번째 자살 시도는 사랑하는 사람을 두고 다른 사람과 결혼할 수는 없다는 거부의 몸짓입니다.

★ 삶의 의미 상실

최척은 왜구의 침입으로 가족과 헤어지고 나서 자살을 시도합니다.

📖 '사랑하는 아내와 자식을 잃고 이렇게 살아서 무얼 한단 말인가? 차라리 그들을 뒤따라 죽는 게 낫겠다.'

통곡 끝에 이런 생각이 든 최척은 자살을 결심하고 물에 뛰어들려 했다. 그 모습을 본 사람들이 최척의 옷자락을 붙들고 팔을 잡아끌며 만류했다.

최척은 잃어버린 가족을 찾아 나섰지만 찾을 수가 없었습니다. 그는 특히 아내와 아들을 잃게 되어 큰 슬픔에 빠집니다. 그래서 스스로 목숨을 버리려 합니다. 사랑하는 사람과 함께할 수 없는 삶은 의미가 없다고 생각했기 때문이지요.

옥영이 가족을 잃고 왜구에게 잡혀가면서 자살을 시도한 것도 같은 이유입니다.

📖 옥영의 마음은 늘 두고 온 가족과 남편에게 가 있었다. 생사를 알 수 없는 가족에 대한 그리움으로 옥영은 몇 번인가 배에서 뛰어내려 목숨을 버리려 했다.

옥영의 세 번째와 네 번째 자살 시도는 최척과 함께할 수 없다는 절망감 때문이었습니다. 극적으로 재회하여 같이 살다가 최척이 또 전쟁터에 나가게 되자 칼로 자신의 목을 찌르려 합니다. 그리고 명나라 군사들이 모두 죽었다는 소식을 듣고 최척도 죽었으리라 추측하고 음식을 먹지 않고 죽으려 합니다.

★ 타인을 위한 희생

옥영은 조선으로 가는 도중에 마지막으로 자살을 시도합니다. 조선으로 가기 위해 배를 타고 나섰다가 무인도에 표류하는데, 이때 해적을 만나 배를 빼앗기고 식량도 얼마 남지 않게 됩니다.

📖 그러던 중에 한참을 울던 옥영이 갑자기 바닷가 절벽으로 올라가 떨어져 죽으려고 했다.
"어머니 이러시면 안 돼요."
"어떻게든 이 섬을 벗어날 방법이 있을 거예요."
홍도와 몽선이 달려들어 어머니를 말렸다. 옥영이 몽선을 얼싸안고 울음을 터뜨렸다.

이때 옥영이 자살을 시도한 까닭은 자식의 목숨을 좀 더 연장시키기 위함입니다. 사나흘 먹을 식량밖에 안 남은 상황이라 자기가 죽어야 자식들이 더 살 수 있다고 생각한 것이지요.

그렇지만 최척과 옥영은 매번 마음을 고쳐먹습니다. 그리고 새로운 희망을 갖고 내일을 향해 나아갔습니다. 힘든 일이 있더라도 참고 견디면 오늘보다 행복한 내일이 기다릴 테니까요.

74

'부처의 꿈'은
어떤 역할을 할까요?

 〈최척전〉에서는 옥영이 모두 다섯 번 꿈을 꾸게 됩니다. 그런데 옥영이 꿈을 꿀 때마다 장육존상 부처가 등장합니다.

★ 소망 실현을 위한 예언

최척과 옥영은 결혼해서 행복하게 살았지만 자식이 생기지 않았습니다. 그래서 남원에 있는 만복사에 가서 기도를 드립니다.

📖 옥영의 꿈속에 장육존상 부처가 나타나 말했다.

"나는 만복사의 부처이니라. 너희들의 정성이 지극하고 갸륵해 내가 사내아이 하나를 점지해 주겠노라. 아이의 등에는 사마귀가 하나 있을 것이다."

참으로 생생한 꿈이었다. 꿈속 부처님 예언대로 옥영은 아이를 가졌다.

부처가 꿈에서 한 말에는 두 가지 의미가 있습니다. 우선 소망 실현으로서, 부처는 부부가 원하는 대로 사내아이를 점지해 줍니다. 다음으로는 복선의 역할로서, 아이의 등에 난 사마귀는 나중에 최척이 전쟁터에서 아들을 만나게 되는 중요한 기능을 합니다. 어렸을 때 헤어진 부자가 타국에서 만났을 때 관계를 확인할 수 있게 해 주지요. 부처는 두 번째 아이를 가질 때에도 꿈에 나타납니다.

★ 절망 속에서 비치는 희망의 계시

옥영이 자살을 시도하려고 할 때마다 부처가 꿈에 나타나 그녀를 만류합니다. 옥영은 일본으로 잡혀가는 도중에 가족을 생각하면서 자살을 시도합니다.

📖 꿈에 장육존상이 나와 말했다.

"나는 만복사의 부처다. 너는 왜 자꾸 죽으려고만 하느냐? 네가 몸가짐을 조심하고 목숨을 잘 지탱한다면 훗날 반드시 좋은 일이 있을 것이다. 부디 자중자애하라."

이렇게 부처님이 꿈속에 등장하여 행동과 몸가짐을 신중하게 하고 함부로 목숨을 버리지 말라고 말해 줍니다. 옥영이 자살을 시도한 것은 사랑하는 가족과 더 이상 함께할 수 없다는 절망감 때문입니다. 그런데 꿈을 통해 다시 희망을 갖게 됩니다.

옥영은 명나라 군사로 출정한 최척이 죽었다고 생각합니다. 그래서 음식을 먹지 않고 죽으려고 할 때 꿈에 또 부처가 나타납니다. 부처는 훗날 좋은 일이 생길 것이라고 예언합니다. 옥영에게 좋은 일은 무엇이 겠습니까? 최척이 살아 있어서 다시 만나는 일이겠지요.

📖 어느 날 밤이었다. 이미 기력이 소진해 정신이 오락가락하던 옥영은 설핏 잠이 들었다. 그런데 비몽사몽간에 장육존상이 나타나 옥영을 어루만지며 말했다.

"죽지 말거라. 훗날 반드시 좋은 일이 생길 것이다."

마지막 꿈은 배를 빼앗기고 절망에 빠졌을 때 꾸게 됩니다. 역시 훗날 좋은 일이 생길 것이라는 예언이었습니다. 이때의 좋은 일이란 무엇일까요? 조선으로 무사히 돌아가서 가족을 만나는 것이겠지요.

📖 어머니가 중요할 때마다 부처님 꿈을 꾼다는 것을 들어 왔던 몽선이 반색했다.

"부처님이 뭐라고 하셨는데요?"

"지난번 꿈에 나타나셨을 때와 같은 말씀을 하셨단다. '죽지 말거라. 훗날 반드시 좋은 일이 생길 것이다.'라고 말이다."

주인공인 옥영이 절망에 빠질 때마다 부처가 꿈에 나타나서 계시와 희망을 주고 있네요.

75

외국인들에 대해
어떤 태도를 지닐까요?

〈최척전〉은 당시 소설로서는 드물게 여러 나라를 배경으로 하고 있으며, 외국인들이 주변 인물로서 적지 않은 역할을 합니다.

★ 여러 나라에서 선량한 사람을 만남

〈최척전〉에 나오는 외국인들은 대체로 인간적이며 따뜻합니다.

명나라 장수 여유문은 오갈 데 없는 최척을 명나라로 데리고 갔는데, 최척을 아껴 같은 막사에서 밥을 먹고 잠을 자며 생활을 함께했습니다. 일본인 상인 주급돈우는 옥영을 사로잡아 일본으로 데려가 옥영이 탈출할까 봐 감시를 했습니다. 그러나 옥영을 아꼈고, 이후 안남에서 주우가 옥영의 몸값을 지불하려 하자 거절하며 여비까지 주어 보냅니다. 중국인 주우는 여유문이 죽은 후 한동안 방황하던 최척을 불러 같이 안남으로 떠납니다. 그는 안남에서 옥영을 만난 후 주급돈우에게 옥영의 몸값을 지불하려 했고, 이후 항주에서 최척 부부의 생활을 돌보아 줍니다. 안남에 머물렀던 외국인들은 주급돈우가 옥영을 최척에게 보내자 환호성을 지르며, 날마다 찾아와 두 사람을 위로하고 축하해 줍니다. 그들은 금은비단을 가지고 오기도 합니다. 늙은 오랑캐는 자신이 처벌을 받을 수 있음에도 불구하고 포로로 잡힌 몽석과 최척을 탈출시킵니다. 진위경은 죽어 가는 최척의 종기를 치료하여 목숨을 구해 줍니다.

★ 외국인을 대하는 열린 마음

주목할 만한 점은 몽선이 중국 여인인 홍도와 결혼하는 것입니다. 외국인과의 결혼을 금기시하던 시대상을 고려한다면 상당히 특이하지요. 중국인인 홍도의 이모는 홍도에게 굳이 조선인과 결혼하려는 이유를 묻고, 홍도가 아버지의 넋을 기리러 조선에 가고 싶다고 말하자 홍도의 뜻을 받아들입니다. 그리고 최척과 옥영은 홍도가 외국인이라는 점을 특별하게 인식하거나 결혼을 꺼리는 것 같지 않습니다.

또 옥영이 일본에서 포로 생활을 하면서 일본어를 원어민처럼 익히고 이를 며느리에게 가르치며, 항해 중 일본인의 배가 다가왔을 때 마치 일본인처럼 위장하는 부분도 눈에 띕니다. 당시 사람들은 중국을 선망했고, 최척과 옥영도 오랜 세월 중국에서 살았기 때문에 중국어를 익혔습니다. 하지만 일본은 다릅니다. 전쟁 이전에는 경멸하였고, 전쟁 후에는 적대감이 많았지요. 그러한 일본의 언어까지 적극적으로 익히고 활용합니다.

★ 오랑캐를 바라보는 유연한 시선

〈최척전〉에서는 명분과 대의만을 강조하기보다는 현실을 유연하게
바라보는 관점이 드러납니다. 강홍립과 늙은 오랑캐를 언급하는 부분
을 보면 그렇습니다.

명나라와의 싸움에 참가한 강홍립이 후금과의 전투에서 싸우지도
않고 항복한 것에 대해서 당시 사람들의 평가는 엇갈렸습니다. 매국노
라는 사람도 있고, 당시 상황을 이해해야 한다는 사람도 있었지요. 〈최
척전〉에서는 강홍립에 대해 호의적으로 기술합니다.

📖 그때 조선의 병사를 지휘한 장수는 강홍립이었다. 명나라는 오랑
캐인 후금을 공격하기 위해 조선에 병사를 보내 달라고 청했다. 조선
조정은 명나라의 부탁을 거절할 수도 없고, 그렇다고 강력한 신흥 세
력인 후금과 맞서 싸울 수도 없었다. 곤경에 처한 광해군은 출정하는
강홍립을 불러 은밀히 명령을 내렸다.
"가서 명나라에 협조하는 척하면서, 전세를 보아 가며 적절히 판단해
후금과도 원수가 되지 않도록 처신하라."
명나라 군사들이 패하자 강홍립 장군은 왕의 명령대로 후금의 장수
에게 자신들은 어쩔 수 없이 출정했다는 설명을 하며 항복했다.

강홍립은 명나라의 출정군으로 전쟁에 나갔지만 후금의 군대와 적극
적으로 싸우지 않습니다. 포로가 된 뒤에도 어쩔 수 없이 출정했다고

설명합니다. 그래서 후금의 군사들은 명나라 군사는 모두 죽였지만 조선의 군사는 살려 줍니다.

또 조선인이었다가, 당시 사람들이 오랑캐라고 경멸하던 후금에 귀화한 늙은 오랑캐에게도 발언의 기회를 주고 있습니다.

📖 "걱정 마시오. 당신들에게 나쁜 짓을 하지는 않을 것이오. 나도 조선 사람이오. 평안북도 사주에서 근무했다오. 그곳 부사가 지독하게 백성을 괴롭히고 병사들을 달달 볶는 바람에 견디다 못해 가족을 데리고 오랑캐 땅으로 왔다오. 벌써 십 년이나 된 일이오. 정착하고 보니 오랑캐라고 무시해 왔던 사람들이 오히려 내게 더 잘해 주었다오. 성석이 솔직하고 백성을 가혹하게 괴롭히는 일도 없어 살기 좋았소."

늙은 오랑캐는 조선이 살기 힘들어 후금에 귀화했다면서, 고향에서 고통을 당하면서 학정에 시달릴 필요는 없지 않느냐고 합니다. 최척은 그의 입장을 이해하는 것으로 보입니다. 또 늙은 오랑캐는 오랑캐라고 무시해 왔던 사람들이 자신에게 더 잘해 주었고, 자신을 인정해 주어 일도 시켜 주었다고 합니다. 늙은 오랑캐는 오랑캐에 대해 긍정적으로 생각하고 있습니다. 이러한 설정은 오랑캐라면 치를 떨던 당시의 정서를 생각하면 의외입니다.

76

〈최척전〉은
실제 이야기일까요?

보통 고전 소설은 작자가 거의 밝혀져 있지 않습니다. 하지만 〈최척전〉은 말미에 다음과 같은 작가의 말이 쓰여 있습니다.

📖 내가 세상을 떠돌다 남원 땅 주포에 머무른 적이 있었다. 그때 최척이 나를 찾아와 이 이야기를 들려주었다. 그는 내게 이야기의 앞뒤를 잘 맞춰 기록해 세상에서 흔적 없이 사라지지 않게 해 달라고 부탁했다. 내가 그의 뜻을 거스를 수 없어 이렇게 대충 기록해 보았다.

천계 원년 윤이월 조위한이 쓰다

이 말에 따르면, 작품 창작의 동기와 시기, 그리고 작가가 분명합니다. 최척은 실존 인물이고, 작가 조위한(1567~1649)은 단지 최척의 이야기를 정리하여 기록하였다고 합니다. 시기는 1621년 윤2월입니다.

그런데 이를 전적으로 믿어야 할지, 즉 〈최척전〉이 최척이 실제 겪은 이야기인지, 조위한이 최척이라는 인물의 이야기에 허구적인 내용을 덧입혀 창작한 것인지에 대해서는 논란이 있습니다.

임진왜란, 정유재란, 후금의 침범 등은 역사적 사실입니다. 그리고 최척은 실존 인물로서 이 시기를 살았습니다. 그는 실제로 의병 활동을 했었고, 나이나 특성도 비슷하지요. 남원에서 의병장을 했던 변사정, 후금과의 전투에서 항복했던 강홍립 등도 실존 인물입니다.

하지만 〈최척전〉이 실제로 일어난 사건인지는 확실치 않습니다. 그토록 파란만장한 이야기가 모두 실제로 일어났다고 믿기 어렵기 때문이지요. 그래서 이 이야기는 최척의 이름을 빌어, 작가 조위한이 몸소 겪은 체험들을 반영한 허구라는 주장이 더 설득력이 있습니다.

그럼 작가의 어떤 경험이 작품에 반영되었냐고요?

첫째, 그는 임진왜란과 정유재란을 몸소 겪었는데, 전쟁 통에 가족을 잃었습니다. 임진왜란 때는 남원에서 딸과 어머니를, 정유재란 때에는 부인을 잃었으며, 그의 동생 부인이 순절하는 것까지 보아야 했습니다.

둘째, 의병 활동을 하였습니다. 남원에서 김덕령 장군 휘하에서 의병으로 싸웠습니다. 최척도 의병 활동을 했고, 전쟁 통에 가족과 헤어진다는 점이 유사합니다.

셋째, 조위한은 의병 활동을 하다가 명나라 군사와 사귀어 중국에 여행 갈 계획을 세우기도 했습니다. 실현되지는 못했지만, 전쟁 통에 가족을 잃고 유랑하고자 했던 그의 마음은 최척이 중국을 유랑하는 장면에 녹아들어 있는 것으로 보입니다. 그는 나중에 관리로 명나라를 여행할 기회를 얻는데, 이전부터도 중국의 지명과 여러 사적에 대한 지식이 있었던 것 같습니다. 〈최척전〉에 나온 중국 여기저기는 그가 다녀온 곳이거나 한때 여행을 하고자 했던 지역입니다.

그리고 그는 83세로 세상을 떠났는데, '인조반정, 계축옥사, 이괄의 난' 등 정치적 굴곡을 많이 겪었고, 인생이 평탄해질 때쯤에는 병자호란이 일어나 피란을 가야 했습니다. 이런 그의 체험은 전쟁을 통한 이산가족들의 아픔을 형상화하는 데 반영될 수밖에 없었을 것 같습니다.

하지만 그의 개인적인 체험과 최척의 이야기는 결정적으로 다른 점이 있습니다. 그는 전쟁 중에 가족을 잃었습니다. 하지만 〈최척전〉에서는 모든 가족이 살아서 다시 만납니다. 이러한 결말에 조위한의 아픈 소망이 깃든 것은 아닐까요?

전쟁의 고난을 다룬 고전 소설

〈주생전〉에서 주인공 주생은 명나라 사람인데 임진왜란이 발발하여 조선으로 출병하느라 혼인날을 잡았지만 결혼식을 치를 수 없었다. 〈김영철전〉은 조선군으로서 후금과 전쟁 중 포로가 되었다가 탈출한다는 점이 〈최척전〉과 유사하다. 이러한 고전 소설들은 전쟁이 개인의 삶에 큰 영향을 미친다는 점에서 공통점이 있다.

● 〈주생전〉

명나라의 주생은 과거에 낙방하고 배를 사서 장사를 하다 고향에 돌아와 어릴 적 친구인 기생이 된 배도를 만나서 결혼한다. 주생은 승상 댁 아들의 가정교사가 되어 그 집에 살다가 그의 누나인 선화를 사랑하게 된다. 배도에게 탄로 나 돌아오지만 배도는 병으로 앓다 죽게 된다. 주생은 선화에 대한 그리움으로 앓다가 선화에게 정식으로 청혼하고, 승상 댁도 선화가 상사병이 걸린 것을 알고 청혼을 허락한다. 혼인날은 잡게 되었으나 조선에서 임진왜란이 발생하여 주생은 명나라 구원병으로 징발되어 출병하게 된다. 명나라 군사들이 왜적을 대파하지만, 주생은 선화를 잊지 못하고 병이 든다.

그는 송도 객사에 머물던 중 작자를 만나 자신의 이야기를 들려준다. 〈최척전〉에서 최척이 자신이 겪은 온갖 고난을 작가 조위한에게 들려주는 것과 유사하다.

- 〈김영철전〉

김영철은 19세에 후금과의 전쟁에 동원되어 포로가 된다. 후금 장수 아라
나의 노비로 끌려갔다가 혼인을 하여 두 아들을 얻는다. 아라나의 말을 돌
보며 살다가 전유년 등의 한인들과 동주로 탈출한다. 유년의 여동생과 결
혼하여 자식 둘을 둔 영철은 동주에 있던 조선 배에 몰래 타 13년 만에 고
국으로 돌아온다. 고향에 온 영철은 결혼하여 아들 넷을 두고 살아간다.
고국에 돌아온 뒤에도 명과 후금의 전쟁에 세 번이나 참전하게 되고, 중국
어와 만주어를 잘 안다는 이유로 조선군의 일원으로 계속 징병되어 죽을
고비를 넘긴다. 전쟁이 끝나지만, 집안 재산을 모두 팔아 청나라 주인에게
풀려날 때 치렀던 몸값을 유림 장군에게 갚는다. 59세까지 산성을 지키는
수졸의 임무를 맡게 되고, 그 뒤 자모산성을 지킨 지 20여 년 만에 84세를
일기로 세상을 하직한다. 19세부터 진 군역을 죽어서야 면제받을 수 있게
된다.

주인공이 전쟁으로 인해 온갖 고난을 겪는다는 점에서 〈최척전〉과 매우
유사하다.

〈양반전〉의 줄거리

양반을
산 **부자**,
양반 되기를
거부하다

정선군에 가난한 양반이 살았다. 어질고 글읽기를 좋아해서 군수가 새로 부임하면 그의 집에 가서 인사를 하였다. 그런데 집이 가난하다 보니, 빌려 먹은 환곡이 천 석이었다. 마침 관찰사가 고을을 돌면서 정사를 살피다가 이 사실을 알고 노하여 양반을 가두라고 명령했다. 군수는 양반을 딱하게 여겨 가두지 못했다.

📖 그의 아내가 역정을 내기를,
"당신은 그렇게도 글을 읽었지만 환곡을 갚는 데에는 아무런 쓸모가 없구려! 쯧쯧, 양반이라니! 한 푼도 못 되는 그놈의 양반!"

이웃 사는 부자가 식구들과 상의를 했다.

📖 "양반은 아무리 가난해도 늘 높고 귀하며 우리는 아무리 잘살아

도 늘 낮고 천하다. 감히 말도 타지 못할 뿐 아니라 양반을 보면 움츠려 숨도 제대로 못 쉬고 뜰아래 엎드려 절해야 하며, 코를 땅에 박고 무릎으로 기어가야 한다. 우리는 이와 같이 욕을 보며 사는 신세다."

부자는 양반에게 천 석을 갚아 줄 테니 양반 신분을 팔라고 제안한다. 양반은 승낙하고 부자는 약속대로 환곡을 갚아 준다. 군수가 양반의 집에 갔더니 양반은 벌벌 떨며 '소인'이라고 말하며 머리를 조아렸다.

📖 '아무리 그렇기는 하지만 양반을 사사로이 사고팔았을 뿐 아무런 증서도 만들지 않았으니 이는 소송의 빌미가 될 것이다. 그러니 고을 백성들을 모아 증인으로 세우고 증서를 만들어 누구나 믿을 수 있도록 해야겠다.'

군수는 부자에게 양반 증서를 써 주겠다고 하면서 사람들을 모았다. 그리고 양반이 행해야 할 형식적인 품행 절차를 적어 증서를 만들었다.

📖 "…… 오경이면 일어나 유황에다 불붙여 기름등잔을 켜고, 눈은 코끝을 바라보며, 발꿈치를 괴고 앉아 얼음 위에 박 밀 듯이 〈동래박의〉를 줄줄 외워야 한다. 주림을 참고, 추위를 견디고, 가난 타령을 하지 말며, 어금니를 마주치고, 머리 뒤를 손가락으로 퉁기며, 침을 입 안에 머금고 가볍게 양치질하듯 한 뒤 삼키며, 옷소매로 휘양을 닦아 먼지를 털어 털 무늬를 일으키며, 세수할 적엔 주먹으로 벼르듯이 하지 말고, 냄새 없게 이를 잘 닦고, 길게 빼는 소리로 종을 부르

며, 느린 걸음으로 신발을 끌 듯이 걸어야 한다. …… 여기 적힌 모든 행실에서 양반에게 어긋난 것이 있으면 증서를 가지고 관청에 와서 바로잡을 것이니라."

부자가 그 말을 듣고 양반은 신선 같다는데, 좀 더 이익이 되도록 고쳐 달라고 말한다. 군수는 양반이 누릴 수 있는 특권에 대해 증서를 써 준다.

📖 "…… 농사 장사 아니라고, 문사 대강 공부하여 크게 되면 문과 급제 작게 되면 진사로세. 문과 급제 홍패라면 두 자 길이 못 넘는데 온갖 물건 구비되니 이게 바로 돈 전대요, 서른에야 진사 되어 첫 벼슬에 발 디뎌도 이름난 음관 되어 웅남행으로 섬겨진다."

부자는 이 말을 듣고 자기를 도둑놈으로 아냐며 양반 되는 것을 포기하였으며, 죽을 때까지 양반이라는 말을 입에 담지 않았다.

77

인물들이 원하는 것은 무엇일까요?

〈양반전〉의 주요 인물은 '정선 양반, 부자, 군수, 정선 양반의 처'입니다. 정선 양반과 군수는 양반의 모습을, 양반의 처와 부자는 평민의 모습을 나타냅니다. 양반의 처는 정선 양반과 대립하고, 군수는 부자와 대립합니다.

★ 무능력한 정선 양반

정선 양반은 어질고 책읽기를 좋아했으나 가난해서 해마다 관청의 환곡을 빌려 먹고 삽니다. 그는 벼슬을 하지 않는 선비로서 현실 적응 능력이 전혀 없는 양반의 전형입니다.

📖 집이 가난해서 해마다 관청의 환곡을 빌려 먹다 보니 그것이 쌓여서 빚이 일천 섬에 이르렀다. 관찰사가 고을을 돌면서 정사를 살피다가 환곡 출납을 조사해 보고 크게 노했다.

"어떤 놈의 양반이 군량미를 이렇게 축냈단 말인가?"

양반은 두 부류로 나눌 수 있습니다. 벼슬을 하고 세력이 있는 양반과 벼슬이 없고 가난하여 몰락한 양반입니다. 정선 양반은 후자입니다. 군수가 양반을 잡아 가두라고 할 때 밤낮으로 울기만 할 뿐 아무런 조치도 취하지 못하지요. 무능력하고 대책이 없는 사람일 뿐입니다.

★ 생계가 어려운 양반의 처

정선 양반은 가장으로서 식구들을 먹여 살려야 하지만 글만 읽을 뿐입니다.

📖 양반이 어쩔 줄을 모르고 밤낮으로 훌쩍훌쩍 울기만 하니 그의 아내가 역정을 냈다.

"당신은 평소에 그렇게도 글을 잘 읽었지만 환곡을 갚는 데에는 아무런 쓸모가 없구려. 쯧쯧. 양반이라니! 한 푼도 못 되는 그놈의 양반!"

처는 남편이 어쩔 줄 모르고 울기만 하자, 아무 쓸모없는 존재라고 비난합니다. 양반이라는 신분보다는 실질적인 생활 대책을 중시하는 것이지요. 양반의 처는 양반의 폐해를 고스란히 짊어진 피해자입니다.

다르게 보는 입장도 있습니다. 양반의 처가 속물적 인간성을 보여 준다는 입장입니다. 환곡을 빌려 먹은 것은 양반 혼자의 일이 아님에도 양반에게 모든 책임을 다 지운다는 점에서, 가난으로 인해 최소한의 인간성까지 놓아 버렸다고도 주장합니다. 선비라는 남편의 위치를 존중해 주기보다는 경제적인 면에서 쓸모없는 존재라고 비난하는 모습이 조금은 삭막하기도 합니다.

★ 벼슬아치의 전형인 군수

군수는 정선 양반과 달리 벼슬길에 올라 백성들을 다스립니다. 부자가 '양반들'을 보면 숨도 쉬지 못할 정도라고 할 때, 그 '양반들'은 이렇게 권력을 가진 사람을 뜻하겠지요. 그런데 군수는 부자가 양반을 대신해서 환곡을 갚고 양반을 사게 된 것을 알게 됩니다. 군수는 먼저 부자를 칭찬합니다. 그리고 직접 나서서 양반 증서를 만들어 주겠다고 합니다. 앞으로 소송이 일어날 것을 미연에 방지하겠다는 거지요.

얼핏 생각하면 양반 증서를 만드는 것이 부자를 위하는 일인 듯합니다. 하지만 부자는 군수가 작성한 증서를 보고 양반 되기를 포기합니다. 수많은 증인이 부자가 양반이 되는 것을 지켜보기 위해 모였다가 결국 부자가 양반을 거부하는 장면을 보게 됩니다. 부자는 곡식 일천 석만 날렸지요.

이것을 보면 군수는 부자가 양반이 되는 것을 방해하는 인물입니다. 이미 이루어진 계약에 대해 증서를 써 주겠다고 하면서, 부자가 싫어할 만한 내용을 넣어 온 마을 사람들 앞에서 거부를 유도했습니다. 그러니 군수는 양반의 편에 서는 사람이라 볼 수 있습니다.

★ 무지한 부자

부자는 조선 후기 자본주의 사회에 등장한 신흥 세력입니다. 스스로의 노력에 의해 부를 쌓은 인물이지요. 하지만 그는 천한 신분으로 늘 욕을 보며 사는 것을 한탄합니다. 그리하여 양반이 되기 위해 양반의 빚을 대신 갚아 줍니다. 하지만 군수가 나서서 일을 방해합니다. 그는 군수가 작성하는 양반 증서의 내용을 듣고는 도망을 칩니다.

📖 부자가 증서 내용을 듣고 있다가 혀를 내두르며 말했다.
"그만두시오! 그만두시오! 참으로 맹랑한 일입니다! 장차 나더러 도적놈이 되란 말입니까?"
그러고는 머리를 흔들며 뛰쳐나가서 죽을 때까지 다시는 양반의 일을 입에 담지 않았다.

부자는 아무 가식이 없는 선량한 인간형으로서, 군수에게 피해를 보는 인물입니다. 부정적으로 보자면, 현실 파악을 못하고 양반의 본질에 대한 이해가 없는 무지한 상민의 전형이기도 합니다.

78

양반은
어떤 사람일까요?

★ **조선의 신분 제도**

조선 시대에는 신분이 명확했습니다. 크게 양반과 양민과 천민으로 나뉘었지요. 그러나 조선 후기로 가면서 '반상제', 곧 양반과 상민으로 바뀌었습니다. 양반은 사대부를 말하고, 상민은 종사하는 직업에 따라 농·공·상으로 나뉘었습니다. 농은 농민, 공은 물건을 만드는 장인, 상은 물건을 파는 상인을 이릅니다.

조선을 건국한 주도 세력인 사대부들은 유학자로서 유교적 이상향을 실현하려 하였습니다. 농업을 장려하였던 그들은 상인을 가장 천시했습니다. 아무것도 생산하지 않으면서 중간에서 이득만 취한다고 생각했기 때문이지요.

★ 양반의 유래

경복궁 같은 궁궐에 가면 임금이 앉은 자리 앞에 표석이 줄지어 서 있습니다. 이 표석은 임금이 조회할 때 신하들이 서는 자리입니다. 문반은 학자로서 정치를 담당하고, 무반은 군사를 담당합니다. 이때 문반은 동쪽에 무반은 서쪽에 섭니다. 양쪽에 서 있는 문반과 무반을 합쳐 '양반'이라고 하였습니다.

고려 말 조선 초기부터는 관료 체제가 정비됨에 따라 벼슬을 가진 사람뿐만 아니라 그 가족과 가문까지 양반으로 불리게 되었습니다. 가문에 따라 특권이 유지되는 추세는 과거를 보지 않고도 조상의 공으로 벼슬을 하던 음직, 그리고 관직의 대물림, 양반끼리의 혼인에 의해 강화되었습니다.

★ 양반의 특권

양반은 일반 평민과 달리 특별한 혜택을 누렸습니다. 우선 모든 평민은 군역에서 빠질 수 없었는데, 양반은 군역이 면제되었습니다. 또 규정된 범위 내에서 토지와 노비를 소유할 수 있었습니다. 중요한 것은 한번 양반이 되면 반역죄와 같은 큰 죄를 짓지 않은 이상 관직과 토지를 받을 수 있다는 것입니다.

📖 크게 되면 문과 급제, 작게 되면 진사로서, 문과 급제 홍패라면 두 자 길이 못 넘는데 온갖 물건 구비되니 이게 바로 돈 전대요, 서른에야 진사 되어 첫 벼슬에 발 디뎌도 이름난 음관 되며 웅남행으로 섬겨진다.

무엇보다도 양반만이 과거에 응시하여 벼슬자리로 나아갈 수 있었습니다. 과거에 급제하면 홍패를 받는데, 홍패란 '붉은 빛깔의 증서'라는 의미로, 조선 시대에 문과와 무과 과거 급제자에게 발급한 합격증입니다. 홍패는 두 자 길이가 못 되는 크기이지만, '돈 전대'라고 비유한 것은 그만큼 세력을 부려서 돈을 모을 수 있었다는 것을 의미합니다.

음관과 웅남행은 과거를 보지 않고 조상 덕으로 벼슬을 하는 것을 말합니다. 모두 양반의 특권입니다.

★ 양반의 종류

양반이라고 해서 같은 양반은 아닙니다. 양반은 다음 네 가지 부류로 나눌 수 있습니다.

> 대가(大家) 대대로 내려오며 세력이 있고 번창한 집안
> 세가(世家) 여러 대를 계속하여 나라의 중요한 자리를 맡아 오거나 특권을
> 누려 오는 집안
> 향반(鄕班) 여러 대에 걸쳐 지방에 거주하면서 벼슬길에 오르지 못한 양반
> 잔반(殘班) 정치에서 몰락하여 농민과 같은 생활을 하게 된 양반

크게는 벼슬을 하는 양반과 벼슬을 하지 못하는 양반으로 나눕니다. 벼슬을 하는 양반은 여러 특권을 누리면서 경제적으로 풍족하게 살았지만, 벼슬을 하지 못하는 양반은 무력하게 살아가야 했습니다.

조선 후기 붕당 정치가 나타나면서 중앙 정계에서 소외되거나 경제적으로 몰락하게 된 양반 계층인 잔반이 많이 늘어나게 됩니다. 〈양반

전)에 나오는 정선 양반은 향반이나 잔반에 해당합니다.

조선 후기에 이르러서는 관아에서 돈이나 곡식 따위를 받고 관직을 팔기도 했습니다. 이때 성명을 적지 않은 백지 임명장인 '공명첩'을 주었습니다. 이는 관직 이름은 써 있지만 실무를 보지 않고 명색만 벼슬아치로 행세하도록 하는 것입니다. 족보를 위조하여 양반이 되는 경우도 많았습니다.

이렇게 양반의 수가 늘어나다 보니 신분 체제가 붕괴되는 한말에 이르면, 양반이 '이 양반, 저 양반'처럼 그저 상대를 지칭하는 말로 전락하기까지 하였습니다.

79

박지원은 왜
〈양반전〉을 없애라고 했을까요?

박지원은 아들에게 자신의 소설 작품 아홉 개를 없애라고 했습니다. 하지만 아들은 그 작품들을 없애지 않고 《방경각외전》이라는 책에 넣어 놓았지요. 그러면 박지원은 왜 자신의 작품을 없애라고 했을까요?

박지원은 젊었을 때 소설을 썼으며, 당시 권력층이나 아첨하는 무리들은 연암을 질시하고 싫어했습니다. 이에 대해서 연암은 "젊었을 때 쓴 글이 세인의 안목에 접하는 바 되어 그것이 도리로서 칭양된다면 심히 부끄럽다."라고 했습니다. 이것이 자신의 글을 불태우려는 이유입니다. 연암은 자신의 작품 때문에 세상으로부터 화를 당할까 걱정하였던 것입니다.

하지만 연암의 아들 박종간은 〈양반전〉에 대해서 자기 나름의 논리를 덧붙여 문집으로 남깁니다.

〈양반전〉은 이야기에 이속이 많은 것이 흠이긴 하나 왕포의 〈동약〉을 본받아 지은 것으로 상당한 의미를 갖는다.

'이속이 많은 것이 흠'이라는 말은 현실을 반영하여 비판했기 때문에 문제가 될 수 있다는 뜻입니다. 그리고 이에 대해 〈양반전〉은 연암이 독창적으로 지은 것이 아니고 중국의 왕포라는 사람이 쓴 〈동약〉을 본받아 지은 것이라고 해명합니다.
그러면 왕포의 〈동약〉은 어떤 글일까요?

종은 온갖 노역에 종사하더라도 두 말을 할 수 없고, 다만 물만 마셔야 하며, 술을 마실 수 없다. 좋은 술을 마시고자 할 때도 다만 입술에 묻혀 입을 적실 뿐 결코 술 그릇을 기울여서 마실 수 없다. 하루 일이 끝나 쉬고자 할 때는 마땅히 한 섬의 벼를 찧어야 한다. 야반에 일이 없을 때 옷을 깨끗이 빨아야 한다. 종이 시키는 대로 하지 않을 때에는 채찍 100대를 때린다.
이렇게 쓴 권문을 종에게 읽어 들려주니, 종이 두 손으로 자신을 때리며, 눈물을 흘리며, 콧물을 한 자나 줄줄 흘리며 말했다.
"왕대부의 말씀과 같다면, 일찍 죽어서 땅으로 돌아가 지렁이에게 이마를 쪼이는 것만 같지 못하겠습니다."

이 글은 왕포가 작성한 일종의 노예 계약서입니다. 중국 서한 시대에 과부 양혜에게는 죽은 남편 때부터 거느리던 편료라는 노비가 있었습니다. 이 노비가 말을 듣지 않자 왕포에게 팔기로 했는데, 이때 매매 문서에 노비가 해야 할 일을 적은 것이 〈동약〉입니다. 이것을 작성한 이유는, 편료가 증서에 없는 것은 하지 않겠다고 했기 때문에 그를 골탕 먹이기 위해서입니다.

왕포의 〈동약〉은 여러 점에서 〈양반전〉과 비슷합니다. 첫째는 양반 매매 증서를 군수가 일방적으로 작성한 것처럼, 신분 매매에 따른 증서를 주인이 일방적으로 작성했습니다. 둘째는 〈양반전〉의 2차 증서에서 양반의 횡포를 보증하는 것처럼, 비인간적인 수탈이나 억압을 보증하고 있습니다. 마지막으로 〈양반전〉에서 2차 증서를 읽어 주자 부자가 반발했듯, 작성된 증서를 읽어 주자 그 무리한 내용에 당사자가 수긍하지 않고 크게 반발하고 있습니다.

그런데 박지원 자신은 〈양반전〉이 왕포의 〈동약〉을 본받았다고 말하지는 않았습니다. 이 말은 그의 아들이 〈양반전〉을 《방경각외전》이라는 문집에 넣으면서 한 말입니다. 이 작품이 양반을 공격한다는 비판을 피해 가기 위해 그렇게 말한 것으로 보입니다. 중국 사람의 작품을 본받아 썼을 뿐이기 때문에 크게 문제될 것이 없다는 것이지요.

80

〈양반전〉의 주제는
무엇일까요?

★ 양반의 무능함 비판

양반은 어질고 글읽기를 좋아했고, 새로 부임하는 군수가 반드시 몸소 찾아가 인사를 할 정도로 덕망이 있습니다. 하지만 생활에는 무능력하기 짝이 없습니다. 군량미를 천 석이나 축내 놓고도 갚을 방법이 없습니다. 벼 천 석이면 도정한 쌀 오백 가마에 해당합니다. 보통 한 가마는 1년 동안 한 사람이 먹는 양을 말하니 오백 명의 군사가 일 년 동안 먹을 쌀을 먹어치웠다는 뜻입니다. 언젠가 갚아야 한다는 생각을 했다면 쌀을 이렇게 많이 빌려 갈 수 있었을까요? 관찰사가 당장 잡아 가두라고 명령을 내렸지만, 양반은 이 상황에도 대처를 하지 못합니다. 그래서 고매하신 양반이 어떻게 했을까요? 어쩔 줄을 모르고 밤낮으로 훌쩍훌쩍 울기만 했습니다.

그토록 열심히 하는 공부가 생활에 아무런 도움이 되지 못한다면, 배움의 가치를 의심하지 않을 수 없지요. 그래서 양반의 아내는 글 읽는 것이 환곡 갚는 데에는 아무런 쓸모가 없다며 '한 푼도 못 되는 그 놈의 양반'이라고 역정을 냅니다.

여기서 양반은 관찰사에게 질타 받고 아내에게 구박 받고 군수에게는 동정 받는 존재가 됩니다. 그리고 천민 부자에게는 돈으로 신분을 사겠다는 제안을 감히 하게 하는 처지가 되지요. 작가는 이토록 무능한 양반을 한껏 비판합니다.

★ 양반이란 하늘이 내린 신분임을 경고

그런데 이 이야기는 어떻게 끝났나요? 천민 부자의 입장에서 보면, 그는 천 석이나 쓰고도 양반이 되지 않겠다고 말했습니다. 그리고 돈도 돌려받지 못했습니다.

📖 군수가 놀라워하며 말했다.

"군자로다, 부자여! 양반이로다, 부자여! 부자로서 인색하지 않았으니 옳음이요, 남의 어려움을 돌보았으니 어짊이요, 낮은 것을 싫어하고 높은 것을 바랐으니 슬기로움이로다. 이런 사람이야말로 양반이 아니겠는가?"

군수의 말은 일종의 반어법이라고 봐야 합니다. 양반인 군수가 양반 신분을 매매하는 것을 반겼을 리 없지요. 그래서 군수는 이미 다 이루어진 매매에 증서를 써 주겠다고 나섭니다.

그러면서 군수는 부자가 받아들이지 못할 내용을 제시함으로써 계약을 무효로 이끌고 갑니다. 양반을 '신선' 정도로 생각하는 천민에게 양반이란 엄청난 품행이 필요하다는 점을 강조합니다. 새벽부터 일어나 공부하고 까다로운 조건을 지켜 각종 예의를 갖추어야 함을 내세웁니다. 군수는 천민이 이러한 내용을 지키지 못한다는 것을 알고 있지요. 이 증서를 작성할 때 군수는 양반만이 아니라 고을 안의 농사꾼, 장인 바치와 장사치들까지 모조리 증인으로 동원합니다. 즉, 증인으로 불려 온 사람들에게 다시는 양반을 만만히 여기지 않도록 단속을 하는 것이지요. 게다가 양반의 행실에서 어긋난다면 관청에 와서 바로잡아야 한다고 강조하는데, 이는 경고입니다. 양반이란 하늘이 내린 신분이고, 감히 사고팔지 못함을 강조하는 것이지요.

★ 양반의 허례허식과 특권 의식 비판

군수가 써 준 1차 증서를 보면, 양반은 참 고단합니다. 새벽부터 일어나 책 읽고 단장하고 각종 품행을 지켜야 합니다. 그런데 그 고단함이 과연 의미가 있는지 부자는 의아해 합니다.

부자가 양반이 되면 좀 더 이익이 되는 것이 없는지 궁금해 할 때 군수는 과장되게 양반의 횡포를 나열합니다. 부자가 자기더러 도적놈이 되라는 말이냐며 뛰쳐나가는 것을 보면, '양반=도적놈'이라는 등식이 전제됩니다.

부자가 '양반이 되면 평민을 마구 부려먹을 수 있다'는 말에 반응하는 경우는 두 가지입니다. 덥석 받아들이는 경우와 차마 받아들이지 못하는 경우. 여기서는 후자였지요. 부자는 선량한 사람이었거든요. 어쩌면 군수는 부자가 어떤 인물인지 미리 알고 승부수를 던진 것이 아닐까요? 부자가 양반 되기를 포기하였기에 정선 양반은 신분을 유지할 수가 있었습니다.

이상을 보면 양반의 무능함이나 특권의식을 비판하면서도 양반의 신분이란 감히 사고팔지 못하는 것이라고 하는 것이 모순되게도 보입니다. 여기서 확인할 것 하나! 〈양반전〉의 독자는 누구일까요? 부자 같은 천민들일까요, 아니면 양반일까요? 박지원의 모든 소설이 한문이라는 점에서 짐작할 수 있듯, 그의 글은 양반을 대상으로 합니다. 그러므로 〈양반전〉의 주제는 '양반이여, 각성하라! 글만 읽는다고 계속 정신 못 차리면 천민들이 우리를 넘보는 상황이 될 수 있다. 천민들은 우리를 하는 일 없이 먹고 노는 신선이나 도적놈으로 생각할 수 있다. 양반이 돈만 있다고 감히 넘볼 수 있는 것이 아니지 않나? 정신 차리고 하늘이 내린 신분을 지키자.' 이런 정도로 요약됩니다. 박지원은 양반들의 위선과 잘못을 풍자하면서도, 양반 중심의 사회를 고수하고자 했습니다.

양반에 대한 비판적 시각이 담긴
박지원의 다른 소설들

박지원은 농사꾼이나 거지, 떠돌이나 역관 등 하찮고 보잘것없는 사람들의 삶을 담은 이야기를 통해 양반 선비들이 맡아야 할 역할과 책임을 보여 주려 하였다. 동시에 시대의 흐름과 사회의 근본적인 문제를 꿰뚫어 보지 못하고 위세와 허영에 빠져 어영부영하는 양반들의 무능을 비판한다.

● 〈예덕선생전〉

똥을 치우는 농사꾼을 통해 바람직한 인간상을 드러내며 깨끗한 마음으로 살아가지 못하는 사대부의 그릇된 삶을 꼬집는다. 선귤자에게는 예덕 선생이라는 벗이 있는데, 그는 똥을 치우는 엄 행수였다. 제자가 미천한 엄 행수와 벗하는 이유를 묻는다. 선귤자는 진실한 마음과 인격이 중요하다고 가르치며, 엄 행수는 가식이 없고 남의 것을 탐하지 않으며 근면 성실하게 자신의 삶에 만족하며 사는 덕이 높은 사람이라고 말한다. 그야말로 진정한 군자이기에 '예덕 선생'이라 부른다고 답한다.

● 〈호질〉

호랑이를 통해 선비와 열녀의 위선을 보여 준다. 말과 삶이 다른 유학자의 거짓 및 사람의 잔인하고 이기적인 삶을 범의 입을 빌려 꾸짖는다. 범이 저녁거리로 선비의 고기를 먹기로 하였다. 이때 북곽 선생이라는 선비가 과부와 밤중에 정을 통하다가 과부의 아들들에게 쫓겨 도망치면서 똥구덩이에 빠졌다. 겨우 기어 나오니 이번에는 큰 호랑이가 기다리고 있다가 북곽 선생을 더러운 선비라 탄식하며 유학자의 위선을 신랄하게 비판했다. 북곽 선생은 목숨만 살려 달라고 빌다 보니 호랑이는 가 버린다. 선생은 마침 지나가던 농부에게 자신의 행동이 하늘을 공경하고 땅을 조심하는 것이라고 변명했다.

● 〈광문자전〉
가난한 거지이지만 진실하게 살았기에 많은 사람에게 인정받았던 광문의 삶을 보여 준다. 진실하지 못하게 명성을 좇는 양반들을 비판하고자 하는 소설이다.

이 소설들은 당시 소설에서는 다루지 않았던 평범하고 하찮은 사람들을 내세운다. '양반이 아닌 사람들도 이렇게 살아가는데 우리 양반들은 어떻게 해야겠느냐?' 하는 질문을 던지며 양반들의 자기반성을 요구하고 있다.

한 권으로 끝내는 **고전 소설**

문답으로 쉽게 익히는 **교과서 속** 고전 소설

지은이 | 박기호 홍진숙

1판 1쇄 발행일 2016년 9월 12일
1판 2쇄 발행일 2019년 9월 23일

발행인 | 김학원
편집주간 | 김민기 황서현
기획 | 문성환 박상경 김보희 최윤영 전두현 최인영 정민애 김주원 이문경 임재희 이화령
디자인 | 김태형 유주현 구현석 박인규 한예슬
마케팅 | 김창규 김한밀 윤민영 김규빈 김수아 송희진
제작 | 이정수
저자·독자서비스 | 조다영 윤경희 이현주 이령은(humanist@humanistbooks.com)
스캔·출력 | 이희수 com.
용지 | 화인페이퍼
인쇄 | 청아문화사
제본 | 정민문화사

발행처 | (주) 휴머니스트 출판그룹
출판등록 | 제313-2007-000007호(2007년 1월 5일)
주소 | (03991) 서울시 마포구 동교로23길 76(연남동)
전화 | 02-335-4422 팩스 | 02-334-3427
홈페이지 | www.humanistbooks.com

ⓒ 박기호, 홍진숙, 2016
ISBN 978-89-5862-343-4 43810

• 이 도서의 국립중앙도서관 출판예정도서목록(CIP)은 서지정보유통지원시스템 홈페이지(http://seoji.nl.go.
kr)와 국가자료공동목록시스템(http://www.nl.go.kr/kolisnet)에서 이용하실 수 있습니다.(CIP제어번호:
CIP2016020640)

만든 사람들

편집주간 | 황서현
기획 | 문성환(msh2001@humanistbooks.com)
일러스트 | 나수은
디자인 | 박인규